必讀 精選

韓國
古典文學
⑤

· 홍길동전
· 양반전
· 호질
· 허생전
· 전우치전
· 박문수전
· 최고운전

明文堂

고전은 겨레의 문학적 뿌리

　고전은 절대로 골동품이 아니다. 고전은 시대의 흐름 속에 살아 있으며 서민대중과 호흡을 같이하는 데에 의의(意義)가 있다. 인류가 문자생활(文字生活)을 영위한 이래 수많은 문자의 기록이 생성 소멸되었고, 혹은 오늘에 이르도록 유존(遺存)되어 왔으나, 그 가운데서도 유독 문학유산(文學遺產)처럼 각 시대의 대중들과 더불어 희로애락을 함께 한 기록은 거의 없다. 이것은 문학이 딱딱한 지식이나 까다로운 도덕률을 전파하려 함이 아니라, 인간생활의 정서와 취미를 풍부하고 다채롭게, 그리고 아롱지게 하는 진정한 서민대중의 벗이기 때문이다. 그러므로 수많은 고전 중에서도 문학적인 소산(所產)만은 그 지닌 바 생명이 장구하며 무궁하다. 그러나 이와 같이 구원(久遠)한 생명을 지니고 있음에도, 고전문학은 동서양을 막론하고 현대의 독서층과는 오히려 먼 거리에 있었고, 오직 일부 식자층(識者層)의 독점물인 양 인식되어 왔던 것이다.
　그 이유는 고전문학이 각기 그 시대의 문자, 즉 고어로 씌어져 있으므로, 그러한 고어(古語)에 어두운 후세 사람들은 읽기도 어렵거니와 시대 상황의 차이에 따라 내용 자체를 이해하기조차 힘들었던 탓으로 고전 문학은 오직 고어(古語)를 알고 고전을 이해할 능력이 있는 고어파(古語派)들의 연구대상으로서만 겨우 그 명맥(命脈)을 유지해 왔던 것이다. 우리는 이와 같은 점에 느끼는 바 있어, 고전소설을 한시 바삐 오늘날의 독자대중 앞에 보이고자 하는 초조한 마음으로,

첫째, 고전의 원모습을 그대로 지니면서도 현대인의 독서에 편하도록 문체와 체제를 다듬었고,

둘째, 일시에 고전을 조감(鳥瞰)할 수 있도록 전질(全帙)의 형식과 낱권으로도 읽을 수 있도록 편집하였으며,

셋째, 가급적 많은 독서대중에게 보급하기 위하여 염가판으로 이루어 놓은 것을 무엇보다 자랑스럽게 생각하는 바이다.

고전은 현대의 바탕이요, 이 현대는 다시 미래를 계시(啓示)해 주는 것이다. 따라서 고전에 무지할 때 현대는 우매해지고 미래를 기대할 수 없게 된다.

고전의 생명과 가치는 바로 여기에 있다. 우리의 고전소설들은 조선 일대(一代)에 걸치는 선조들의 흥분과 정서와 감각이 서려 있는 주옥 같은 작품들이다. 이것을 읽을 때 우리는 선인들의 감정세계를 거닐게 되고, 또 그들의 숨결도 느끼게 된다. 이 얼마나 즐겁고 고상한 정신의 산책(散策)인가!

고전을 읽자! 겨레의 문학적 뿌리인 고전을 읽어야 한다.

한국고전문학대계(韓國古典文學大系) 편집위원
代表 張 德 順

必讀精選 韓國古典文學大系

○ 차례 ○

洪吉童傳 …………… 11
兩班傳 ……………… 51
虎叱 ………………… 59
許生傳 ……………… 81
田禹治傳 …………… 103
朴文秀傳 …………… 143
崔孤雲傳 …………… 175

洪吉童傳

조선국 세조(世祖) 시절에 한 재상이 있으니, 성은 홍(洪)이고 이름은 모(某)라. 대대로 명문거족(名門巨族)으로 소년등과(少年登科)하여 벼슬이 이조판서에 이르고, 물망이 조야(朝野)의 으뜸이며, 충효(忠孝)를 겸비하기로도 그 이름이 일국에 진동했다.

일찍이 두 아들을 두었으니 맏아들의 이름은 인형(仁衡)인데 정실 부인인 유씨의 소생이고, 둘째 아들의 이름은 길동(吉童)으로 시비 춘섬(春纖)의 소생이다.

길동이 세상에 태어나기 전, 한낮에 꿈을 얻으니, 문득 하늘에서 뇌성벽력이 진동하며 청룡(靑龍)이 수염을 거느리고 공에게로 달려들거늘, 깜짝 소스라쳐 놀라 눈을 뜨니 남가일몽(南柯一夢)이었다.

공은 맘속으로 크게 기뻐하며 생각하기를,

'용꿈을 얻었으니 귀한 아들을 낳으리라.'

하며, 낮인데도 불구하고 내실로 들어가니, 부인 유씨가 일어나 공손히 맞는다.

공은 흔연히 그 옥수를 잡고 정히 *친압(親狎)코자 하니 부인이 정색을 하며 말한다.

"상공은 신분이 높으시거늘 어찌 연소경박자(年少輕薄子)의 비루한 일을 하고자 하시나이까? 첩은 봉행치 못하겠나이다."

하고, 잡힌 손을 빼낸다. 공은 매우 무색하여 외당으로 나와 부인의 생각 없음을 한탄해 마지않았다.

이때 시비 춘섬이가 차를 가지고 들어와 올리므로, 공이 내심 춘섬의 자태를 살펴보고 얼굴 생김의 고움을 감탄하고는, 춘섬의 손을 잡고 협실(狹室)로 들어가 친압을 하게 되었다.

이때 춘섬의 나이 열여덟인데, 공에게 한 번 몸을 허한 후로는 다른 사람을 취할 뜻을 아니 가지매 공이 기특하게 여겨, *잉첩(媵妾)을 삼았다.

춘섬은 그날부터 태기가 있어 열 달 만에 옥동자를 낳았는데, 어린

＊친압(親狎)──너무 지나치게 친밀함.

＊잉첩(媵妾)──귀인의 시중을 드는 첩.

아기의 기골이 비범해서 진실로 명승호걸 같았다.
 공은 기뻤으나 한편으로는 정실부인의 몸에서 아들을 얻지 못함을 한탄했다.
 길동이 점점 자라 여덟 살이 되매, 총명과인(聰明過人)하여 하나를 들으면 백을 통하여, 공이 더욱 애중히 여기나 그 어미의 몸이 천인(賤人)이라, 공을 아버지라 부르지 못하고 형을 형이라 부르지 못하게 꾸짖었다.
 이런 까닭으로 길동은 나이 열 살이 되도록 부형(父兄)을 아버지라, 형이라 부르지 못할 뿐만 아니라, 비복(婢僕)들까지도 길동을 천대하니 길동의 마음이 어찌 아프지 않으리오.
 때는 추구월(秋九月) 보름께라 명월은 조요(照耀)하고 청풍은 소슬하여 사람의 마음을 심란케 하였다.
 길동이 서당에서 글을 읽다가, 문득 책상을 밀치고 탄식하기를, '대장부 세상에 나서 공맹(孔孟)을 본받지 못할바엔, 병법(兵法)을 배워 대장이 되어 동정서벌(東征西伐)하여 국가에 큰 공을 세우고, 이름을 만세에 빛냄이 쾌사(快事)거늘, 이 내 몸은 일신이 적막하고 부형이 있으되 호부호형(呼父呼兄)을 못하니, 심장이 터질 것 같은지라, 어찌 통한(痛恨)치 않으리요.'
 홀로 탄식을 하고는 뜰로 나가 검술(劍術)을 익히는데, 마침 공이 월색을 구경하다가 길동의 배회함을 보고는 묻기를,
 "넌 무슨 흥이 있어 밤이 깊도록 잠을 자지 않고 마당을 거닐고 있느냐?"
 길동이 고개를 숙이고 대답을 한다.
 "소인이 마침 월색을 사랑하였사옵니다. 대개 하늘이 만물을 내시매 사람이 귀하옵기를 소인만은 귀하옴이 없사오니 어찌 사람이라 하오리까?"
 공이 길동의 말을 듣고 그 마음을 짐작하나 일부러 나무란다.
 "너 그게 무슨 말이냐?"
 "소인이 평생에 설워하는 바는 대감의 혈육이며 당당하온 남자로

*부생모육지은(父生母育之恩)이 깊삽거늘, 그 부친을 부친이라 못하옵고, 형을 형이라 못하오니 어찌 사람이라 하오리까?"
하면서, 눈물을 흘려 옷깃을 적신다.
　공은 측은한 마음이 없지 않으나, 그 뜻을 위로하면 방자하게 될까 염려되어 크게 꾸짖는다.
　"재상가 천생(賤生)이 비단 너뿐이 아니거늘 네 어찌 방자함이 이토록 크냐? 차후 두 번 다시 이런 말을 하면 안전(眼前)에 용납지 못하리라."
　길동은 더이상 아무 말도 못하고 섰기만 하는데 공이,
　"물러가라."
고 명하므로, 침소로 돌아와 슬퍼해 마지않는다.
　길동은 본디 재기(才氣)가 뛰어나고 도량이 활달해서 마음을 진정치 못하고 밤이면 잠을 이루지 못하다가, 하루는 그 어미 침소로 가서 엎드려 울며,
　"소자 모친으로 더불어 연분이 중하와 금세(今世)에 자(子)가 되오니 은혜 망극하옵니다. 그러나 소자의 팔자 기박하와 천한 몸이 되오니 품은 한이 깊사온지라, 소자 자연히 기운을 억제치 못하여 어머님 슬하를 떠나고자 하오니, 복망 어머님께서는 소자를 염려치 마시고 귀체(貴體)를 보중하소서."
　춘섬이 이 말을 듣고 크게 놀라며 하는 말이,
　"재상가의 천생이 너뿐이 아니거늘 어찌 편협한 말을 해서 어미의 간장을 아프게 하느냐?"
　"옛날 장충의 아들 길산은 비록 천생이로되, 그 어미를 이별하고 운봉산(雲峰山)에 들어가 도를 닦아 후대에 이름을 남기지 않았습니까? 나도 그를 본받아 세상을 벗어나려 하오니, 어머님께선 안심하시고 뒷날을 기다리소서. 근간 곡산모(谷山母)의 행색을 보니, 상공의 총애를 잃을까 하여 우리 모자를 해코자 하며 원수같이 아는지라, 큰 화를 입을 것만 같습니다. 어머니께선 소자가 나감을 염

---

*부생모육지은(父生母育之恩)──아버지는 낳게 하고 어머니는 길러 준 은혜.

려하지 마십시오."
 길동 어머니 춘섬은 말은 하지 않지만, 속으로는 크게 슬퍼했다.
 길동이 말한 곡산모는 곡산 기생으로서 상공의 총첩(寵妾)이 된 여자이며 이름은 초란(初蘭)이라 한다.
 위인이 교만 방자해서 제게 불합한 자가 있으면 공에게 참소(讒訴)하여 집안에 폐단이 수없이 일어나, 비복들도 원망하고 싫어하는 여자였다.
 원래 초란은 아들이 없는지라, 춘섬이 길동을 낳아서 상공이 매양 귀여워함을 마음 속에 시기하여 길동을 없애고자 마음을 먹고 있었다.
 그 초란이가 하루는 무당을 불러들여 말하기를,
 "내 일신을 편하게 함은 길동을 없애는 데 있다. 만일 내 소원을 이루어 주면 그 은혜를 후히 갚으리라."
 이 말을 들은 무당은,
 "지금 홍인문(興仁門) 밖에 일등 관상녀(一等觀相女)가 있는데, 사람의 상을 보면 전후 길흉을 판단한답니다. 이 사람을 청해다가 소원을 자세히 이야기한 후 상공께 천거하여 전후사를 고하면 상공이 반드시 크게 혹하시와 그 아이를 없애고자 하실 것이니, 그때 여차여차하면 어찌 묘계(妙計)가 아니겠습니까?"
 이 말을 들은 초란은 크게 기뻐하며 먼저 은자 오십 냥을 주며, 그 관상녀를 데려오라 했다.
 무당은 기뻐하며 돌아갔다가 이튿날 그 관상녀를 데려왔다.
 이때 공은 내당에 들어가 부인과 더불어 길동의 이야기를 하며 천생(賤生)됨을 한탄하고 있었는데 문득 한 여자가 들어와 당하(堂下)에서 문안을 드리는지라, 공이 고이하게 여겨 물었다.
 "그대는 어떤 여자며 무슨 일로 왔는가?"
 "소녀는 관상 보는 것으로 일을 삼는데, 마침 상공문하에 이르렀나이다."
 공이 이 말을 듣고 길동의 장래를 알고 싶은 마음이 들어, 길동을 불러다 관상쟁이에게 보게 했다.
　관상녀는 길동의 상을 유심히 바라보다가 깜짝 놀라며,
　"공자의 상을 보니 천고의 영웅이고 일대 호걸이로되, 지체가 부족하오니 다른 염려는 없을 듯하나이다."
할 뿐, 무슨 다른 말을 할 듯 하면서도 주저하는 기색을 나타낸다.
　공이 이상히 여겨,
　"무슨 일이든지 바른대로 이르라."
　관상녀는 마지 못하는 양하다가, 좌우에 있는 사람들을 물리친 다음,
　"공자의 상을 보니 흉풍의 조화가 무궁하고 미간(眉間)에 산천정기가 영롱하오니, 진실로 왕후(王侯)의 기상이라 장성하면 장차 *멸문지화(滅門之禍)를 당하오리니 상공께서는 살피소서."
　듣고 있던 공은 놀람을 마지않으며, 묵묵히 앉아서 마음을 가다듬다가,
　"사람 팔자는 벗어나기 어렵거니와 이런 말은 누설(漏泄)치 마라."
하고 약간의 은자를 주어 보냈다.
　그 뒤에 공은 길동을 산정(山亭)에 머물게 하고 그 일동일정을 엄하게 살폈다. 길동은 더욱 슬픔을 이기지 못했지만, 할 수 없는 일이라 육도삼략(六韜三略)과 천문지리를 공부하는데, 공이 이 일을 알고는 크게 근심을 한다.
　"이 놈이 본시 재주가 있어 만약 범람한 마음을 두게 되면 관상녀의 말과 같으리니 이를 장차 어쩌면 좋단 말이냐?"
　한편 초란은 관상녀와 내통하여 공의 마음을 놀랍게 하고, 길동을 없애고자 천금을 들여 자객을 구했다.
　특재(特材)라는 이름의 자객까지 구해온 초란은 공의 마음을 움직인다.
　"일전에 왔던 관상녀는 아는 것이 귀신 같으니, 길동의 일을 어찌하시려 하나이까? 일찍 그를 없이함만 못하지 않겠나이까?"

*멸문지화(滅門之禍)── 한 집안을 다 죽여 없앰을 당하는 큰 재앙.

공은 초란의 말을 듣고 상을 찡그리며,
"이 일은 내 심중에 있는 바니 번거롭게 굴지 마라."
하고 물리쳤으나, 심사는 자연히 산란하여 밤이면 잠을 이루지 못하더니 인하여 병이 되어 자리에 눕게 되었다. 부인과 아들인 좌랑 인형(佐郞仁衡)이 크게 근심하여 밤낮을 초조하게 지내는데, 옆에 있던 초란이 긴한 체 입을 놀린다.
"상공의 환후 위중하심은 길동을 두신 까닭이라. 천한 소견으로는 길동을 죽여 없이 하면 상공의 병환도 쾌차하실 뿐 아니라, 문호를 보존하오리니 어찌 이를 생각지 아니 하시나이까?"
초란의 말을 들은 부인은,
"그렇지만 인륜(人倫)이 지중한데 어찌 그럴 수가 있겠는가?"
"듣자오니 특재라는 자객이 있어, 사람 죽임을 주머니 속의 물건 다루듯한다 하니, 천금을 주어 밤에 들어가 해치우게 하면 상공이 아셔도 할 수 없사오리니 부인은 재삼 생각하소서."
좌랑 인형과 부인은 눈물을 흘리며,
"이는 차마 못할 일이지만, 첫째는 나라를 위함이요, 둘째는 상공을 위함이고, 셋째는 홍문(洪門)을 보존함이니 네 계교대로 해보라."
이 말을 들은 초란은 크게 기뻐하며 특재를 불러 자세히 일러주고 오늘밤 급히 행하라 했다. 특재는 이를 응낙하고 밤 되기를 기다리고 있었다.
길동은 천대와 원통함을 생각하고는 시각을 머물러 있고 싶지 않으나, 상공의 엄명이 지중하므로 할 수 없이 밤이면 제대로 잠을 못 이루다가 이날 밤은 불을 밝혀놓고 주역(周易)을 읽고 있는데 지붕 위를 까마귀가 세 번을 울며 날아갔다. 길동은 이상한 마음이 들어,
'까마귀란 짐승은 본래 밤을 꺼리는데 이제 내방 지붕 위를 울고 지나가니 심히 불길한 징조로다.'
생각하고 잠깐 *팔괘(八卦)를 벌여보다가 크게 놀라 서안을 물리치

───────────────
*팔괘(八卦)── 복희씨(伏義氏)가 지어낸 여덟 가지 괘로 건(乾)·태(兌)·이(離)·진(震)·손(巽)·감(坎)·간(艮)·곤(坤)을 말함.

고, 둔갑법(遁甲法)을 행하여 동정을 살피고 있었다.
 이윽고 삼경이 되자, 한 사람이 손에 비수를 들고 서서히 문을 열더니 방안으로 들어오는지라 길동이 급히 몸을 감추고 진언(眞言)을 외우니, 돌연 방 안에 한바탕 음산한 바람이 일어나매, 집과 방은 간데 없고 나무만 울창히 서 있는 산중이 되었다.
 특재는 크게 놀라며, 이것이 길동의 신기한 조화임을 알고는 비수를 감추고 몸을 피하고자 했으나 그것도 어렵게 되었으니, 특재 앞에는 길이 끊어지고 층암절벽이 그 앞에 놓여 있으니 어디로 몸을 피하리요. 진퇴유곡(進退維谷)이라 오도가도 못하고 사방으로 방황하고 있는데, 어디선가 옥적(玉笛) 소리가 들려 왔다. 특재가 정신을 차려 살펴보니, 소동 하나가 나귀를 타고 오다가 피리 불기를 그치고 특재를 크게 꾸짖는다.
 "네 무슨 일로 나를 죽이려 하느냐? 무죄한 사람을 죽이면 어찌 천벌이 없겠느냐?"
하고 또 한 번 진언을 외우니 일진흑운(一陣黑雲)이 일어나매 큰 비가 내리붓더니 흙과 돌이 날아오는지라. 특재 정신을 겨우 수습하고 살펴보니, 그 소동이 바로 길동이었다. 비록 그 재주는 신기하게 여기면서도 어린 길동이 감히 자기를 대적하겠느냐 여기고 길동에게,
 "너는 죽어도 나를 원망 마라. 초란이가 무당과 관상녀로 하여금 상공과 의논하고 너를 죽이려 함이니, 어찌 나를 원망할 것이냐?"
하며 칼을 들고 달려든다. 길동은 분함을 참지 못해 요술로써 특재의 칼을 뺏어 들고 크게 꾸짖는다.
 "네가 재물에 눈이 어두워 사람 죽임을 능사로 삼으니 네 너 같은 무도한 놈을 죽여 후환이 없게 하리라."
하고 한 번 칼을 드니 특재의 머리가 방안에 뒹굴었다. 그래도 길동은 분기가 가시지 않아 그 밤으로 관상녀와 무당을 잡아다가, 특재가 죽어 넘어진 방 안에 밀어 넣고 꾸짖기를,
 "너희들이 나와 더불어 무슨 원수가 있기에, 초란과 한가지로 나를 죽이려 하였느냐?"

하고는, 역시 목을 베어 죽였다.

  길동이 세 사람을 죽이고 주위를 살펴보니 은하수는 서쪽으로 기울어졌고 달빛은 희미하며, *삭풍(朔風)은 소슬하여 정히 사람의 마음을 슬프게 했다. 길동은 아직도 분기가 가시지 않아 초란이마저 죽여 버리려다가 생각하니, 초란은 상공이 사랑하는 여인이라, 칼을 던져 버리고 몸을 피해 어디든 가리라 생각을 하고, 하직을 고하고자 상공의 침소로 걸어갔다.

  아직 잠들지 않은 상공이 창 밖에서 인기척이 있음을 알고 괴이하게 여겨, 방문을 열고 내다보니 길동이 그곳에 서 있었다.

  "밤이 깊었는데 어찌 자지 아니하고 이렇게 방황하느냐?"

  길동은 허리를 굽히며 대답한다.

  "소인이 일찍 부생모육지은(父母生育之恩)을 만분지 일이라도 갚을까 하였삽는데 불의지인(不義之人)이 있사와 상공께 참소하고 소인을 죽이려 하오매, 겨우 목숨을 보전하였사오나 상공을 오래 모실 길이 없삽기로, 오늘 상공께 하직을 고하나이다."

  이 말을 들은 공이 놀라며,

  "네 무슨 변고가 있기에 어린 아이가 집을 버리고 어디로 가겠다는 말이냐?"

하고 물었다.

  "날이 밝으면 자연 사실을 알게 되실 것이옵니다만, 소인의 신세는 뜬 구름과 같사오니 상공의 버린 자식이 어찌 방소를 두리이까."

하며 두 줄기 눈물을 흘린다. 그 모양을 본 공은 측은한 마음이 들어,

  "나도 네 품은 한을 짐작하는 바니 오늘부터는 호부호형(呼父呼兄)을 하여라."

한다. 길동은 또다시 허리를 굽혀 절하며,

  "소자의 한 가지 한을 아버님께서 풀어 주시오니 이제 죽어도 한이 없사옵니다. 복원하오니 아버님께옵서는 만수무강하옵소서."

하고는, 다시 재배(再拜)하고 작별을 고하니, 공도 더 이상 붙들지 못

---

*삭풍(朔風)──겨울철의 북풍.

하고 어디를 가든 무사하기를 당부한다.
　길동은 다시 어미의 침소로 가서 이별을 고하기를,
　"소자 지금 슬하를 떠나오나 다시 모실 날이 있사오리니 모친께서는 그 사이 귀체를 보중하소서."
　길동 어미 춘섬은 이 말을 듣고 어떤 변고가 있음을 짐작하고, 길동의 손을 잡고 통곡하며,
　"네 어디로 가고자 하느뇨? 한 집에 있으면서도 처소 초원(稍遠)하여 매양 연연하더니 이제는 아주 정처없이 떠나가다니, 너를 떠나보내고 나는 어찌 살란 말이냐? 쉬 돌아와서 서로 만나게 되길 바란다."
　길동이 춘섬에게 재배하고 문을 나와 지향 없는 발길을 옮기니, 어찌 가련하지 않겠는가.
　이때 초란이는 특재의 소식이 없음을 십분 의아히 여기고 사람을 시켜 알아보게 하니, 길동은 간 데가 없고 특재와 두 계집의 주검이 방 안에 있다는 소식이었다.
　초란이 혼비백산하여 급히 부인에게로 달려가 사실을 고한다.
　"길동은 간 데 없고 세 주검이 있나이다."
　이 말을 들은 부인 또한 크게 놀라 아들 좌랑을 불러 이 일을 말하고 공에게 고하니 공이 크게 놀라며,
　"길동이 밤에 와서 슬피 하직하기로 이상히 여겼더니 이런 일이 있었구나."
　아들 좌랑은 사실을 숨길 수 없음을 깨닫고 초란의 계획을 자세히 이야기했다. 공은 크게 노하여 초란을 내치고 조용히 그 시체를 처치케 하고, 노복들을 불러 이런 말을 내지 말라고 명령을 내렸다.
　한편 집을 나선 길동은 정처없이 가다가 한 곳에 다다르니 경개가 절승(絶勝)한지라, 인가를 찾아 들어가니 인가는 없고 큰 바위 밑에 큰 돌문이 닫혀져 있었다.
　이상한 마음이 든 길동이 가만히 돌문을 밀어보니 돌문이 스르르 열린다. 길동이 그 문으로 들어서니, 돌문 안에는 넓은 평야에 수백호

집이 들어서 있었고, 무슨 잔칫날인지 여러 사람들이 모여 즐기고들 있었다.
　이곳은 다른 곳이 아니라 도둑의 소굴이었다.
　잔치를 즐기던 무리들이 난데없이 홍길동이 굴 안으로 들어온 것을 보고 한편 놀라며 또 한편으로는 길동의 만만치 않음을 보고 반기는 마음으로 길동에게 묻는다.
　"그대는 어떤 사람인데 이곳엘 들어왔는가? 이곳은 여러 영웅들이 모여 있으나 아직 두목을 정치 못하고 있은즉, 그대가 만일 용력(勇力)이 있어 우리와 한 곳에 있고자 한다면 저 돌을 들어보라."
하고, 큰 돌을 가리키며 길동을 쳐다본다.
　길동이 이 말을 듣고 속으로 다행하게 여기며,
　"나는 서울 홍판서의 천첩 소생인 길동인데 집안에서의 천대를 받지 않고저 사해팔방(四海八方)으로 정처없이 다니다가, 우연히 이곳에 들어와 모든 호걸이 동료 됨을 바라시니 크게 감사하오매, 또한 대장부 될 꿈으로 어찌 저만한 돌을 들기를 근심하리까?"
하고, 도적이 가리킨 돌을 들어 수십 보를 걸어가다가 던졌다.
　이 모양을 본 도적들은 길동을 칭찬해 마지않는다. 그럴 수밖에 없는 것이 그 돌 무게는 천 근 가까이 되는 것으로 이 도적들 가운데서는 한 사람도 그 돌을 드는 자가 없었던 것이다.
　"과연 장사다! 우리 수천 명 가운데 이 돌을 드는 자 없더니, 오늘 하늘이 도우사 장군을 주심이로다."
하고 길동을 상좌에 앉히고, 술을 차례로 권하며 백마(白馬)를 잡아 그 피로 맹세하고 언약을 굳게 하니, 그들 무리가 다 승낙하고 하루 종일 즐겼다.
　그 후로 길동이 여러 사람과 더불어 무예(武藝)를 연습하니 몇 달이 안가서 군병이 제대로 정제되었다. 그렇게 지내던 어느 날, 여러 사람이 길동에게 말하기를,
　"저희들이 벌써부터 합천 해인사(海印寺)를 치고 그 재물을 탈취코자 했으나, 지략(智略)이 부족해서 이를 행치 못하고 있었는데, 장

군의 의향은 어떠하온지요?"
하고, 길동의 뜻을 묻는다.
　　"장차 내가 발군(發軍)하리니 그대들은 지휘대로만 하라."
하고는 청포흑대(靑袍黑帶)에 나귀를 타고, 종자(從者) 몇 사람을 데리고 도둑의 굴에서 나가며,
　　"내 그 절에 가서 동정을 살피고 오리라."
하고 산에서 내려가니, 재상가 자제의 모습이 완연하다. 길동은 해인사로 들어가 먼저 주지 중을 불러 이르기를,
　　"나는 서울 홍판서 자제다. 이 절에 와서 글 공부를 하고저 하는데, 내일 쌀 이십 섬을 보낼 것이니 음식을 정하게 하여 너희들과 함께 먹으리라."
하고는 두루 사방을 잘 살펴보며 후일을 기약하니, 모든 중들이 기뻐하여 마지않았다.
　　길동은 산으로 돌아와 백미 이십 섬을 해인사로 보낸 다음, 여러 사람을 불러놓고,
　　"아무 날은 내가 그 절로 가서 이리이리 할 터이니, 그대들은 뒤로 와서 이리이리 하라."
하고는, 그 날을 기다려 종자(從者) 수십 명을 데리고 해인사로 갔다. 해인사 중들이 나와 길동을 맞아들였으므로, 길동은 노승을 불러,
　　"내가 보낸 쌀로 음식이 부족하지는 아니하겠소?"
　　노승이 대답하기를,
　　"조금도 부족지 않사옵니다. 황감하여이다."
　　길동이 상좌에 앉아 중들을 청해 각기 상을 받게 하고는 먼저 술을 마시고, 차례로 술을 권하니 모든 중들이 황송하게 여긴다. 길동은 음식을 먹다가 지니고 간 모래를 입에다 넣고 깨물었다. 돌 씹는 소리가 크게 난 것은 당연한 일인지라, 이 소리를 듣고 중들이 일어나 사죄하느라 야단이었다. 길동은 크게 노한 양, 중들을 꾸짖는다.
　　"너희가 어찌 음식을 이다지 정결치 못하게 하였느냐? 이는 나를 능멸하여 정하게 하라는 말을 반대로 한 것임에 틀림없다!"

하고 종자에게 명하여 중들을 한 줄에 묶어서 무릎 꿇려 앉혔다.
 절에 있던 중들은 겁이 나서 벌벌 떨고만 있는데, 별안간 수백 명 도둑의 무리가 달려들어 절 안에 있는 모든 재물을 제 것 가져가듯 들어내간다.
 이 모양을 당하게 된 중들은 몸이 묶여 있는지라 입으로만,
 "도둑이야! 도둑이야!"
 소리를 지를 뿐, 눈뜨고 도둑을 맞을 수밖에 없었다.
 이때 중의 심부름으로 밖에 나갔던 *불목하니가 돌아오다가, 이 모양을 보고는 급히 관가로 달려가 사실을 고했다.
 합천군수는 이 고발을 받고 즉시 관군을 풀어 그 도둑을 잡으라 명했다. 명을 받은 수백 명 장교들이 도둑의 뒤를 쫓다가 보니, 중 하나가 *송낙을 쓰고 또 장삼을 입고 산봉우리 위에 올라서서 크게 소리치기를,
 "도둑들이 저 북쪽 소로로 달아났으니 빨리 따라가 잡으시오."
 한다. 관군은 그것을 중이 가리키는 말인 줄 알고 풍우같이 북쪽 길로 접어들어 따라갔다.
 길동이 도둑들을 남쪽 대로로 보내 놓고 홀로 남았다가 중의 옷을 입고 관군을 속인 것이니 어찌 관군이 도둑을 잡을 수 있으랴.
 날이 저물 때까지 북쪽 길로 달리다가 허탕을 치고 관군은 되돌아섰으며, 길동은 산채로 돌아왔다.
 모든 도둑들은 많은 재물을 뺏어 온 것이 길동의 지략 덕분이라, 반가이 맞아들이며 길동의 공을 크게 사례한다.
 길동은 웃으며,
 "대장부 이만한 재주도 없이 어찌 중인(衆人)의 괴수가 되리요?"
 한다. 그런 다음 길동은 이 도둑의 무리를 일러 활빈당(活貧黨)이라 하고는, 조선 팔도로 돌아다니며 각 읍(各邑) 수령(守令) 가운데 불의의 재물을 가진 자 있으면 빼앗고, 또 혹 집안이 가난한 자 있으면 구

---

*불목하니──절에서 밥짓고 물긷는 일을 하는 사람.
*송낙──소나무겨우살이로 만든, 흔히 여승(女僧)들이 쓰는 모자.

제하는 등, 백성의 재물을 털끝 하나라도 범치 아니했으며 또한 나라의 재물도 범치 아니했다.

그러므로 도둑의 무리들은 다 길동의 의기에 머리를 숙이고 그의 명을 따랐다.

그 어느 날 길동은 활빈당원들을 한 자리에 모아놓고,

"내 들으니 함경감사(咸鏡監司)가 무서운 탐관오리(貪官汚吏)로 백성의 고혈을 빨아먹어 백성들이 도탄에서 허덕이고 있다 하니, 어찌 우리가 그런 자를 그대로 두겠는가? 그대들은 누구를 물론하고 내 명대로 거행하라."

하고는, 활빈당원들을 한 사람 한 사람씩 함경도로 들여 보내고 아무 날 밤까지 아무 곳에 모이라 이른 뒤, 길동도 홀로 함경도로 들어갔다. 수십 일 후에 이들은 길동이가 일러 준 곳으로 모였다.

길동은 한 패는 남문 밖에 불을 지르게 하고, 한 패는 성 안으로 들어가 관가 창고를 열고 곡식과 돈, 군기(軍器)를 짊어내 가지고 북문으로 달아나라고 했다. 그리하여 성중으로 들어갈 무리 수백 명은 성 안으로 들어갔고 나머지 한 패는 남문 밖에다 불을 질렀다. 화광(火光)이 하늘을 찔렀음은 다시 말할 나위도 없는 일이다.

함경감사는 이 큰 불을 보고 몹시 놀라, 관속들에게 남문 밖의 불을 끄라고 명했다.

관속과 백성들이 일제히 남문 밖으로 몰려 나가고 성 안에는 관속이 한 사람도 없을 정도였다.

이 틈을 타서 성 안으로 들어갔던 활빈당원 수백 명은 길동의 명대로 관가의 창고를 열고 전곡(錢穀)과 군기(軍器)를 끄집어내 가지고 북문으로 달아났다. 이렇게 되니 성 안이 발칵 뒤집혔을 것은 불문가지(不問可知)다.

뜻밖의 변을 당한 감사는 어떻게 할 줄을 모르다가 날을 밝혔다. 날이 밝은 후 살펴보니 군기고에는 군기가 없고, 쌀고에는 쌀이 없으며 돈고에는 돈이 없이 텅텅 비었다. 대경실색(大驚失色)하여 도둑 잡기를 명했으나 이미 달아난 활빈당원이나 길동을 어찌 잡겠는가?

그러다가 관속들은 북문 밖에 아무 날 전곡과 군기를 도적한 자는 활빈당 행수 홍길동(活貧黨 行首洪吉童)이란 방이 붙어 있음을 보고, 도둑 잡기에 혈안이 되었다. 길동은 여러 무리와 함께 전곡을 많이 도적했으므로, 길에서 잡힐 염려가 있기에 둔갑법(遁甲法)과 축지법(縮地法)을 써서 처소로 돌아왔다.

그후 어느 날 길동은 다시 활빈당원을 모아 놓고,

"이제 우리가 합천 해인사의 재물을 탈취했고, 또 함경감사의 전곡을 도적해서 소문이 파다하려니와, 내 성명까지 감영에 붙었으니 오래지 아니하여 잡히기 쉬울 것이나, 그대들은 내 재주를 보라."

하고, 짚으로 사람을 만들어 진언을 외워 혼백을 붙이니, 일곱 길동이가 일시에 팔을 뽐내고 크게 소리치며 한 곳에 모여 수작하니 어느 것이 정말 길동인지 알 수가 없었다.

그리고 길동은 이 일곱 길동이를 팔도에 하나씩 흩어지게 하고, 각각 사람 수백 명을 거느리고 다니게 했다.

이들 여덟 길동이는 팔도로 돌아다니며 호풍환우(呼風喚雨)하는 술법을 써서 각 읍 양곡을 하룻밤 사이에 종적없이 하려 하며 서울로 가는 *봉물(封物)은 하나같이 탈취하니, 팔도 각 읍이 소란해서 밤에 제대로 잠을 자지 못하고, 도로에 행인이 끊어질 지경이 되어 팔도가 일시에 소란해졌다.

감사들이 서울 임금님께 장계(狀啓)를 올렸으니 내용은 대략 다음과 같다.

'난데없는 홍길동이란 큰 도둑이 있어 능히 풍운을 일으키며 각 읍의 재물을 탈취하오매, 봉송(封送)하는 물종(物種)이 올라가지 못하고 작란이 무수하오니, 그 도둑을 잡지못하면 장차 어떻게 되올는지 모르온지라, 복망 성상(聖上)께오선 좌우포청(左右捕聽)으로 하여금 잡게 하소서.'

상(上)이 이 장계를 보시고 크게 놀라 도둑 잡을 일을 명하시는데, 연달아 팔도에서 장계가 올라오는데 도둑 이름이 똑같은 홍길동이고

---

*봉물(封物)── 지방 관리가 서울의 벼슬아치에게 보내는 선물.

또 도둑을 당한 날짜는 다 같은 한날 한시였다.
 상이 크게 놀라 말하기를,
 "이 도둑의 용맹과 술법은 옛날 *치우(蚩尤)라도 당치 못하겠구나! 아무리 신기한 놈인들, 어찌 한 몸이 팔도에서 한날 한시에 도둑질을 하겠는가? 이는 심상한 도둑이 아니기로 잡기가 어려우리라."
하고 좌우포장(左右捕將)을 함께 발군(發軍)시켜 도둑을 잡으라 하였다. 왕명을 받은 우포장(右捕將) 이흡(李洽)이 상께 아뢰기를,
 "신이 비록 재주 없사오나 그 도둑을 잡아 올리겠사오니 전하께옵서는 심려를 놓으소서. 조그만 도둑으로 인해 어찌 좌우 포장이 한가지로 발군하오리까?"
 상이 우포장 이흡의 말을 옳게 여기시고 급히 떠나게 재촉하였다.
 이흡은 왕께 하직한 후 많은 관졸(官卒)을 거느리고 길동을 잡으러 떠나는데, 함께 몰려서 가는 것이 아니라 각각 흩어져서 아무 날 문경(聞慶)에서 모이기로 약속을 하고 헤어졌다. 이흡은 약간의 포졸만을 데리고 변복을 하고 다니게 되었다. 그러던 어느 날 날이 저물매 주점으로 들어가 몸을 쉬고 있는데, 한 소년이 나귀를 타고 들어와 인사를 하였다.
 이흡도 예로써 소년을 맞으니, 소년이 길게 한숨을 쉬며 하는 말이,
 "*보천지하 막비왕토(普天之下 莫非王土)요, 솔토지민 막비왕신(率土之民 莫非王臣)이라 하니 소생이 비록 향곡에 있으나 국가를 위해 근심이로소이다."
 이 말을 들은 이흡이 거짓 놀라며,
 "그 무슨 뜻을 말함이뇨?"
 "홍길동이란 도둑이 팔도로 다니며 장난을 하여 만인을 소란케 하는바 이놈을 없애지 못하오니 어찌 분하지 않겠습니까?"
 포장 이흡이 이 말을 듣고 하는 말이,

---
*치우(蚩尤)──중국의 전설상의 인물. 구리로 된 머리와 쇠로 된 이마를 가졌다고 함.
*보천지하 막비왕토(普天之下 莫非王土)요, 솔토지민 막비왕신(率土之民 莫非王臣)이라──온 천하에 왕의 땅 아닌 곳이 없고, 온 백성 가운데 왕의 신하 아닌 사람이 없다.

"소년의 기골이 장대하고 하는 말이 충직(忠直)하니, 나와 한가지로 그 도둑을 잡음이 어떠하뇨?"

"내 벌써 잡고저 하나 용력있는 사람을 얻지 못하였는데, 이제 장군을 만났으니 어찌 만행이 아니리요만 장군의 재주를 알지 못하니, 그윽한 곳에 가서 시험을 해봄이 어떻겠습니까."

"그래도 좋지!"

하고, 포장 이흡이 소년을 따라 나갔다. 소년은 포장 이흡을 데리고 높은 바위 위로 올라가 앉으며 말하길,

"당신이 힘을 다해 두 발로 나를 걷어 차서 이 바위에서 떨어지게 해 보십시오."

한다. 이 말을 들은 포장 이흡은,

"제 아무리 용력이 있은들 힘껏 차면 떨어지지 않을 리가 있으랴?"

하고, 있는 힘을 다해서 두 발로 소년을 걷어 찼다. 그러나 소년은 바위에서 떨어지기는커녕 한 번 빙그르르 돌아 앉으며 하는 말이,

"과연 힘이 장사외다. 내 여러 사람을 시험하여 보았으나 나를 움직이게 하는 사람이 없거늘 오늘 당신에게 차이니 오장이 눌리는 듯하니이다. 이제 날 따라오면 길동을 잡을 수 있을 것입니다."

하고, 앞서 걸어가며 첩첩 산골로 들어간다.

포장 이흡이 생각하기를 '나도 힘을 자랑할 만하더니 오늘 소년의 힘을 보니 어찌 놀랍지 아니하냐? 이제 이곳까지 왔으니 길동 잡기는 근심할 바 없도다'하고 소년의 뒤를 따라갔다.

얼마쯤 산 속으로 들어가자니, 소년이 몸을 돌리며 하는 말이,

"이곳이 길동의 굴혈이매 내 먼저 들어가 탐지할 것이니, 당신은 여기서 기다리시오."

포장 이흡이 마음에 의심되는 바 있으나 어쩔 수 없는 일이라 빨리 잡아 오라 당부를 하고 앉아 기다리고 있었는데, 별안간 산곡으로부터 수십 명 군졸이 크게 소리를 지르며 포장 이흡에게 달려온다.

포장 이흡은 깜짝 놀라 몸을 피하고자 했으나, 그들은 눈 깜짝하는 사이에 이흡에게로 달려들어 결박하여 꾸짖기를,

"네가 포도대장 이흡(捕盜大將李洽)이지? 우리들은 *지부왕(地府王)의 명을 받아 너를 잡으러 왔다."

하고, 쇠사슬로 목을 옭아매고 풍우같이 몰아가니, 포장 이흡이 혼이 빠져 어딘 줄도 모르다가 한 곳에 다다라 소리 지르고 꿇려 앉히므로 정신을 가다듬고 머리를 들어 보니, 궁궐이 굉장하고 무수한 역사(力士)들이 누런 수건을 머리에 동이고 좌우에 늘어서 있고, 전각 위에는 일위군왕(一位君王)이 용상에 앉아 포장을 꾸짖는다.

"네 요마필부(妖魔匹夫)로 어찌 홍장군을 잡으려 하는고? 그 죄로 너를 잡아 풍도지옥(酆都地獄)에 가두리라."

포장 이흡이 겨우 정신을 차려,

"소인은 인간의 한 미미한 사람이라 무죄히 잡혀 왔으니, 살려 보내 주심을 바라나이다."

하고 애걸을 한다. 이때 전상에서 웃음소리가 나며,

"이 사람아, 나를 자세히 보라! 내가 곧 활빈당 행수 홍길동이다. 그대가 나를 잡고저 나섰다 하기에, 그 용력과 뜻을 알아보고자 어제 내가 청포소년(靑袍少年)으로 그대를 인도해서 이곳으로 데리고 와 내 위엄을 보이려 함이니라."

하고, 좌우에 늘어선 역사(力士)들에게 명해 결박한 것을 풀게 하고 당상에 올라앉게 하여 술까지 권한다.

"그대는 부질없이 다니지 말고 빨리 돌아가되, 나를 보았다 하면 반드시 죄책(罪責)이 있을 것이니 아무쪼록 이런 말을 입 밖에 내지 마라."

하면서 거듭 술을 부어 권한 다음 좌우에 명하여 포장을 돌려 보내라 한다.

포장 이흡은 정신이 얼떨떨해서 꿈인지 생시인지 분간을 못하겠고, 어쩌다가 이리로 끌려왔는지조차 갈피를 잡을 수가 없어 속 마음으로

'길동의 조화가 과연 신기하도다.'

감탄하며 몸을 일으켜 나가려 하는데, 이 어찌된 일이냐? 도무지 사

---

*지부왕(地府王)──염라대왕.

지를 움직일 수 없어 또 한번 정신을 가다듬어 살펴보니, 자기가 어떤 궁궐 안에 있는 것이 아니라, 가죽 포대 속에 들어 있음을 깨닫게 되었다. 포장 이흡이 간신히 그 가죽 포대에서 나와 보니, 궁궐은 물론 전각도 없고 홍길동도 없으며 황건력사(黃巾力士)도 없는 깊은 산 속인데 눈에 보이는 것은 자신이 빠져나온 포대와 똑같은 가죽 부대 세 개가 나무에 걸려 있는 것이었다. 포장은 그 세개의 가죽 포대를 끌어 내려 차례로 풀어 보았다.

"아니?"

포장 이흡은 또 한번 놀란 눈을 크게 떴다. 놀라지 않을 수 없는 일이었다. 포대 속에서 나온 것은 자기가 서울서 떠날 때 데리고 온 하인 세 명이었다. 네 사람은 똑같이 얼굴을 바라보며,

"이게 어찌된 일이냐? 우리가 떠날 때는 문경(聞慶)에서 모이자 하였는데, 어찌 이곳에서 만나게 되었느냐?"

하며, 눈을 똑바로 뜨고 살펴보니 자기들이 있는 곳은 다름아닌 바로 한양성 북악(漢陽城北嶽)이라, 네 사람은 어이가 없어 장안을 굽어 보다가 이윽고 포장이 입을 열어,

"너희들은 어찌해서 이곳에 왔느냐?"

고 물었다.

세 사람이 똑같이 대답하기를,

"소인들이 막에서 자고 있었사온데, 비몽사몽(非夢似夢)간에 홀연히 풍우에 싸여 정신없이 이리로 왔사옵기 무슨 영문인지 알지 못하나이다."

이 말을 들은 포장이 말하기를,

"일이 하도 맹랑하니 다른 사람에게 이 말을 전하지 마라. 길동의 재주가 측량키 어려워 신출귀몰(神出鬼沒)하니 어찌 사람의 힘으로 잡겠느냐? 우리가 그대로 돌아가면 필경 죄를 면치 못할 것이니, 몇 달 더 있다가 돌아가자."

하고 산에서 내려온다.

포장 이흡을 내보낸 다음, 상은 다시 팔도 감사들에게도 길동을 잡

아들이라 엄명을 내렸으나, 길동의 변화가 측량키 어려웠다. 혹은 초헌(軺軒)을 타고 다니기도 하고 혹은 각 읍에 통고를 해놓고는 쌍교(雙轎)도 타고 왕래하며, 어사의 모양으로 역졸을 데리고 각 읍 수령 중에 탐관오리(貪官汚吏) 하는 자를 *선참후계(先斬後啓) 하되, 가어사(假御使) 홍길동의 계문이라 하니 상이 더욱 진노하여,

"이놈이 각도로 다니며 장난이 무한하되 아무도 잡지 못하니 장차 어찌하리요?"

하시며 여러 신하들과 의논을 하시고 있을 때도 각 도에선 연달아 장계가 올라오고, 그 장계가 다 홍길동의 장계였다.

왕이 더욱 근심하시매 좌우를 돌아보시며 묻기를,

"이놈이 아마 사람이 아니고, 귀신의 장난이니 누가 능히 그 근본을 짐작하겠는가."

반열(班列)에 앉았던 한 사람이 나서며 아뢰기를,

"홍길동은 전임 이조판서 홍모의 서자(庶子)요, 병조좌랑(兵曹佐郎) 홍인형의 서제(庶弟)오니, 이들 부자를 부르사 *친국(親鞫)하오시면, 자연 알게 되실 줄 아옵나이다."

왕이 이 말을 듣고 더욱 노하시매,

"이런 말을 어찌 이제야 하느뇨?"

하시고, 즉시 홍모는 금부에 가두고 인형을 먼저 잡아들여 친히 국문(鞫問)하였다. 상은 서안(書案)을 치며 홍인형에게 하문하신다.

"길동이란 도둑이 너의 서제(庶弟)라 하니 어찌 금단(禁斷)치 아니하고 그대로 두어 나라에 큰 환난을 일으키게 하느냐? 네 만일 잡아들이지 않으면 너희 부자의 충효(忠孝)는 돌아보지 않고 처벌하리니, 빨리 잡아들여 짐의 근심을 풀게 하라."

상명(上命)을 받은 홍인형은 황공하여 관을 벗고 엎드려 아뢴다.

"신의 천한 아우 있어 일찍 사람을 죽이고 망명도주(亡命逃走)하온 지 수월이 지나도록, 그 존망(存亡)을 알지 못하와, 신의 늙은 아비

─────────
*선참후계(先斬後啓)──군율을 어긴 자를 먼저 처형한 뒤 임금께 아룀.
*친국(親鞫)──임금이 친히 문초하는 것.

는 이 일로 말미암아 병들어 위중하와 명재조석(命在朝夕)이던바, 길동이 무도불측하므로 성상께 근심을 끼치게 되었사오니, 신의 죄 *만사무석(萬死無惜)이오나, 복망 성상께옵서 자비의 혜택을 내리시와 신의 아비 죄를 사하사 집에 돌아가 치병(治病)케 하여주시오면, 신이 죽기로써 길동을 잡아 신의 부자의 죄를 씻을까 하옵나이다.”

상은 인형의 효심과 충심에 감동하사 홍모를 즉시 사하시고, 인형으로 하여금 경상감사(慶尙監司)로 제수하시며,

“경이 만일 감사의 기구가 없으면 길동을 잡기 어려울 것이라, 경상감사를 제수하노니 일년을 한하고 곧 길동을 잡아들이게 하라.”

인형이 백배사은(百拜謝恩)하고 상께 하직한 뒤, 경상도로 도임해서 곧 각 읍에 방을 붙이게 했다.

‘사람이 세상에 나매 오륜(五倫)이 으뜸이요, 오륜이 있으므로 인의예지(仁義禮智)가 분명하거늘, 이를 알지 못하고 군부(君夫)의 명을 거역하여 불충불효하면 어찌 세상에 용납하리요? 우리 아우 길동은 이런 일을 알 것이니, 스스로 형을 찾아와서 사로잡히라. 부친이 너로 말미암아 병이 골수에 맺혔고, 성상께서 크게 진념하시니 네 죄악이 크고 무거운지라 상께서 나로 하여금 특별히 *도백(道伯)을 제수하시고 너를 잡아들이라 하시니, 만일 잡지 못하면 우리 홍문 *누대청덕(累代淸德)이 일조에 멸하게 될 것이니 어찌 슬프지 아니하랴? 길동은 이를 생각해서 빨리 스스로 나타나면, 네 죄는 적게 될 것이요, 우리 일문도 보전될지 모르겠거니와 너는 만 번 생각해서 자진 출두하라.’

홍감사는 이 같은 방을 각 읍에 붙여놓게 하고는, 다른 공사는 전폐하고 길동이 나타나기만을 기다린다. 그러던 어느 날 한 소년이 나귀를 타고 하인 수십 명을 데리고 영문 밖에 와서 감사를 뵈옵기를 청한

---

*만사무석(萬死無惜)──죄가 무거워 조금도 용서할 여지가 없음.
*도백(道伯)──관찰사(觀察使).
*누대청덕(累代淸德)──대대로 내려오는 깨끗한 덕.

다.
 감사는 혹시나 하는 마음으로 들어오게 하니 소년이 들어와 단상에 올라 배알하는데, 감사가 눈을 들어 자세히 살펴보니 기다려 마지않던 길동이었다. 크게 놀라며 기뻐하고 좌우를 물리치고 길동의 손을 잡고 눈물을 흘리며 흐느끼면서,
 "길동아 네가 한 번 집을 나간 뒤 생사존망(生死存亡)을 아지 못해 부친께서 병이 골수에 박혀 고생을 하시고 계시다. 그런데도 너는 갈수록 불효를 끼칠 뿐만 아니라, 국가에 큰 근심이 되게 하니 네 무슨 마음으로 불충불효(不忠不孝)를 행하며, 또한 도적이 되어 세상에 비할 수 없는 죄를 짓느냐? 이 점으로 성상께옵서 진노하시고 나로 하여금 너를 잡아들이게 하시니 이는 피할 수 없는 죄라, 너는 일찍 *경사(京師)에 나아가 천명(天命)을 순순히 받으라."
하는데 눈물이 비오듯 한다. 길동은 머리를 숙이고 말한다.
 "천생 길동어 이에 이름은 부형의 위태함을 구하고자 함이니, 어찌 다른 말이 있겠습니까? 생각건대 대감께서 처음 천한 길동을 위해 부친을 부친이라 하고 형을 형이라 하였던들 어찌 이 지경에 이르렀겠습니까? 그러나 이제 와서 저나간 일을 말하여 무엇하겠습니까? 이제는 소제를 결박하시와 경사로 올려 보내소서."
하고는 다시 아무 말도 아니했다.
 홍감사는 이 말을 듣고 한편으로는 슬퍼하며 한편으로는 장계를 써서 길동에게 칼을 씌우고 차꼬를 채우고 함거(檻車)에 실어 건장한 장교 십여 명을 골라 서울로 압송하게 하였다. 일행은 *주야배도(晝夜倍道)하여 서울로 행하니, 각 읍 백성들이 길동의 재주를 들어 아는지라 구경코자 길을 메웠다.
 그런데 이 어이된 일이냐? 경상 감사 홍인형이 그 서동생 홍길동을 잡아 올림과 똑같이 팔도에서 한 명씩의 홍길동을 잡아 올리니, 잡혀온 길동이 여덟 명이나 되었다. 이 모양을 보게 된 조정과 장안 인

─────────
*경사(京師)──서울.
*주야배도(晝夜倍道)──밤낮을 걸어감.

민이 *망지소조(罔知所措)하고 능히 알아내는 자 없었다. 상이 놀라 만조백관을 모아 놓고 친국을 하실 때, 여덟 길동이 서로 다툰다.
 "네가 정말 길동이고 나는 아니다."
하고 싸우니, 어느 길동이 참 길동인지 분간할 수가 없었다.
 상께서 괴이히 여기며 홍모를 불러들여,
 "*지자막여부(知子莫如父)라, 아비는 그 아들을 알아볼 수 있을 것이니, 이 여덟 중에서 경의 아들을 찾아내라."
하시니, 홍공이 황공해서 머리를 조아리고 청죄하기를,
 "신의 천생 길동은 왼편 다리에 붉은 혈점(血點)이 있사오니 그를 알아보시면 참 길동이 나타날 것이옵니다."
하고, 다시 여덟 길동을 꾸짖기를,
 "네 지척에 임금이 계시고 아래로 네 아비가 있거늘, 이렇듯 천고에 없는 죄를 지었으니 죽기를 아끼지 마라."
하고 피를 토하며 엎드려 기절해 버린다.
 상이 크게 놀라 약원(藥院)으로 구하라 하였으나, 차도가 없는지라 여덟 길동이 똑같이 눈물을 흘리며 주머니에서 환약 한 개씩을 꺼내어 입에 넣어주니, 얼마가 지난 뒤 정신을 차린다. 이에 여덟 길동들이 상께 상주하기를,
 "신의 아비 국운을 많이 얻었사오니 신이 어찌 감히 불측한 행실을 하오리까만, 신은 본래 천비소생(賤婢所生)이오라 그 아비를 아비라 못하옵고, 그 형을 형이라 임의로 못하오니, 평생에 일편지한(一片之恨)이 복중에 맺혔삽기로, 집을 버리고 적당(賊黨) 총중에 참례하오나, 백성은 추호도 범치 않았사옵고, 각 읍의 수령 가운데 백성들의 고혈을 빨아서 모은 재물만 탈취하였사오나, 이제 십 년을 지나오면 떠나갈 곳이 있으니 복망하옵건대 성상께옵서는 진념치 마시옵고 길동을 잡으실 것을 거두시옵소서."
 말을 끝낸 여덟 길동이 일시에 넘어지면서 짚으로 만든 제웅[草人]

─────────────
*망지소조(罔知所措)── 창황하여 어찌할 바를 몰라함.
*지자막여부(知子莫如父)라── 아버지만큼 그 아들의 됨됨이를 아는 사람은 없다는 말.

으로 변했다. 상은 더욱 놀라시며 참 길동을 잡으라 명을 내렸다.
 참 길동이는 제웅 길동을 없앤 후 두루 돌아다니다가 사대문에 방을 써 붙였다.
 "홍길동은 아무리 해도 잡지 못할 터이니, 병조판서 교지(敎旨)를 내리시면 잡힐 것이외다."
 상께서 그 방을 보시고 신하들을 불러 의논을 하시는데, 신하들은 도둑을 잡으려다 잡지 못하고 도리어 병조판서를 제수하심은 불가하다고 상주했다.
 상이 이를 옳게 여기시고 다만 경상 감사 홍인형에게 길동을 잡아 올리라 재촉하셨다. 경상 감사는 상의 엄한 분부를 받고 황공하여 어찌할 바를 모르고 있는데, 어느 날 길동이 공중에서 내려와 절하고 나서,
 "소제는 정말 길동이오니 형은 아무 염려마시고 결박하여 서울로 보내소서."
 감사는 이 말을 듣고는 길동의 손을 잡고 눈물을 흘리며,
 "이 무지막지한 놈아, 너도 나와 동기간이어든 부형의 교훈을 듣지 아니하고 일국을 소란케 하니, 어찌 애석지 아니하리요! 네 이제 몸소 와서 나보고 잡혀 가기를 자원하니, 도리어 기특한 아우로다!"
하고 급히 길동의 왼편 다리를 살펴보니 과연 붉은 점이 있는지라, 즉시 사지를 각별히 결박하고 함거(檻車)에 실어 건장한 장교 수십 명이 철통같이 에워싼 후 풍우같이 서울로 몰고 가되, 길동은 눈썹 하나 깜짝이지 않고 얼굴빛도 변치 아니하였다.
 여러 날 만에 서울에 다다라 대궐문 앞에 이르자, 길동이 몸을 한번 비트니 쇠사슬이 끊어지고 함거가 깨어져 버리고는, 마치 구렁이가 허물을 벗고 공중으로 올라가듯 공중으로 올라가 표연히 운무(雲霧)에 묻혀 사라져 버린다.
 함거를 에워싸고 오던 장교와 여러 군사들이 어이가 없어 넋을 잃고 공중만 바라보다가, 할 수 없이 사실을 상께 아뢰니, 상이 들으시

고,
"천고에 이런 일이 어디 있으리요?"
하고, 근심만 하고 계시니, 신하 가운데 한 사람이 나와 아뢰기를,
"길동의 소원이 병조판서를 한 번 지내면 조선(朝鮮)을 떠나겠다 하오니, 한번 그 원을 풀면 제 스스로 사은할 것이오니 이 때를 타서 잡으면 좋을까 하나이다."
상이 이 말을 옳게 여기사 즉시 홍길동으로 병조판서를 제수하시고, 사대문에 방을 붙였다.
이 사실을 알게 된 길동은 사모관대에 서대(犀帶)를 띠고 높은 초헌(超軒)을 높이 타고 풍채를 떨치며 대로상에 완연히 나타나매, 이에 홍판서 사은하러 온다 하고, 병조하속(兵曹下屬)들이 나와 맞으며 호위하여 대궐로 들어간다.
이때 백관들이 의논하기를, 길동이 오늘 상께 사은하고 나올 것이니 도부수(刀斧手)를 매복시켰다가 길동이 나오거든 일시에 내달아 쳐죽이자고 약속을 하였다.
길동은 대궐로 들어가 상께 숙배하고 난 다음,
"소신의 죄악이 중하옵거늘 도리어 천은을 입사와 평생 한을 풀었사오며 전하를 영결(永訣)하옵고 돌아가오니, 복망하옵건대 성상은 만수무강하옵소서."
하고는 몸을 공중으로 솟구쳐 구름 속에 싸여 가니 그 가는 곳을 아는 이 없었다.
상이 이 모양을 보시고 도리어 탄복하시기를,
"길동의 신기한 재주는 고금에 없는 일이로다. 제가 지금 조선을 떠나노라 하였으니, 다시는 작폐(作弊)를 하지 않을 것이요, 비록 수상하기는 하나 장부의 쾌한 마음도 있는지라, 족히 염려할 것이 없으리라."
하시고는 팔도에 명을 내려 홍길동 잡는 일을 그만두게 하셨다.
길동은 자기의 있는 곳으로 돌아와, 도둑의 무리를 모아놓고 분부하기를,

"내 다녀 올 곳이 있으니, 그대들은 아무 데도 출입치 말고 내가 돌아오기를 기다리라."

하고는 몸을 솟구쳐 공중으로 날아, 남경(南京)으로 가다가 한 곳에 다다르니, 이곳이 *율도국(䭲島國)이라 사면을 살펴보니, 산천이 청수(淸秀)하고 인물이 번성하여 가히 살 만한 곳이라 하고, 남경으로 들어가 구경하며 제도(猪島)라는 섬으로 들어가, 두루 돌아다니며 산천도 구경하고 인심도 살피고 다니다가, 오봉산(梧峰山)에 이르러 보니, 제일강산(第一江山)이었다.

주위가 칠백 리요, 옥야전답(沃野田畓)이 가득해서 사람 살기에 알맞은 곳이었다. 길동은 속으로 생각키를,

'내 이미 조선을 하직하였으니 이곳에 와서 아직은 은거(隱居)하였다가 큰 일을 도모하리라.'

하고, 다시 도둑의 무리가 있는 곳으로 돌아와 무리에게 이르기를,

"그대들은 아무 날 양천(陽川) 강가에 배를 많이 만들어놓고, 모월 모일에 서울 한강에서 대령하라. 내 임금께 청해서 *정조(正租) 일천 석을 구해올 것이니, 기약을 어기지 마라."

한편 홍공은 길동의 장난이 없어졌으므로 병이 쾌차했고, 상 또한 근심이 없이 지내는데 하루는 추구월 보름께라, 상이 달빛을 받으며 후원을 거닐고 있는데, 별안간 한바탕 맑은 바람이 일어나며 공중으로부터 옥적(玉笛) 소리가 청아하게 들리더니 한 소년이 내려와 상께 엎드려 절을 한다. 상이 놀라 소년에게 묻는다.

"선동(仙童)이 어찌 인간 세상에 내려왔으며, 무슨 일을 이르고자 하느뇨?"

"신은 전임 병조판서 홍길동이올시다."

상이 다시 한 번 크게 놀라며,

"네 어찌 심야(深夜)에 왔는고?"

"전하를 받들어 만세를 뫼시올까 하오나, 천비(賤婢)의 소생이오라

---

*율도국(䭲島國)──남양(南洋)의 큰 섬으로서 가상적 지명(地名).

*정조(正租)──벼.

문과를 하오나 *옥당(玉堂)에 참례치 못할 것이요, 무과를 하오나 *선천(宣薦)에 막힐지라 이러므로 사방에 방랑하와 무뢰지당(無賴之黨)으로 관부(官府)에 작폐하옵고 조정을 요란케 하옴은, 이름을 성상께 알리게 함이었거늘, 신의 소원을 풀어주옵시니 전하를 하직하고 조선을 떠나 한없는 길을 가옵는데, 정조(正租) 일천 석을 *서강(西江)으로 내어주시오면 전하 덕택으로 수천 명이 생명을 보존할까 하나이다."

상이 이를 즉시 허락하시며,

"경의 얼굴을 자세히 보지 못했으니 지금 비록 월하(月下)나 얼굴을 들어 짐을 보라."

길동이 비로소 얼굴을 드나 눈을 뜨지 않는다. 이때에 상이 다시

"어찌 눈을 뜨지 않느뇨?"

"신이 눈을 뜨오면 성상께옵서 놀라실까 두렵나이다."

상이 이 말을 듣고는 과연 범인(凡人)이 아님을 짐작하시고 위로하시니 길동이 천은을 돈수 사례하고 다시 공중으로 솟구쳐 올라가 어디론지 사라져 버린다.

다음날 상이 *선혜당상(宣惠堂上)에게 전거를 내려, 정조 일천 석을 서강으로 보내라 하셨다. 까닭을 모르는 선혜당상은 왕명대로 거행하였더니, 삽시간에 여러 사람이 큰 배에 싣고 가며 말하기를,

"전임 병조판서 홍길동이 천은을 입사와 정조 천 석을 얻어 가지고 가오."

이 말을 들은 선혜당상이 사실을 상께 아뢰니, 상이 웃으며,

"길동에게 사급(賜給)한 것이니라."

하였다.

길동은 정조 천 석을 얻고 삼천적당(三千賊黨)을 거느리고 대해(大

---

*옥당(玉堂)──홍문관(弘文舘).

*선천(宣薦)──선전관(宣傳官)이 되는 천거.

*서강(西江)──서울 마포.

*선혜당상(宣惠堂上)──선혜청(宣惠廳)의 우두머리.

海)에 떠서 남경땅 제도섬으로 들어가 수천 호의 집을 짓고 농업에 힘쓰게 하고 재주를 배우게 해서 무기(武器)를 만들고, 무술을 연습케 하니 군사는 정병이 되고 양식 또한 풍족하였다. 본래 가난하게 사는 사람은 한 사람도 없고 재산이 부요(富饒)한지라, 무리들이 행복한 나날을 보내게 되었다.

하루는 길동이 무리들을 불러,

"내 망탕산(芒碭山)에 들어가 살촉에 바를 약을 얻어 가지고 올 것이니, 그대들은 그 사이 이곳을 잘 지키고 있으라."

이르고는 그날로 떠나 망탕산으로 향해 뱃길을 떠났다.

며칠이 지난 후 길동은 낙천(洛川)이란 땅에 이르렀는데, 이곳에 만석짜리 부자 한 사람이 있어 그 이름을 백룡(白龍)이라 했다.

이 백룡이란 사람에게는 딸 하나가 있는데 재질이 비상하고 아울러 백가서(百家書)를 통달하고, 검술 또한 뛰어난지라, 그 부모가 지극히 사랑하여 천하의 영웅이 아니면 사위를 삼지 않으리라 하고 두루 사윗감을 구하던 중, 하루는 풍운이 크게 일며 천지가 아득하더니 백룡의 딸이 간 곳이 없이 사라졌다.

백룡 부부는 슬퍼하며 천금을 뿌려 사방으로 찾았으나, 찾을 길이 없어 부부가 주야 근심으로 날을 보내며 거리를 돌아다니면서,

"누구라도 내 딸을 찾아 주면 만금을 줄 뿐만 아니라, 마땅히 사위로 삼으리라."

하고 애원했다.

지나가다 이 말을 들은 길동은 마음에 측은히 여겼으나, 약 캘 일이 바빠 그대로 망탕산으로 들어가며 약초를 캤다.

정신없이 약을 캐느라고 날이 저무는 줄도 모르고, 어디까지 왔는지도 모르고 약만 캐고 들어가다 보니, 어느덧 날이 저물었는지라, 길동은 그 자리에 주저앉아 밤을 새우려했다. 산속에서 노숙(露宿)을 하려고 앉았는데 문득 사람의 소리가 들리며 불빛이 길동의 눈에 비치었다. 길동은 심중에 다행히 여기며 소리나는 곳으로 찾아 가니 무수한 요괴(妖怪) 무리가 앉아서 무엇인가 지껄이고 있는데, 그 모양은

비록 사람의 형상이나 필시 짐승의 무리같이 길동의 눈에 보였다. 길동의 생각은 틀림없이 원래 이 무리들은 '울동'이란 짐승으로서, 여러 해 묵어 변화가 무쌍한 요괴의 무리들이라고 생각되었다.

길동은 그 무리를 바라보면서 생각하기를,

'내 두루 돌아다녔지만 이런 요괴는 처음 본다. 저것들이 요괴가 분명하니, 저것들을 잡아 없애리라.'

하고, 몸을 감추어 활을 쏘니 그 가운데 어떠한 놈이 화살을 맞고 소리치며 달아난다.

길동은 그 요괴의 뒤를 쫓아가려고 하다가 다시 생각하기를,

"밤이 이미 깊었고 산이 험하니 어찌 잡으리요."

하고, 큰 나무를 의지하여 밤을 지내고 나서, 궁시(弓矢)를 감춰 없이 하고 두루 돌아다니며 약을 캤다.

이 모양을 괴물 수명이 보고 길동에게로 가까이 와서 묻기를,

"이곳은 아무도 다니지 못하는 곳이거늘, 그대는 누구인데 무슨 일로 이곳까지 이르렀느뇨?"

길동이 서슴지 않고 대답해 준다.

"나는 조선 사람으로 의술(醫術)을 알고 있는데, 이곳에 선약(仙藥)이 있다는 말을 듣고 왔다가 그대를 만나니 다행이로다."

하니, 그 괴물이 듣고 매우 기뻐하며 길동을 자세히 살펴보면서,

"우리는 이 산중에 있은 지 오래되는데, 우리 대왕이 부인을 새로 정하시고 지난 밤에 잔치를 베풀다가 별안간 *천살(天煞)을 맞아 만분 위중하시니 그대가 의술을 알진대 선약으로써 우리 대왕을 살려주면 그 은혜는 중히 갚을 터이니 함께 갑시다."

하고 함께 가기를 청하므로 길동이 이 말을 듣고 가만히 생각하기를,

'그놈이 지난밤 내가 쏜 화살에 맞은 놈이 틀림없도다.'

하고 괴물을 따라가 보니 몸에서 흘린 피의 흔적이 있고 그 문 밖에까지 핏자국이 있었다.

길동을 데리고 온 괴물이 길동을 문 밖에서 기다리게 하고 안으로

━━━━━━━━━━━━━━━━━━
*천살(天煞)━━하늘이 내린 불길한 기(氣), 혹은 불길한 별의 이름.

들어갔다가, 얼마 만에 나와서 함께 들어가자고 한다.
 길동이 들어가 보니 화각(畵閣)이 장하며 아름다운 가운데, 흉악한 요괴 하나가 좌판(座板)에 누워 신음하다가, 길동이 들어옴을 보고 겨우 몸을 움직여 일어나면서,
 "우연히 천살을 맞아 죽기에 이르렀으니, 그대는 재주를 아끼지 말고 나를 살리면 은혜를 중히 갚으리라."
 길동은 속으로 생각한 바 있으므로 말하기를,
 "상처를 보매 중상치 않았으나 먼저 내치(內治)부터 하고 후에 발근할 약을 쓰면 쾌차할 터이니 생각대로 하시오."
 아무것도 모르는 그 요괴는 길동의 말을 듣고 크게 기뻐하는지라, 길동은 언제나 주머니에 넣고 다니는 환약 가운데서, 독약을 꺼내어 따스한 물에 풀어서 먹였다. 독약을 먹은 요괴는 한 시간이 지나서부터 배를 두드리고 눈을 실룩이며 이리저리 뒹굴다가, 큰 소리를 치고는 두어 번 껑충껑충 뛰다가 죽어 버렸다.
 이 모양을 보고 있던 다른 요괴들이 길동에게로 달려들어 칼로 찌르며,
 "너 같은 흉적(凶賊)을 베어 우리 대왕의 원수를 갚으리라."
 길동은 몸을 솟구쳐 공중으로 오르며 풍백(風伯)을 불러 큰 바람을 일으키고 활을 무수히 쏘았다. 아무리 조화가 있는 요괴지만 길동의 신기한 술법만은 당하지 못해 한동안 싸움 끝에 요괴들은 모조리 소멸되고 말았다.
 요괴들을 모조리 처치한 뒤 길동은 사방을 두루 돌아다니며 살펴보다가, 돌문 속에 두 소녀가 서로 마주잡고 거의 죽어가고 있음을 보았다. 길동은 이 소녀 둘도 계집 요괴라하고 마저 죽이려 하니, 그 두 계집이 울며 불며 하는 말이,
 "첩들은 요괴가 아니고 사람으로서, 이곳 요괴에게 잡혀 와 죽게 되었는데 천행으로 장군님이 들어와 요괴들을 멸하시니, 첩들의 남은 목숨을 보전하여 고향에 돌아가도록 해주심을 바라나이다."
 하고 울며 애걸을 한다.

길동이 그 나약함을 보고 측은한 마음이 들어 자세히 살펴보니 실로 경국지색(傾國之色)이라,
"어디서 이리로 잡혀 왔느냐?"
하고 물으니 한 명은,
"낙천현(洛川縣) 백룡의 딸이오."
하고, 한 명은 조철(趙哲)의 딸이라고 한다.
 길동은 내심 희한이 여겨 두 여자를 데리고 낙천현으로 가 백룡을 찾아 보고, 전후 사실을 이야기한 후 여자를 내어 보이니 백룡 부인은 잃었던 딸을 보고 크게 반가워하고 기뻐하며 서로 붙들고 울었으며, 조철도 또한 딸을 만나 보고는 죽었던 자식을 만난 듯이 기뻐하여 마지않았다.
 그리고 백룡은 조철과 의논을 하고 즉시 친척을 모아놓고 크게 잔치를 베풀어 홍길동을 맞아 사위를 삼으니, 첫째 아내는 백소저(白小姐)요 둘째 아내는 조소저였다.
 나이 이십이 넘도록 길동은 원앙의 재미를 모르다가 일시에 두 아내를 얻어 그들과 더불어 낙을 보니 그 *견권지정(繾綣之情)이 비할 데 없었다.
 여기서 얼마를 지내다가 제도섬을 생각하고 백, 조 두 집의 가산과 친척을 거느리고 제도섬으로 돌아갔다. 제도섬의 모든 사람이 다 나와 반가이 길동을 맞이하여, 새로 두 부인의 처소를 마련해서 즐거운 세월을 보내게 되었다.
 그렇게 얼마를 지낸 칠월 보름께였다. 길동은 불현듯 마음이 심란해지므로 천문(天文)을 살피고 눈물을 흘렸다.
 옆에서 이 모양을 본 백부인은 괴이한 마음이 들어,
"무슨 일로 별안간 슬퍼하시나이까?"
하고 물었다.
"나는 천지간 용납지 못할 불효자라. 나는 본래 이곳 사람이 아니고, 조선국 홍판서의 천첩 소생으로 사람의 지위에 참례치 못함을

─────────────
*견권지정(繾綣之情) ── 마음 속에 굳게 새기어진 정.

평생 한으로 여겨, 장부의 심사 편치가 못해 부모를 하직하고 이곳에 와 의지하고 살았는데 오늘 부모의 안부를 천상성신(天上星辰)으로 살피니, 부친께서 병환이 위중하사 오래지 않아 세상을 버리실 모양인데 내 몸이 만리 밖에 있어 미처 득달치 못하겠기로 슬퍼하는 바라.”

백부인 그제야 길동의 근본을 알고 비감해 마지않는다.

이튿날 길동이 월봉산(月峰山)에 올라가 *일장대지(一張大地)를 얻고 그날부터 일꾼을 풀어 *산역(山役)을 시작하여 *석물범절(石物凡節)이 나라의 능에 비할 만하게 만들어놓았다. 그리고 여러 사람을 시켜 큰 배를 준비케 해서 조선국 서강(西江) 강변에 대고 기다리라 이르고는, 길동은 머리를 깎아 대사(大師)의 차림으로 작은 배를 타고 조선국으로 향했다.

길동 아버지 홍공은, 아들 길동이 멀리 간 후로는 조그만 수심도 없이 지내더니 나이 팔십이 되매 홀연히 병을 얻어 점점 침통해졌다.

부인과 아들 인형을 불러,

“내 나이 팔십이라, 죽음에는 한이 없으되 길동의 생사를 알지 못하고 죽게 되어, 눈을 감지 못하겠도다. 제가 죽지 않았으면 반드시 찾아올 것이니 부디 적서(嫡庶)를 가리지 말고, 그의 어미도 잘 대접하라.”

하고는 뒤이어 숨을 거둔다.

온 집안이 망극하여 *초종범절을 극진히 지내나, 한가지 좋은 산지(山地)를 얻지 못해 정히 민망히 여기는데, 하루는 하인이 들어와 고하되,

“문 밖에 어떤 중이 와서 상공 영위(靈位)에 조문(吊問)하겠다 하나이다.”

---

*일장대지(一張大地)──무덤 할 자리.

*산역(山役)──무덤을 만드는 일.

*석물범절(石物凡節)──무덤 앞에 놓는 석인(石人)·석수(石獸) 따위를 만드는 일.

*초종범절──초상 치르는 데 관한 모든 절차.

하기에 괴이하게 여겨 들어오라 하니, 그 중이 들어와 크게 운다.
 이 모양을 본 모든 사람들은 상공이 전날 친한 중이 없었는데, 어떤 중이기에 그다지 애통해하는고 하고 이상하게 여겼다.
 길동이 다시 여막(廬幕)에 나아가 상제인 인형에게 일장 통곡을 한 다음,
"형은 어이 소제를 모르시나이까?"
한다.
 그제야 상제가 자세히 보니 길동이 맞으므로 손을 잡고 역시 통곡을 하면서,
"무지막지한 놈아, 그 사이 어디로 갔더냐, 부친 생시에 너를 생각하시고, 임종하실 때 유언하시기를 '너로 인해 눈을 감지 못한다' 하셨으니 어찌 인자(人子)에 차마 외람이 견줄 바겠느냐?"
하고, 그 손을 잡고 내당으로 들어가 모부인께 뵈이고, 또 춘섬을 불러 보게 하니 모자 서로 붙들고 통곡하다가 정신을 차려 길동의 모양을 보고,
"네 어찌 중이 되었느냐?"
"소자 처음에 마음을 그릇 먹고 장난하기를 일삼다가 부형께서 화를 당하실 것이 두려워, 조선을 떠나 삭발위승(削髮爲僧)하고 지술(地術)을 배워, 생도를 삼았는데, 이제 부친께서 세상을 뜨시게 됨을 짐작하고 왔사오니, 모친께선 과히 슬퍼 말으소서."
부인과 춘섬이 이 말을 듣고 눈물을 거두며 묻는다.
"네 지술을 배웠으면 천하에 유명할 터이니, 부공을 위해 산지(山地)를 얻어보라."
"산지는 이미 얻었사오나 천리 밖에 있는지라, 행상(行喪)키가 어려워 근심중이외다."
상제가 듣고 크게 기뻐하며,
"네 재주와 효성을 아노니, 길지(吉地)만 얻었으면 어찌 원로(遠路)를 근심하겠느냐?"
"형님의 말씀이 이러하시다면 명일 영구(靈柩)를 발인하소서. 소제

는 이미 산역(山役)을 시작하옵고 안장할 날을 정하였사오니 형께
선 염려치 말으소서."
하고는, 다시 그 모친인 춘섬을 데려가기를 청하였다.
    부인과 춘섬이 마지못해 이를 허락했다.
    다음날 길동이 영구를 모시고 따르며 모친과 한가지로 서강 강변에
다다르니 길동이 지휘한 배가 기다리고 있는지라, 모두 배에 올라 행
선을 하니 망망대해에 순풍이 일어 배의 빠름이 살 같았다. 한 곳에
다다르니 많은 사람들이 수십 척의 배를 띄우고 길동을 기다리다가,
일행을 보고 반기며 좌우로 호위하여 가니 그 위의가 대단했다.
    상제 인형이 의아하며 물었다.
    "어쩐 연고뇨?"
    그제야 길동은 전후 사실을 고하고,
    "소제가 거하는 곳은 옥야천리(沃野千里)에 창곡(倉穀)이 누거만(屢
巨萬)이며 두 처가(妻家)의 재산이 넉넉하니, 이만한 기구야 없사오
리까?"
하고 산상으로 올라가니, *봉만(峰巒)이 청수하여 산세가 거룩하였다.
    한 곳에 다다라 길동이 그 형 인형에게 정한 곳을 가리켰다. 인형이
그곳을 살펴보니 산줄기가 아름답고 치산범절이 국릉(國陵)과 같으므
로, 크게 놀라며,
    "어인 일이냐?"
고 물었다.
    "형은 놀라지 마옵소서."
하고, 시(時)를 기다려 하관(下棺)을 하고, 새로 애통한 다음 인형과
모친을 모시고 처소로 돌아오니, 백, 조 두 부인이 중당에 나와 시어
머니와 시숙을 모셔 비로소 배하니, 인형이 맞아 반기며 길동의 신기
함을 탄복했다.
    이럭저럭 여러 날이 되매 길동이 그 형에게 이르기를
    "친산을 대지(大地)에 모셨으니 대대로 장상(將相)이 끊이지 않을

---

*봉만(峰巒)────뾰족뾰족한 산봉우리.

것이니, 형께선 바삐 고국으로 돌아가시와 존당문안(尊堂問安)을 살피소서. 형께선 부친 생존시에 많이 모셨으니, 소제는 부친 영구를 모셔 향화(香火)를 극진히 하겠사오니 조금도 염려치 마시고, 또 후일 만날 때 있을 터인즉 바삐 행차하시와 큰 어머님의 기다림이 없게 하소서."

길동의 형 인형이 그 말을 옳게 여겨 바로 전묘에 하직하고 오니, 벌써 제장(諸將)에게 분부해서 행중범절(行中凡節)을 준비해 놓았다. 떠난 지 여러 날 만에 본국에 도달한 인형은, 그 부인께 사실과 대지(大地)를 본 연유를 이야기하니, 그 부인이 더욱 신기하게 여겼다.

길동은 부친 산소를 제도 땅에 모시고 조석제존(朝夕祭尊)을 정성으로 지내니 모든 사람이 다 탄복했다.

세월이 흘러서 삼년상을 마치고 모든 영웅을 모아 무예를 연습하며 농업에 힘을 쓰니, 몇 해가 지나지 않아 병정양족(兵精糧足)하였다.

이때 율도국(硉島國)이란 나라가 있는데, 사방이 사천 리요, 사면이 막혀 정히 금성 천리(金城千里)요 *천부지국(天府之國)이라, 길동이 매양 이곳에 마음을 두고 왕위(王位)를 빼앗고자 하더니, 하루는 제장제인(諸將諸人)을 불러 말하기를,

"내 당초에 사방으로 다닐 때 율도국에 유의하고 이곳에 머물러 있었는데, 이제 자연 마음이 움직여지니 운수가 열려짐을 가히 알리라. 그대들이 나를 위해 일군(一軍)을 조달하면 속히 대사를 도모하리라."

하고, 날을 택해 출사(出師-出兵)하니 때는 갑자 추구월(甲子秋九月)이었다.

길동이 대군을 이끌고 율도국 철봉산(鐵峰山) 아래 다다르니, 철봉 태수 김현충(金賢忠)이 난데없는 군마(軍馬)를 보고 크게 놀라, 한편으로는 왕에게 보(報)하고 한편으로는 일군을 거느리고 나와 싸운다. 길동이 누구인가를 모르고 달려들어 싸우는 싸움이라, 몇 날을 버티지 못하고 크게 패하여 본진으로 돌아가 다시는 나오지 아니했다.

*천부지국(天府之國)──지형이 험하고 토지가 비옥한 나라.

길동은 장수들을 모아놓고 의논하기를,

"우리 이곳에 들어와 양초(糧草)가 부족하니, 만일 날이 오래 걸린다면 큰일을 이루지 못할 터이매, 계교를 써서 철봉태수(鐵峰太守)를 잡고 그 양초를 빼앗아 도성을 치면 어떻겠는가?"

길동의 계교에 따르지 않을 장수가 없었다. 길동은 장수를 사방에 매복케 하고, 마숙(馬叔)으로 하여금 정병 오천을 거느리고 여차여차 하라고 말했다.

영을 받은 마숙은 군사를 거느리고 나가 싸움을 돋우니 현충이 뒤를 따르는지라, 길동이 공중을 향해 진언을 외우니 이윽고 오방신장이 대군을 거느리고 일시에 에워싸니 동에는 청제장군(靑帝將軍)이요, 남쪽은 적제장군(赤帝將軍)이요, 서에는 백제장군(白帝將軍)이요, 북에는 흑제장군(黑帝將軍)이요, 중앙은 길동이라. 황금 투구에 큰 칼을 들고 닥쳐 들어가니 반합이 못 되어 현충이 탄 말을 찔러 엎지르고 크게 꾸짖기를,

"네 죽기를 아끼거든 빨리 항복하라."

현충이 애걸하기를,

"소장은 이미 잡힌 몸이오니 잔명(殘命)을 살려주소서."

하는지라, 길동은 그 묶은 것을 풀어주고 위로하고는 철봉을 지키라 하고, 군사를 끌어 다시 도성으로 쳐들어갔다.

길동은 도성을 치기 전에 격서(檄書)를 써서 율도왕에게 보냈다.

'의병장(義兵將) 홍길동은 율도왕(㴾島王)에게 글월을 보내나니, 대개 인군(人君)은 한 사람의 인군이 아니고, 천하 사람의 인군이다. 이러므로 탕왕(湯王)이 걸(桀)을 치시고 무왕(武王)이 주(紂)를 치시니 천도(天道)의 자연한 일이라. 내 먼저 군사를 일으켜 철봉을 항복받고 지나는 곳곳마다 나의 명망과 풍채를 우러러보고 귀순(歸順)하니 그대로 싸우고저 하거든 나와 싸우고 그렇지 않거든 일찍 나와 항복하라.'

율도국왕이 이 격서를 보고 크게 놀라,

"우리 나라가 전혀 믿는 바는 철봉이거늘, 이제 철봉을 잃었으니 장

차 어찌하리요."
하고 인하여 스스로 자결하니 세자(世子)와 왕비 또한 자결을 하였다.
 길동이 성 안으로 들어가 백성을 안무(安撫)하고, 소와 양을 잡아 제장을 호궤(犒饋)하고 길동이 왕위로 나가니 때는 을축 정월 초구일이었다.
 길동이 제장에게 벼슬을 나누어 주는데, 마숙(馬叔)으로 좌승상(左承相)을 삼고 김지(金智)로 우승상(右承相)을 삼고, 그밖의 나머지 사람은 벼슬을 돋우고 최철(崔徹)로 순무안찰사(巡撫按察使)를 시켜 삼백 수십 주를 수행케 하니, 만조 백관이 천세(千歲)를 부르고 하례하며 원근 백성이 송덕(頌德)하였다.
 왕은 다시 부인 백씨와 조씨를 다 왕비(王妃)로 봉하고, 부친을 *추존(追尊)하여 현덕왕(賢德王)을 봉하고 모친을 대비(大妃)로 봉했으며, 백룡과 조철을 부원군(府院君)으로 봉하여 궁실을 사급하고, 부친 능호를 선릉(先陵)이라 해서 능소에 올라 제문(祭文)을 지어 제사를 지내었다. 또한 모부인 유씨를 현덕왕비로 봉하고 환자(宦子)와 시신(侍臣)을 보내 대비와 왕비를 모셔 오게 하였다.
 왕이 즉위한 뒤 삼년에 *국태민안(國泰民安)하고 사방에 일이 없으니 왕의 덕택이 성탕(成湯)에 비할 만하였다.
 하루는 크게 잔치를 베풀어 만조 백관을 모아 즐기다가, 대비를 모시고 지난 일을 생각하며 탄식하기를,
 "소자 집에 있을 때 자객에게 죽었던들 어찌 오늘이 있사오리까?"
하며 눈물을 흘려 용포를 적시니, 대비와 두 왕비가 다 눈물지었다.
 왕은 잔치를 파하고 백룡을 불러,
 "과인이 이제 왕위에 있으나, 본래 조선 사람으로 우연히 이렇게 되었으니 과극(過極)한지라, 조선 성상(朝鮮聖上)이 과인을 위해 정조 천 석을 하급하셨으니 그 덕택이 하해(河海) 같은지라, 어찌 그 성덕을 잊으리요. 이제 경을 보내어 사례코저 하노니, 경은 수고를

*추존(追尊)──왕위(王位)에 오르지 못하고 죽은 이에게 제왕의 칭호를 올림.
*국태민안(國泰民安)──나라는 태평하고 백성은 평안함.

아끼지 말고 수천 리 원로에 편안히 다녀옴을 바라노라."
하고, 즉시 표를 올려 홍문(洪門 : 洪氏門中)에 전할 글월과 함께 주고, 정조 천 석을 배에 실어 관군(官軍)으로 하여금 운반케 하니 백룡이 복명 퇴조하여 즉일로 길을 떠났다.

한편 조선국왕은 당시 홍길동이 소청하던 정조를 주어 보낸 후 십 년이 가깝도록 소식이 없음을 괴이하게 여기시는데 하루는 문득 율도왕 표문(表文)이라 하고 올리므로 상이 놀라며 봉을 떼어보니,
'전임 병조판서 율도왕 신 홍길동(前任兵曹判書律島王臣洪吉童)은 돈수백배하고, 조선국 성상 *탑하(榻下)에 아뢰옵나니, 신이 본디 천생(賤生)으로 마음이 편협하와 성상의 천심을 산란케 하오니 이만한 불충이 없삽고, 또 신의 아비 천한 자식으로 인해 병을 얻게 되었으니 이런 불효 없삽거늘, 전하께옵선 이런 죄를 사하시며 벼슬을 더하시고 정조(正租) 천 석을 사급하시니, 이 천은(天恩)을 갚을 길이 없사오며, 그 사이 사방으로 유리하옵다가 자연 군사를 모아 율도국에 들어가 전왕을 정복시켜 나라를 얻고 왕위에 있사오니 장차의 한이 없사오나, 항상 성상의 크신 덕을 앙모하와 정조 천 석을 환송하오니, 복망 성상께옵선 신의 외람된 죄를 사하시고 만수무강하옵소.'
상이 표문을 보시고 매우 놀라시고 크게 칭찬하시며 홍인형을 불러들여 율도왕의 표문을 보이시며 희한해 하심을 마지않는다.

이때 인형의 벼슬이 참판에 있었으므로, 마침 길동의 서찰을 보고 놀라던 차 더욱 황감하여 엎드려 아뢰기를,
"신의 아우 길동이 타관에 가서 비록 귀히 되었으나 실로 성상의 대덕이오니 아뢰올 말씀이 없거니와, 신의 망부(亡父) 산소를 저로 인하여 율도 근처에 모셨사오니 복원컨대 성상께옵서 신의 정사(情事)를 살피사 일년 말미〔休暇〕를 주시오면 다녀올까 하나이다."
상이 이를 허락하사 인형으로 율도국 위유사(慰諭使)를 삼으시니, 인형이 하직하고 집에 돌아와 모부인께 탑전설화(榻前說話)를 고하니

*탑하(榻下)──임금의 자리 앞.

모부인이

"길동의 글월을 보니 날더러 다녀감을 말했으니 너와 함께 가리라."

참판은 이를 만류할 수 없어 부인을 모시고 석 달 만에 제도에 이르렀다. 왕이 소식을 듣고 먼저 나와 맞이하고 두 왕비 또한 나와 영접하니 그 위의가 거룩했다.

이렇게 날이 가는데 모부인 유씨가 홀연 병을 얻어 백약이 무효라, 부인이 탄식하기를,

"몸이 타국에 와서 죽으니 한심하나 너의 부친 산소를 한 번만 보면 더 한이 없노라."

하고 명이 다하니, 인형 형제 예로써 선릉(先陵)에 합장하고, 몇 달이 지난 후 인형이 왕에게,

"우형(愚兄)이 온 지 몇 달이라, 불행히 모친이 세상을 뜨시니 망극함은 형제 일반이라. 오래지 않아 본국으로 돌아갈 터인즉 심히 서운하도다. 현제(賢弟)는 보중하라."

하고, 길을 떠나 수십일 만에 조선국에 다다라서 연유를 상달하니, 상께서 또한 그 모상(母喪) 당함을 비감히 여기시고, 삼년 후 입조(入朝)하라 하였다.

형을 보낸 율도왕은 다시 대비가 병을 얻어 돌아가시니 그 애통해 함은 측량키 어려울 정도였다. 예로써 선릉에 암장하고 엄연히 삼 년을 지내니, 국민의 격양가(擊壤歌)는 요순 시절에 비할 바였다.

그동안 왕은 세 아들과 두 딸을 두었으니 맏아들의 이름은 현(現)으로 배씨의 소생이고, 둘째 아들의 이름은 창(昌), 셋째의 이름은 열(悅)로 둘 다 조씨의 소생이며, 두 딸은 궁인의 소생이라. 부풍모습(父風母習)하여 다 기남 숙녀(奇男淑女)였다. 장자로 세자를 봉하고 그 다음은 각각 봉군(封君)하며, 이녀는 부마(駙馬)를 간택하니 그 거룩함이 *곽분양(郭汾陽)에게 비할 바 였다.

왕은 왕위에 오른 지 삼십 년에 나이 이미 칠순(七旬)이라, 하루는 후원 영락전(永樂殿)에 온갖 풍악을 갖추고 노래 지어 부르며 읊기를,

*곽분양(郭汾陽)──곽자의(郭子儀). 중국 당나라 때의 명장으로 분양왕에 봉해졌다.

세상사를 생각하니 풀끝에 이슬 같도다.
백 년을 산다 하나 이 또한 뜬 구름 같도다.
귀천(貴賤)이 때 있음이여 다시 보기 어렵도다.
소년이 어제 같거늘 백발 될 줄 어이 알리!

하고 두 왕비와 즐기더니 문득 오색 구름이 전각을 누르며, 노옹(老翁) 한 분이 청려장(靑藜杖)을 짚고 속발관(束髮冠)을 쓰고 학창의(鶴氅衣)를 입고 전상에 오르며,
"그대 인간재미가 어떠하뇨? 이제 우리 모이리라."
하더니, 홀연히 왕과 왕비가 온데 간데가 없어졌다.
세 아들과 모든 시녀 이를 보고 망극하여 한바탕 통곡하다가 거짓 *관곽(棺槨)을 갖추어 예로써 선릉에 안장하고, 능호를 현릉(賢陵)이라 하고, 세자가 즉시 대위(大位)에 오르니, 만조 백관이 천세를 불렀고 각 읍에 자문을 내려 백성을 안무하며 십 년 부세(賦稅)를 특별히 감하니 모든 백성들이 덕을 찬양하였다.
왕이 친히 제문을 지어 선릉에 치제하고, 정사를 어질게 다스리니 조야가 다 송덕하고 해마다 풍년이 들어 도처에 격양가 소리가 높았다.
세월이 연류하여 왕이 또한 세 아들을 두었는데, 총명이 뛰어나 뒤를 이어 왕업(王業)을 누리니, 만고에 희한한 일이라 하겠다.

─────────────────
*관곽(棺槨)──── 속 널과 겉 널로 된 이중관(二重棺).

兩班傳

'양반'이란 말은 이를테면 사족(士族)들에 대한 존칭이다.
 강원도 정선(旌善) 고을에 한 양반이 살고 있었는데 성품이 어질고, 밤낮으로 글읽기를 좋아하여 새로 도임하는 원님마다 그의 오막살이를 몸소 찾아가서 인사를 나누는 것이 관례로 되어 있었다.
 그러나 그 양반은 한 뙈기의 논밭도 가진 바 없었으니, 살림이 군색하기란 말할 나위도 없었다. 그래서 해마다 관가에서 빌려주는 *환자(還子)를 타다 먹었는데, 한 번도 갚지를 못하고 해를 거듭하니 어느덧 빚이 천 석에 이르렀다.
 어느 날 관하 군읍(郡邑)을 순행하던 관찰사가 들이닥쳤다. 환곡(還穀)의 출납을 조사해본 관찰사는 몹시 노하여,
 "무슨 놈의 양반이기에 이렇듯 많은 환곡을 거저 먹는단 말이오? 당장에 영을 내려 포교를 보내도록 하오!"
하고, 그 양반을 잡아들이라는 추상 같은 영을 내렸다. 그러자 군수는 '그 양반이 가난하여 도저히 천 석의 쌀을 갚을 길이 없거늘, 어찌 잡아 가둘 수 있으랴!'하며 애통하게 여겼으나 그렇다고 상관의 명령을 어길 수는 더욱 없었다.
 이 소식을 전해 들은 양반은 밤낮으로 울고만 있을 뿐 어찌할 바를 몰랐다.
 아내가 그 꼴을 보니 욕설이 저절로 나와서,
 "평생 영감은 글만 읽더니, 이제는 관가에서 꾸어 먹은 곡식도 갚질 못하는구려! 양반, 양반만 찾더니 잘 되었소! 한 푼어치도 못 되는 그놈의 양반, 에잇 치사해!"
하며 쏘아 붙였다.
 건넛 마을에 문벌(門閥) 없는 부자가 살고 있었다. 그 부자는 양반이 잡혀 가게 되었다는 소문을 듣더니, 뜻한 바 있어 장성한 아들들을 불러들였다.
 "양반님네들은 아무리 가난해도 언제나 남에게 존대(尊待)를 받으

―――――――――――
*환자(還子)―― 각 고을의 사창(社倉)에서 백성에게 꾸어 주었던 곡식을 가을에 받아들임.

며 영화롭게 지내는데 우리는 재물이 많건만 언제나 하대(下待)를
당하며 천하게 살아야 할 뿐만 아니라 말 한번 거들먹거리고 타 보
지를 못하는구나!"
하고 아비가 장탄식을 하니, 큰아들이 분하다는 듯이,
"그뿐인가요? 양반 코빼기만 봐도 몸둘 곳이 없이 굽실거려야 하
고, 섬돌 아래에서 엎드려 절하면서 코가 땅에 닿도록 무릎 걸음으
로 설설 기어야만 되잖아요?"
라고 뇌까리니 이번에는 작은 아들이 참견을 한다.
"우리네는 재물을 쌓아 두고도 밤낮 이 꼴로 살아야 하니 부끄럽고
창피해서 어디 견디겠어요?"
아비가 다시 입을 연다.
"보아하니 지금 건넛마을에 사는 양반이 가난해서 환곡을 갚을 길
이 없어 난처한 모양인데, 그대로 가다가는 '양반'신세를 보전하지
못할 것 같다만……."
하면서 자식들의 눈치를 살피자 작은 놈이 불쑥,
"그놈의 '양반' 감투를 사버리죠?"
한다. 그러자 큰아들이,
"아버지, 그것 참 좋겠습니다. 우리가 대신 환곡을 갚아 주고 '양
반'을 사버리면 재물도 많겠다, 한번 거들먹거리고 살게 되잖겠어
요?"
하고 맞장구를 쳤다.
부자는 부랴부랴 양반의 집으로 달려갔다. 그리하여 환곡을 갚아
줄 터이니 그 '양반'의 신분을 넘겨 달라고 흥정을 걸어 보았다. 양반
은 속수무책으로 잡혀 갈 날만 기다리던 참이니, '이게 웬 떡이냐' 싶
어 얼른 승낙하였다.
이리하여 부자가 양반의 빚진 환자(還子) 일천 석을 당장 관가에 갖
다 갚으니, 누구보다도 놀란 것은 군수였다. 어쨌든 양반이 죄를 모면
하게 되었으니 그 일을 치하도 하고 아울러 환자를 갚게 된 곡절을 알
아보고자, 군수는 차비를 서둘러 몸소 양반의 집을 찾아갔다.

그런데 그 양반은 상사람이나 다름없이 벙거지에 잠방이 차림을 하고서 얼른 뜰 아래로 내려가 엎드리며 절을 하고는 '소인'이라고 하면서 감히 군수를 쳐다보지도 못하였다.

군수는 대경실색하여 뛰어 내려가 양반의 손을 잡아 일으키면서,
"여보시오. 이게 웬일이시오? 어찌하여 이렇듯 스스로 몸을 굽히시오?"
하고 물었다. 그러자 양반은 더욱 송구함을 이기지 못하고 머리를 조아리며 엎드려 하는 말이,
"소인은 오직 황송할 따름이옵니다. 감히 어느 앞이라고 스스로 욕된 꼴을 하겠나이까? 실은 제가 '양반'을 팔아서 환곡을 갚았나이다. 그리하옵기로 이제부터는 건넛마을 부자가 '양반'이 되었나이다. 일이 이리 된 고로 소인이 어찌 감히 양반이라 일컬으며 스스로 높일 수 있겠나이까?"
이 말을 들은 군수는 잠시 생각에 잠기더니 이윽고 입을 떼었다.
"그 부자가 진실로 군자로다! 그 부자야말로 양반이로다. 재물이 많아도 인색지 않으니 의(義)가 있음이요, 남의 딱한 사정을 돌봐주었으니 인자함이요, 비천한 것을 미워하고 존귀한 것을 숭상하니 슬기로움이라, 이런 사람이야말로 양반이로다. 그러나 '양반'의 매매는 사사로이 거래한 것이라 아무런 문서도 만들지 않았으니 장차 송사가 일어날지도 모르는 일이오. 그러므로 내가 이 고을 사람들을 모아놓고 당신네 두 사람과 함께 이 사실을 밝히며 '양반 매매 증서'를 만들고 다시 이를 확실케 하기 위해서 고을 군수인 내가 증인으로서 서명날인(署名捺印)하겠소."
이렇듯 다짐하면서 군수는 돌아갔다.

관가로 돌아온 군수는 호방(戶房)을 불러, 정선군내에 사는 양반을 비롯하여 농민, 장인(匠人)과 장사치에 이르기까지 모조리 불러 들이도록 하였다.

이윽고, 관가 넓은 뜨락에 많은 사람들이 모여들었다. 부자는 양반들이 늘어앉은 오른쪽에 가서 앉았고, 양반을 팔아먹은 그 양반은 이

속(吏屬)들이 늘어선 섬돌 아래에 서 있었다.
 드디어 '양반 매매증서'를 만드니, 그 증서는 이러하다.
 '건륭(乾隆) 십년 구월 모일에 이 문서를 만드노라.
 환곡을 갚고자 몸을 굽혀 '양반'을 팔았으니 그 값이 쌀 천석이라. 본디 양반을 여러 말로 부르노니, 이를테면 글만 읽는 양반은 선비라 하고, 정사(政事)에 관여하는 양반은 대부(大夫)라 하고 덕이 높은 양반은 군자(君子)라 하느니라. 자고로 무관은 계급을 따라 서반(西班)에 늘어서고 문관은 서열을 좇아 동반(東班)에 차례대로 서는지라 이를 통틀어 양반이라 일컫느니라. 이러므로 여기에 '양반'을 사들인 자는 제 뜻에 따라 동서 두 반 중 하나를 좇을진대 결코 비천한 언동을 하지 말 것이며 옛사람의 높은 행적(行績)을 본받아 이를 따를지어다.
 우선, 날마다 *오경(五更)이면 자리를 걷고 일어나 등잔을 밝히고 바로 꿇어앉아 눈은 코끝을 내려다보면서 얼음 위에 조롱박을 굴리듯 동래박의(東來博義)를 줄줄 읽어야 하느니라. 굶주림을 참고 추위를 견뎌내야 하며, 가난은 아예 입에 담지 말 것이며 할 일 없이 앉아 있을 적에는 아래위 이빨을 마주쳐 딱딱거리며, 뒤통수를 톡톡 치고 잔기침을 하며, 입맛을 다셔 침을 삼켜야 하느니라. 탕건이나 갓은 소매로 슬슬 문질러 먼지를 떨고 윤이 나게 하여 쓰며, 세수를 할 적에는 주먹으로 씻지 아니하고 양치를 두어 번 알맞게 해야 하느니라. 노비는 길게 목청을 돋우어 부르고 점잖은 팔자 걸음으로 신은 가볍게 끌어야 하느니라. *고문진보(古文眞寶)와 당시품휘(唐詩品彙)를 잔 글씨로 베끼되 한 줄에 백 자씩 들어가게 써야 하느니라.
 손에 돈을 쥐지 말 것이며, 쌀 시세를 묻지 아니하는 법이니라. 아무리 더워도 버선을 벗지 못하며, 밥상을 대할 적에는 반드시 의

─────────────
＊오경(五更)──오전 세 시에서 다섯 시까지.
＊고문진보(古文眞寶)──중국 전진(前秦) 이후부터 송대(宋代)까지의 시문(詩文)을 모은 책.

관을 갖추어야 하며, 맨상투 바람으로 나앉으면 못쓰느니라. 또 밥을 먹되 국을 먼저 먹지 말 것이며 국물을 떠먹을 적에도 훌훌 소리내어 마셔서는 아니되며 젓가락을 절구짓하듯 놀려서는 안되며, 날파를 먹어서는 아니되느니라. 막걸리를 마실 적에 수염을 적시지 말 것이며 담배를 피울 적에도 불이 꺼지도록 몹시 빨아서는 못쓰느니라.

아무리 분하더라도 아내를 때려서는 아니되며, 홧김에 기물을 발로 차서는 못쓰느니라.

노비들을 꾸짖을 적에도 '죽일 놈 같으니!, 죽일 년 같으니!'하는 상스러운 욕설을 하여서는 아니되며, 마소를 나무라는 데도 그 먹이는 주인을 욕해서는 못쓰느니라.

집안에 병이 나도 무당을 부르지 말 것이며, 제사를 지낼 적에 중을 불러 재를 올리거나 하여서는 아니된다. 추워도 화롯불을 쬐어서는 못쓰며, 남과 이야기할 적에는 침이 튀지 아니하도록 하여야 되느니라. 소를 잡지 못하며 돈노름도 못하느니라.

무릇 이와 같은 여러 가지 행실이 만약에 양반과 다를진대, 이 문서를 관가로 가지고 와서 마땅히 송사(訟事)를 할지어다.'

이리하여 성주(城主)인 정선군수가 문서 끝에 이름을 쓰고, 좌수(座首)와 별감(別監)이 한가지로 증인이 되어 나란히 이름을 써 넣었다. 이어서 통인으로 하여금 도장을 찍게 하니 그 소리는 마치 엄한 영을 알리는 북소리와도 같고 나란히 도장을 찍어 놓으니 밤하늘에 별이 널려 있는 것 같다.

호장(戶長)이 다시 증서를 읽어주니 양반을 사들인 부자가 한숨지으며 이렇게 뇌까렸다.

"허허? 양반이 단지 요것뿐이오? 나는 양반은 신선 같다고 들었으며, 그렇게 알고 있었기에 천석이나 되는 많은 재물을 서슴지 않고 내놓은 것이니, 나에게 좀더 이롭도록 고쳐 주시오."

군수는 괘씸하게 여겼으나 일천 석의 환자를 갚아준 그의 신세도 있으므로 꾹 참고 다시 조목(條目)을 덧붙여서 '양반 매매증서'를 고쳐 쓰기로 하였다.
　'하늘이 백성을 네 가지로 별러 내었으니 이 네 가지 백성 가운데서 가장 으뜸되는 것이 '선비'라 일컫는 양반이며 막대한 이로움을 지녔느니라. 몸소 농사를 짓거나 장사를 하는 일이 없을 뿐더러 대충 글을 익히면 크게는 문과(文科)에 급제하여 진사(進士)가 되느니라.
　문과에 급제하면 *홍패(紅牌)를 받는데, 그 크기는 불과 두 자밖에 아니 되나 이것만 있으면 무엇이든지 갖출 수 있으매, 그야말로 돈자루나 다름이 없는 바니라. 진사는 사십 세에 첫 벼슬을 하더라도 *음관(蔭官)으로서 이름이 나고, 장차 더 큰 벼슬에 오를 수도 있느니라.
　그리하여 귀밑털은 *일산(日傘) 밑 바람에 희어지고, 배는 노비들의 긴 대답소리에 먹지 아니하여도 불러지느니라. 방안에는 화분을 들여서 기생으로 삼고, 뜨락에는 학을 길러 우짖게 하느니라.
　설혹 살림이 군색하여 낙향(落鄕)을 할지라도, 아직도 마음대로 할 수 있는 법이니 이웃 소를 빌려 자기 논밭을 먼저 갈게 하며, 동리 사람들로 하여금 김을 매도록 하느니라. 만약에 그 누구라도 양반을 업신여겨 말을 듣지 아니할 적에는 그놈의 코에다 잿물을 부으며, 상투를 잡아 매고 수염을 뽑는다 해도 감히 원망조차 못하니라.'
호장이 여기까지 읽어 내리자 부자는 갑자기 손을 내저으면서,
"아이고 맙시사!"
하고는 헐떡이며 하는 말이,
　"그만두소, 그만두소. 너무 하외다! 참으로 맹랑한 것이로구려! 나리네들은 나를 장차 도둑놈으로 만들려고 하는구려!"

―――――――――――――――――――――――――――――――
＊홍패(紅牌)――문과의 회시에 급제한 사람에게 그의 성적・등급 및 성명을 기록하여 주는 붉은 종이의 증서.
＊음관(蔭官)――음직(蔭職)을 얻어 벼슬살이 하는 관원(官員).
＊일산(日傘)――흰 바탕에 푸른 선을 두른 긴 양산(감사・유수・수령들이 부임할 때에 받음).

그러고는 벌떡 일어나더니, 머리를 절레절레 흔들면서 달아나 버렸다. 그리하여 그는 죽는 날까지도 '양반'이란 말은 아예 입 밖에 내지 아니하였다고 한다.

虎叱

무서운 범 한 마리가 있었다.
 그렇지 않아도 호랑이라고 하면 울던 아이들조차 울음을 뚝 그칠 정도로 무서운 짐승이려니와, 그 무서운 범중에서도 유별히 무서운 범이었다. 산중 왕이라는 이름에 꼭 들어맞을 정도로 그것은 대단한 범이었고, 오래 산 범이었고, 천하무적의 용맹한 범이었다.
 그 범은 전 우주의 공포와 슬기와 용맹과 장중한 품도를 그 몸에 상징하고 있는 듯해서 감히 미약한 인간으로서는 접근하지도 못할 정도다. 선악을 초월한 절대 군주이며, 이 세상의 최고 지배자이다. 이러한 전 우주의 군림자에게 인간이 과연 대항할 수 있을 것인가.
 그 범이 얼마나 슬기롭고 용맹하며 또한 의젓하고, 신통하고, 지배자다운가는 다음의 신기한 이야기를 들어보아도 알 수 있는 일이리라. 사람을 잡아 먹으며 자라온 이 범은 해가 묵고 나이가 들어, 인간까지 지배하는 온 우주의 지배자가 되자, 그 한번의 울부짖음으로 천지를 진동시키는 참으로 성스러운 *영성(靈性)의 동물이 된 것이었다.
 인간만이 말과 감정과 사상을 지니고 있는 것은 아니었다. 언제나 자기 중심적으로만 우주를 보려고 하는 인간은, 따라서 자기 이상의 우주의 신비를 알지는 못한다. 인간의 공상이란 것도 한도가 있고 또 얼마나 인간적인 것인가.
 이러한 인간을 양식으로 삼아 자신의 피와 살을 키워온 범은 인간이 가지고 있는 본질을, 그 본성을 죄다 남김없이 알아보고, 각양각색의 인간의 맛을 인간이 씹어 본 나무 뿌리의 맛처럼 알고 있는 것이었다.
 어느 날 땅거미가 짙어 오는 산속에서의 일이었다. 이 슬기롭고 자효지인하고 웅용장맹하기 천하무적이며, 노련영섭한 절인적인 무서운 범은 그를 따르는 동무 범들과 함께 으슥한 골짜기에 앉아 저녁 밥거리를 의논하고 있었다.
 동무 범이라고는 하지만, 덩치나 슬기나 경험이나 그 무엇으로 보아도 이 범은 그들의 왕자이며, 위엄있는 군주였다. 따라서 그들이 온

*영성(靈性)──신령한 품성·성질.

갖 신자의 예의와 존경을 다해서 이 특별히 무서운 범왕을 대접하고 있는 것은 더 말할 나위가 없었다.

그들의 저녁 밥거리이기에 화제가 자연 사람에게로 옮겨갔다. 배고픈 사람들이 밥을 찾는 것과 조금도 다를 것이 없다. 비록 찬밥 한 덩이가 없어 배는 고프다 하더라도 임금의 수라상에 어떠한 음식이 오르며, 그 음식의 맛은 어떤 것인가를 서로가 자기의 주장을 내세우듯이, 배고픈 범들은 아직 손에도 들어오지 않은 사람을 가지고 음미부터 해보는 것이었다.

배부른 자와 배고픈 자의 음미는 본질적으로 다르다. 가령 배부르게 밥을 먹고 났을 때의 음식에 대한 이야기와 밥먹기 전 무척 배고픈 상태에서의 이야기 중 그 어느 쪽이 더욱 진실성을 가지고 있는 것일까. 전자는 왕자처럼 행복한 음식 투정일 것이고, 후자는 침이 꿀꺽꿀꺽 넘어가는 뱃속의 절박한 갈망이 힘차게 주장해오는 생명의 근본적인 요구인 것이다. 백성들의 음식 이야기는 대개가 이러한 것이고, 행복보다는 기갈의 위협을 전제로 하는 매우 긴박한 문제인 것이다.

범들은 이렇듯 긴박한 저녁거리를 의논하고 있었다.

"날이 저물었는데 우선 무언가 먹어야 할 게 아니냐!"

하고, 무서운 범은 군주의 위엄을 갖추며 한마디 던졌다.

그러자 상하 대소의 범들은 저마다 지혜와 경험을 다투며, 가지가지 의견과 먹음직스러운 이야기를 내놓았다.

어느 자는 산중에서 사람의 발자국을 보았노라하고, 어느 자는 뼈와 가죽만이 남은 가난한 백성들을 먹어 보았으나, 좀더 살찐놈들을 먹어보고 싶어도 전혀 눈에 띄지를 않아 먹을 수 없었다고 입맛을 다시기도 했다. 그런가 하면 어떤 자는 여자의 고기가 좋다고도 했다. 사람들이 암소니 암탉이니 하여 '암'자가 붙은 고기를 특별히 돈을 더 주고 사먹는 까닭을 이제야 알 수 있다고, 이 능구렁이 같은 인간통의 늙은 범은 덧붙이는 것이었다.

어떤 범은 돼지나 개를 잡아 먹기도 했는데 그래서 인간의 사정을 전혀 알 수가 없었으므로 자기는 지혜가 없다고 겸손하게 말하자, 그것은 사실이라고 옆에 있는 놈이 거들었다. 그 놈은 사람은 곧잘 서로 잡아먹고 서로 죽이기를 잘 하는데, 그 때문에 그들은 한없이 지혜가 발달되고 문명이 발전된다고, 무슨 유명한 예언자처럼 제법 확신있는 어조로 다른 동료들을 설복시키려고 애쓰기까지 했다.

그러자, 언제나 신중을 기하며 충신으로 자처하는 제법 나이깨나 들은 듯한 한 놈이 이렇게 입을 떼었다.

"동문에 의원 한 놈이 있소이다. 내 언젠가 보고 제법 먹음직스러워서 혼자 먹기는 아깝고, 대왕께 진상하려는 마음에서 아직까지 그대로 두어두고 있는 참입지요. 의원이란 것은 원래가 한 가지 풀만 다루는 것이 아니오라, 백가지 풀을 죄다 다루고 먹는즉 그 고기도 특별한 별미인 줄로 아옵니다. 더구나 이 자는 살이 팅팅 찐 허여멀건 한 놈이옵니다."

무서운 대왕범은 말없이 고개만 끄덕끄덕해 보였다. 먹자는 것인지 아니 먹자는 것인지 그 태도만으로는 전혀 알 도리가 없을 정도로 무엇인가 생각하고 있는 표정이었다.

원래가 위엄있는 무리들은 곧잘 이것도 저것도 아닌 표정을 짓는 법이다. 무서운 범은 결코 자기를 신비 속에 숨겨 버리려는 얕은 수작의 권위자는 아니었으나, 그 원래의 우주처럼 깊은 본질이 그를 어쩔 수 없이 그렇게 만드는 것이다.

따라서, 이 때문에 그에게는 더욱 유리한 점이 많이 있었다. 주위의 범들이 그를 무한대로 숭고하게 보고 신으로 추앙하여 경건한 종교적인 복종을 맹세해 보이기 때문이다. 비굴한 인간들이 이러한 복종을 그들 존재의 중요한 원리로 삼고 있듯이 범족들간에도 그것은 어쩔 수가 없는 일이었다.

의원의 고기가 대왕의 구미를 돋우지 못한 것이라고 재빨리 단정한, 충신인지 간신인지 분명히 알 수 없는 또 하나의 늙은 범이 아까의 충신의 뒤를 이어 이렇게 아뢴다.

"의원은 사람의 병을 고치는 자이오니 백 가지 약을 먹어 불로장수 할지는 모르더라도, 그 자체가 언제나 병들고 썩어가는 자를 대하고 있는 것이니 그 고기도 필경 썩은 내가 나리라고 생각하옵니다. 그러니 대왕께선 의원을 잡숫지 마시옵고, 그 대신 서문에 있는 무당 계집을 잡수어 보사이다. 제가 이 계집을 마음 놓고 대왕께 진상하고자 하는 이유는, 그 계집이 우선 깨끗하고 살이 통통하게 쪘다는 점이옵니다. 제가 며칠 전에 그 계집이 생각이 있어서 유심히 보았사온데, 매일 목욕재계를 하옵고 천지신명에게 온갖 미태를 부리더이다. 이렇게 깨끗하고 맛있는 계집을 제가 먹기가 아까워서 그대로 남겨두었사오니, 바라건대 대왕은 그 계집을 시식하사이다."
이런 말이 나오자 누구보다 좋아하는 자는 아까 계집의 고기가 맛이 있다고 하던 인간통의 늙은 범이었다.

그는 싱글벙글 만족하게 웃으면서 무당계집을 진상하려는 충신 옆으로 걸어가 앉았다.

그리고 그의 어깨를 자기의 입으로 쓸어주며 실로 온당한 말을 했다고 칭찬하는 것이었다.

그러나, 대왕은 고개를 좌우로 살래살래 흔들었다. 진상이 불만이라는 노골적인 표현이었다. 범들은 놀라서 어떻게 할 줄을 몰랐다. 그 이상 적당한 진상거리도 없는 듯했다. 저녁거리의 이야기는 완전히 허사가 된 듯했다.

그러자, 이러한 묘한 공기를 일시에 뒤집는 듯한 굉장한 소리가 쏟아졌다. 무서운 대왕 범이 자리를 고쳐 앉으며 기침을 한 번 크게 한 것이었다. 그로 본다면 그다지 큰 기침도 아니었으나, 워낙 대단한 범이기에 약간 소리를 낸 것이 천지를 진동하는 장엄한 음향이 되어버린 것이었다.

"이야기를 들으니 모두가 비위가 상하는 것뿐이로다!"
하고, 무서운 범은 이제는 입술마저 약간 비틀며 입을 떼었다.

"도대체 의원이란 무엇인가! 그자들은 편작 이래로 병들은 사람을 고칠 수 있다고 장담해오는 놈들이란 말이야. 그런데 실제로 그 놈들은 무엇을 고쳤는가. 편작이란 놈이 춘추 열국의 피비린내나는 지옥 같던 시대에 천하의 대 사기꾼으로 한 몫을 보았다는 것을 모르는가. 나는 진시황을 감히 영웅이라고 부르고 싶어. 왜냐하면 그 자는 천하를 정복했고, 비굴한 인간들을 발밑에 깔고, 제멋대로 군림하면서 어리석은 인간놈들을 닥치는 대로 죽였고, 제 욕심대로 살았으며, 또 그것을 누구에게도 감추지 않고 대담 솔직하게 실행했던 자란 말이야. 지금의 세상에 이와 같이 철저하게 인간다운 인간이 있단 말인가. 자기의 죄악을 감추려고 그 죄악에 또 죄악을 저지르는 놈이 얼마든지 있고 그것이 오늘의 세태이며 지배자의 생태이나, 진시황처럼 악에도 철저했고 선에도 철저했던 사람은 없단 말이야. 이것은 너희들로서는 아직 이해하기가 어려우리라만은 여하간, 이 만고의 영웅 진시황이 그 최후의 욕망으로, 의원의 말을 들어 불로장생의 영약인가 무언가를 얻으려고 동남동녀 삼천 명을 봉래도에 보냈으나, 그 어디에 그런 약이 있었단 말인가. 적어도 그 사람이 백 살을 살지 못하고 죽었다는 것만 보아도 알 수 있단 말이야. 이렇듯 의원은 병자를 속여서 죽여오거든. 적어도 한 의원이 일 년에 몇십 명을 죽이지 않고는 그들 자신의 뱃속이 시원치 않다고 할 정도야. 이런 사기꾼의 고기가 그래도 맛있겠다고 할 것인가. 맛이 없다고 할 정도가 아니라, 그들의 교묘한 사기술은 그들의 피와 살에 배어서 그 고기를 먹는 자에게도 독을 줄 정도야. 의원의 고기야말로 정말 독을 주는 고기지."

여기서 무서운 범은 잠시 말을 끊고 제안자를 보았다. 충분히 이해시키려는 표정 같았다.

그리고, 이번에는 또 하나의 제안자를 보면서 계속했다.

"무당은 어떠냐! 무당 역시 의원보다 나을 것은 없지. 너희들은 이런 고기를 먹어보지 못했거나, 먹어보았다고 하더라도 맛을 알지 못하고 먹었던거야. 의원이 병자를 속이는 사기꾼인 것처럼, 무당은 인간의 정신적 사기꾼이야. 정신에 병이 든 자를 속여서 해마다 몇 백명씩 죽여가는 것이 그들이란 말이야. 그들이 목욕재계를 하고, 하느님께 빌면서 온갖 미태를 떨어 보이는 것으로, 마치 자기네들이 하느님의 대행자인 듯 떠들어대나, 그 사기술이 교묘한 것은 의원을 뺨치고도 남을 정도야. 이런 고기를 먹으면 먹는 그 자에게도 독이 전염되어 똑같이 사기꾼이 된다는 것을 알아야 해. 더구나 그런 것들은 양심적인 이성을 갖춘 백성들의 빈축을 사고 있으니, 그러한 *혹세무민(惑世誣民)의 고기는 먹어보았댔자 백해무익일 뿐이야. 그런 고기는 먹을 수가 없지!"

그러자 한쪽에서 점잖게 앉아 처음부터 전혀 말이 없던 늙은 범 하나가 불쑥 일어섰다.

그는 대왕의 고상한 입맛을 짐작해본 모양이었다. 의원도 싫고, 무당도 싫고, 여자도 싫다면 그 외에 또 무엇이 있을 것인가. 혹세무민의 딱지가 붙지 않은 양반계급이 있다. 백성들을 지배해오는 시대의 거룩한 종족들로, 먹는 것도 잘 먹고, 입는 것도 잘 입고, 학문과 도덕과 부귀영화가 죄다 그들의 것이다. 이런 자들이라면 남을 속일 것도 없고 나쁜 일을 할 까닭도 없다. 더구나 세상 사람들은 이들을 존경하고 부러워하고, 이들같이 행복한 계급이 되었으면 하고 모두가 열망하고 있지 않은가.

시대의 최상층에 있으면서 그들의 생활과 희망은 보증되어 있다. 누구도 그들의 행복을 침범할 자는 없다. 국가의 법도 그들의 생활을 보증하고 있다. 지배자의 학문과 도덕을 닦아 물 속의 고기처럼 미끈미끈하게 세상의 물결을 헤엄쳐 가기만 한다면, 그들의 빛나는 장래는 내일의 아침 해처럼 찬란하게 보장되어 있고, 값비싼 비단옷을 알몸에 휘감은 요조숙녀들이 기다리고 있고, 권력과 재산을 가져다주는 벼슬은 어서 오라고 대기하고 있다.

온갖 백성의 존경과 송덕을 받으면서 그들 위에 군림하는 것이 아닌가. 이런 계급의 인간이라면 고기맛도 좋을 것이며, 대왕의 고상한 입맛에도 꼭 들어맞으리라고 늙은 범은 확신하였기에 일어선 것이다.

그래서 그는 자랑스러운 듯이 평생의 신념을 가지고 이렇게 말했다.

"이제야 대왕의 입맛을 알 듯하옵나이다. 실은 저 역시 인간을 먹되

*혹세무민(惑世誣民)──세상 사람을 미혹하게 하여 속임.

고기맛을 보아가며 맛있는 사람을 먹으려고 애쓰고 있사온데, 제 생각 같아서는 인간세계에서 소위 고덕한 선비라고 하옵는 사대부나, 공맹의 제자들이 어떤가 하옵나이다. 그들의 유림(儒林)에는 이러한 고덕한 선비들이 얼마든지 있사옵니다."
 "그래, 어떤 점에서 그들이 맛있다는 얘기인가?"
하고, 무서운 대왕은 고개를 갸우뚱하며 일침을 놓았다.
 예의 늙은 범은 이러한 대왕의 반응에 기가 죽어 말을 계속해야 할 것인가 아니해야 할 것인가, 그만 용기를 잃어 버리고야 말았다. 그러나 그는 어쩔 수 없이 이야기를 계속했다. 대왕이 그의 말을 기다리고 있었기 때문이다.
 "그들에게는 충효라는 미덕이 있삽고, 음양의 천리와 오행(五行), 육기(六氣)의 심오한 원리 밑에 태어났사오니, 그 고기인들 어찌 맛이 없을 리가 있겠소, 또 먹어서 좋은 양분이 없을 리가 있겠소이까. 더구나 그들은 천하 만민의 존경을 받사옵고, 그들의 앞에는 빛나는 장래가 기다리고 있사오니……."
 여기서 그는 말을 중단해 버렸다. 무서운 대왕이 예의 천지를 진동하는 헛기침을 질렀기 때문이었다.
 이러한 기침이 나오면 대왕의 깊은 몸속에서 무언가 특별한 변화가 있기 마련이다. 무서운 범은 인간처럼 심내의 감정이 이내 얼굴에 나타나는 법이 없기 때문에 대체로 이러한 현상을 통해서 감정을 노출시키는 수가 많다. 항상 대면하고 있는 범족들은 그 점을 잘 알고 있었다. 늙은 범은 그에게 분노에 가까운 혐오의 감정이 있다는 것을 알고는 이내 말을 중단해 버렸다.
 아니나 다르랴. 무서운 범은 기침을 한 번 크게 하자, 이렇게 위엄있는 어조로 입을 떼었다.
 "대체 음양이란 무엇인가! 낮과 밤을 말하는 것이고, 남자와 여자를 말하는 것인데, 그들은 이것을 가지고 천지의 원리를 깨달은 척한단 말이야. 문제는 그들이 무엇을 아느냐가 아니고, 그들 자신이 어떻게 생겼으며 어떠한 도덕적인 원리에서 움직이고 있느냐 하는

데에 있는 거야. 오행이나 육기라는 것은 입김과 같은 거야. 불면 꺼져 없어져 버려. 이러한 맹랑한 이름 밑에 살아오고 있는 그들 고기가 맛이 있을거란 얘긴가. 그들이 충효라고 해서 들이마시고 있는 물건은 무엇인가. 이것은 공자와 맹자가 만들어 놓은 실로 해괴하기 짝이 없는 것인데, 애당초 공자나 맹자는 벼슬을 하지 못해서 불만이 대단했던 야심가야. 그들은 이러한 것을 만들어 가지고 제후들에게 아첨을 해서 벼슬을 얻어 보려고 했던 만고의 이기주의자들이었거든. 나중에 그를 따르는 자들은 충효를 외치며, 인류를 비굴한 노예로 묶어 놓고 거기에서 이득을 보고 자신의 부귀와 영화를 보려 한단 말이야. 그들이 존경을 받고 있는 것은 무엇인가. 그것은 법률로 보장된 존경이고, 노예에게 군림하는 존경이야. 입신양명의 뜻을 세워 독재군주에게 충성을 맹세하는 존경이야. 제 주장을 갖지 못하고 제 개성을 갖지 못한 이들에게서 무슨 미식의 맛을 보겠다는 것인가. 미식은커녕 맛없는 음식이고 신맛이 나는 고기야. 그들에게 미덕이 있다고? 그러나 그것은 그들이 겉으로 값비싼 옷을 입고 망건과 도포를 입고 있기 때문이겠지. 그들의 얼굴이 하얀 것은 일을 하지 않고 방 안에만 들어 앉아 좋은 음식을 먹고 있는 때문인 것과 마찬가지로, 그들에게 미덕이 있고 순수한 것 같이 보이는 것은 잘 먹고 잘 입고 있는 때문인 거야. 그것 외엔 아무것도 없어. 그들에게서 좋은 음식과 좋은 의복과 좋은 집을 뺏어 보라. 거기에 남는 것은 무엇인가. 실로 추잡한 죄악뿐이야. 저승의 염라대왕조차 차마 눈뜨고 볼 수 없는, 잔인가긍하고 시궁창처럼 썩어서 악취가 풍풍 나는 그러한 죄악뿐이야. 이런 자들의 고기 맛이 좋으리라고 하는 이 세상의 바보녀석들에게, 나는 그들의 죄악상이 어떠한 것인가, 그 실태를 보여주고 싶을 정도다. 그런 때가 온다면 나는 너희들에게 서슴지 않고 보여줄 테다. 아, 정말이야. 제발 이런 얘기는 그만하게 해다오. 그 놈들은 생각만 해도 지긋지긋한 놈들이다. 아까 의원과 무당의 고기에 독이 있다고 그랬지만 선비놈 고기에 있는 독에 비한다면 월등하게 나을 정도다. 세상에 이와 같이 맛 없고 퍽퍽하고, 똥구멍으로 호박씨 까는 고기맛이 어디에 있겠는가. 선비놈들의 말과 글과 행동은 전혀 일치하지 않는다는 것을 알라. 그들은 이 세상에서 가장 간악하고 교묘한 사기꾼이며 죄악자다. 그러한 유독한 고기를 먹는다면 대번에 가슴에 걸려 만성 체증에 걸려서 평생 고생을 하다가 죽어가리라는 것을 알아야 한다. 아! 우리는 어째서 이러한 인간놈들의 고기를 먹도록 되어 있는 것인가. 이 세상의 만물 중에서 가장 더럽고 죄악에 물든 짐승의 고기를 먹어야 한단 말인가. 너희들은 똑바로 들어라. 조물은 이러한 인간을 이 세상에 내어서 우리를 시험하려고 한 것이다. 그런즉 너희들은 이 조물의 꾀에 넘어가면 영원히 멸망하리라는 것을 알라!"

여기에 범들은 아무도 대답하는 자가 없었다.

이처럼 범들이 저녁거리를 가지고 심각한 논의를 벌이고 있는 산중에서 얼마 떨어지지 않은 곳에 정읍(鄭邑)이라는 고장이 있었다.

이 고장은 매우 한적한 곳으로 이날 밤 우연히 한 사건이 일어나게 되었다.

이해의 편리를 위해 사건의 순서에 좇아서 그 동안의 일을 설명하기로 하자.

동네는 그다지 크지 않았다. 그러나 오랜 역사를 지니고 있었던 모양으로 이 동네를 누가 개척했는지는 몰라도, 동네의 이름을 보더라도 옛날에는 무시못할 커다란 고을이었던 모양이었다. 그 유적을 곳곳에서 볼 수 있는데 동네의 주위, 특히 동네를 내려다보는 산마루라든가, 고개에 아직도 뚜렷하게 볼 수 있는 축성의 자리 같은 것이 그 점을 증명해주고도 남는 것이었다.

옛날의 모습을 보여주는 *고색창연(古色蒼然)한 집들도 동네에는 더러 있었다. 그런 집은 대개가 몇대로 이어내려오며 벼슬을 하는 부유한 집들이었다. 이런 집 앞에는 몇백 년 된 듯싶은 고목도 더러 있어서 역사를 상징하고, 그 집의 부유함을 설명해주고 있는 것이었다. 마

*고색창연(古色蒼然)——퍽 오래되어 옛날 풍치가 저절로 드러나 보이는 모습.

을의 어린 놈들은 그 정자나무 앞에서 놀고, 어른들도 때때로 무더운 여름날의 오후이면 그 나무 밑에다 밀대방석을 깔아 놓고 이야기도 하고 낮잠도 자는 것이었다.

얼핏 보기에 매우 한적하며, 동네의 사람들은 아무런 근심도 없이 평화롭게 살아가고 있는 듯했다. 그 증거로는 학문이 깊고 도덕이 높은 북곽선생(北郭先生)이 동네의 북쪽에 엄연히 자리잡고 있는 점이었다.

북곽선생은 이 역사 깊은 동네의 교육과 도덕을 담당하여, 그의 이름은 햇빛처럼 온 마을에 빛나 그들의 존경을 온통 한몸에 차지하고 있었다. 지금 나이 사십으로, 생긴 것도 저 유명한 공자나 주자가 아닌가 싶도록 남의 존경을 받을 만큼 도덕적으로 위엄있게 생겼고, 말과 행하는 것이 공맹의 신성한 학문에서 조금도 벗어나지 않아서 유덕한 군자란 꼭 이런 자가 아닌가 생각될 만하였다.

따라서 학문도 대단한 깊이와 넓이를 가지고 있었다. 스스로 만 권 서적을 읽었다고 하니, 중국식 과장법은 아니라 하더라도 그만하면 공맹의 학문을 죄다 머릿속에 집어 넣고 있을 것은 뻔한 일이었다. 원근 고을의 수령 방백들이 예물을 가지고 세배하러 오고, 학문을 들으러 오고 있는 것을 보아도 그의 학문에 대한 깊이와 열의가 어느 정도인가는 대강 짐작하고도 남는 일이다.

뿐만 아니라, 그는 저술에도 대단한 열의를 가지고 있어서 구경(九經)의 뜻을 부연하고 주석을 달아 거의 일만 오천 권의 방대한, 평범한 인간으로는 도저히 상상조차 하기 어려운 책을 써 내놓고 있는 것이었다. 따라서 북곽선생의 이름은 전국에 걸친 공맹의 제자간에 날리고 유림에 빛나며, 드디어 그 빛나는 이름은 천자의 귀에도 미친 것이었다. 그리고서도 정읍의 미미한 촌락을 떠나지 않는 북곽선생은 그야말로 은사의 미덕을 전형적으로 갖추고 있는 자라고 아니할 수가 없었다.

이쯤 되고 보니 북곽선생은 정읍이라고 하는 자그만 동네의 희망이고 태양이 아닐 수가 없었다. 동네 사람들은 그에게서 도덕과 예의를 배우고 그를 산 공자로 여기며, 아이들은 그에게서 학문과 덕행을 배웠다. 말하자면 그는 이 좁은 마을의 위대한 교육자이며 정신적 태양과 같은 존재였다. 내일 태양이 없을지라도 북곽선생의 덕행은 변할 리 없다고 믿는 그들인 것이었다.

게다가, 이 마을에는 또 하나의 명예로운 일이 있었다. 마을 사람들은 그것을 고덕한 북곽선생의 여덕이 아닌가 하고도 생각했으나, 어쨌든 그들에게는 대단히 명예로운 일이었으니 그 동기를 찾을 까닭도 없는 것이었다.

하기야 산수가 좋으면 훌륭한 인간이 나며, 제주도로 가면 말새끼는 잘 크는 법이다. 적어도 북곽선생 같은 위대한 선비가 있는 마을이고 보면 제 이의 북곽선생, 제 삼의 북곽선생이 날 법도 한 일이다. 공자 이후에 수많은 공자가 났고 공자 이전에 한 사람의 공자도 없지 않았던가. 북곽선생이 만 권의 책을 펼쳐 놓고 있는 극히 도덕적인 마을에서 열녀 하나쯤 생긴다는 것은 그야말로 도둑의 마을에서 도둑이 또 하나 생긴다는 것과 조금도 다를 것이 없다.

마을의 동쪽에는 동리자(東里子)라고 하는 여자가 살고 있었다. 그녀는 일찍이 과부가 되어 혼자서 남편의 부유한 유산으로 살고 있었다. 대대로 영귀를 누려온 명문대가의 독자였던 남편은 소년 등과하여 벼슬을 지내다가 사랑하는 젊은 아내를 두고 죽어버렸다.

동리에서도 으뜸가는 부자였기에 동리자는 살기에는 조금도 걱정이 없었다. 오히려 해마다 들어오는 양식이 남아돌아 처치하기에 곤란할 정도였다. 집도 마을에서 제일 큰 기와집으로 마을의 주봉인 깊은 산이 그 집의 후원 뒤로부터 시작되고 있었다. 시비 노복들도 많았다. 남편을 잃었다는 불행만 없다면, 그 여자는 무엇하나 부족한 것이 없었다.

남편이 죽은 뒤에 그 여자에게 청혼을 해오는 군자가 많이 있었다. 고을의 원님도 그 여자의 아름다운 점을 듣고 슬며시 유혹해 보려던 일도 있었다. 그만큼 동리자는 재색을 겸비한 요조숙녀였다. 시서에도, 약간 과장법을 쓴다면 무불통지라고 해도 좋을 정도였다.

그러나, 그 무엇보다도 동리자에게 존경과 찬사를 보내고 싶은 점은 그 여자가 세상의 어떠한 여자보다도 뜻이 굳은 정조가 있다는 점이었다. 재색이 겸비한 아름다운 여자였기에 더구나 그것은 깊은 경의를 표시해도 좋은 것이었다. *금성탕지(金城湯池)처럼 군건한 의지력이 얼마간 냉엄하다고 할 정도로 그 여자의 얼굴에 나타나 있었다. 이것은 또한 그 여자의 미질(美質)을 형성하는 주요한 요소이기도 했다.

하기야 정조라는 것이 아름다운 여자에게만 적용되는 물건이라고 하면 지나친 망언이라고 할 것인가. 하나 보기 흉하게 생긴 여자에게 정조라는 엄한 법률을 적용한다고 하는 것은 너무도 잔인한 형벌인 것 같아서의 얘기다. 그러나, 재색이 겸비한 실로 아름다운 동리자에게는 이러한 혼란이 전혀 있을 수 없으니 다행한 일이었다. 청혼을 해오는 자가 부지기수였고, 유혹자의 수법이 또한 변화무궁했다는 사실이 그 점을 잘 증명해 주고 있는 것이었다.

그러나, 정조 견고한 동리자는 이들의 접근을 결코 용서치 않았다. 그 굳은 금성탕지의 정조성은 어떠한 변화무쌍의 여의봉으로도 결코 파괴당하는 일이 없었다. 그 여자는 수비의 전법이 대단히 강했다. 고을의 원님이 장중한 무장을 갖추고 유혹전을 벌여 그 여자의 금성탕지의 굳은 성곽의 일부를 파괴해 보려고 했으나 결국 당하고 물러간 것도 그 때문인 것이었다.

그 여자가 이토록 견고한 것은 죽은 남편을 생각해서라고 누구나 생각했다. 또 어떤 자는 남편의 유산 때문이라고 하는 자도 있었다. 또 어떤 자는 그 여자의 덕성이 북곽선생처럼 만고불변이며, 높기 때문이라고 예의 도덕론을 들고 나오는 자도 있었다. 이런 주장은 북곽선생이 계시는 정읍의 명예를 위해서도 매우 환영할 일이었다.

이렇게 해서 동리자의 굳은 절개는 모르는 사람이 없게 되고, 원근 마을과 멀리는 황성의 대궐에까지 알려지게 되었다. 천자는 이 존경할 만한 여자를 미덕의 표본이라 해서 천하에 그 덕을 선포하고, 많은

─────────
*금성탕지(金城湯池)──방비가 아주 견고한 성. 아주 견고한 사물의 비유.

상을 내렸다. 또한 '동리과부지여(東里寡婦之閭)'라는 영광스러운 이름을 봉하기까지 했다. 동리자는 북곽선생과 함께 그야말로 마을의 태양이며 빛나는 명예였다. 그런데 이 동리자에게는 아들이 다섯이나 있었다. 어떻게 된 까닭인지는 몰라도, 그들의 성이 죄다 각각이고, 누구 하나 그들의 내력을 정확하게 아는 자는 없었다. 어떻게 길러왔는지 그것조차 알 수 없을 정도였다.

동네 사람들은 아름다운 과부의 명예를 위해서도, 또 자기네 동네의 영예를 위해서도 그저 쉬쉬 할 뿐이었다. 동리자의 아들 이야기가 나오면, 묘한 의미의 빛을 눈에 띠고 그 눈을 꿈벅해 버리면 그만이었다. 거기에 더 따지고 덤비는 사람도 없었다. 그들은 이 사실을 자기들의 명예에 모욕을 당하는 것같이 보고 있는 것이었다.

따라서 우리들도 이 문제를 동네 사람들 이상으로 추궁하는 것은 그만 두기로 하자. 모르는 일이다. 정조 견고한 동리자의 이야기이고 보니, 그것을 누가 알 수가 있을 것인가. 어쨌든 그 여자에겐 성이 각각 다른 아이 다섯이 있었고, 이 다섯 형제는 비록 성은 다르다 하더라도 서로의 우애가 대단히 깊은 사이였다. 그들은 언제나 같이 놀고 같이 공부했다. 때로는 잠을 같이 자는 수도 있었다. 나이도 별로 차가 없었다. 그들은 똑같이 책을 겨드랑이에 끼고 북곽선생에게 가서 배웠다.

북곽선생은 이들에 대해 다른 아이들 이상으로 특별히 대하는 일은 없었다. 그는 동네 사람들 이상으로 이들 오형제에 대하여 전혀 그 내력을 모르는 듯했다. 동네 사람들은 그것을 그의 앞에서는 절대로 말하지 않고, 그 역시 아는 척하는 일은 결코 없었다. 북곽선생 정도로 천하에 그 이름이 날리고 있는 학덕 높은 군자에게는 사실상 이야기하기 어려운 거북한 일이 아닐 것인가.

이렇게 해서 동네의 명예는 그대로 유지되고, 고덕한 선비 북곽선생의 덕망과 학명에도 금이 갈 리가 없었고, 정조 견고한 과부 동리자의 이름에도 아무런 해가 없이 그대로 견지되어 갔다. 그것은 외관상 매우 잔잔했다. 바람 없는 산간의 호수처럼 표면상으로는 결코 아무 일도 없는 듯했다. 그 밑바닥이 제아무리 거칠고, 더러운 것이 제아무리 꽉 들어차 있다 하더라도 겉으로만은 깨끗하고 잔잔하고 거울처럼 맑고 윤이 나서, 누구나 이 맑고 아름답기로 이름난 호수를 동경하며 찾아 드는 것이었다.

범들이 동리자 동네의 뒷산 깊숙한 산골짜기에서 저녁거리를 걱정하며, 사람의 고기맛을 논의하는 데 열중하고 있는 동안에도 이 아름다운 도덕적인 마을은 아무런 풍파도 없이 외면상 매우 잔잔해 보였다. 무서운 범이 인간의 본질을 제아무리 논증하고 설명한다 하더라도 좀처럼 믿어지지가 않을 정도였다. 인간의 생태를 제아무리 분석하고 해부한다 하더라도 그것은 호수처럼 맑고, 아름답고, 잔잔하고, 평화로운 것뿐이었다.

그러자, 이날 밤 묘한 현상이 일어났다. 그것은 범들이 산중에서 인간을 비평하고, 설명하고 있었던 날과도 우연히 일치되어 일어난 지극히 신기한 일로서, 잔잔한 호수를 밑바닥에서부터 흔들어 놓아 그 맑은 호수의 밑바닥에 깔려 움직이지 않고, 없는 것같이 보이던 온갖 잡동사니가 죄다 뒤집혀 올라, 종래의 아름답고 맑은 면모를 일시에 뒤집어 놓은 듯한 실로 획기적인 대사건이기도 했다. 평화의 신이 패배를 당하고, 그 대신 지옥의 악마들이 들끓는 무서운 말세의 풍경같기도 했다.

이날 밤 성이 다른 동리자의 다섯 아들은 늦게까지 재미있게 놀고 있었다. 워낙 놀기를 좋아하고 우애가 깊은지라, 서로는 아무리 자그마한 흥미거리에도 같이 즐기며 놀았다.

그 중의 한 놈이 밖에 나갔다가 들어와 별안간 긴장한 표정으로 정보를 제공했다. 놈들은 똑같이 그의 입에 귀를 기울였다.

"내당에서 웬 남자의 소리가 나는가 해서 보았더니 북곽선생이 계시더란 말이야!"

이런 말에 네 놈은 귀를 들고, 이번에는 눈을 모아 둥그렇게 떴다. 내당에 남자가 있다는 말도 수상하려니와, 그 남자가 더구나 북곽선생이라고 하는 데는 어린놈들의 호기심을 자극하기에 충분했다. '선생이 이 밤에 그런 곳에 계실 리가 있는가'라는 것이 그들의 의혹의 초점이었다.
 "그러면 좋은 수가 있다. 그것이 분명 우리 선생이신가 아닌가 확인할 필요가 있다. 세상에는 귀신이나 도깨비도 많다니까, 그런 것들이 선생님의 탈을 쓰고 나왔는지도 모르는 일이거든."
 "그래! 그 말이 맞다. 폐론하고 우리 다섯이 가서 그놈을 잡자. 잡아서 내일 선생님에게 보여드리자."
 "무서워서 어떻게 가?"
 "제기랄! 우린 다섯인데 뭐가 무서워. 우선 가서 망을 보고, 그때 적당히 힘을 합쳐 잡는 거야. 여우라면 더구나 좋은 수가 있어. 자, 빨리들 일어서라. 조용 조용히들 해야 돼. 잘못해서 놓쳐버리면 아무것도 안된다."
 다섯의 악동들은 드디어 용기를 내어 내당으로 들어갔다. 달도 없이 캄캄하게 어두운 밤이라 이러한 작업을 하기에 편리했다.
 어린놈들은 발소리를 죽여 불빛이 새어 나오고 있는 내당의 지엄한 방문으로 접근해갔다. 시비, 노복들은 밤이 깊어가는지라 저마다 제 방으로 가서 불을 끄고 보이지도 않았다. 이따금 어떤 방에선가 코를 고는 소리가 나기도 했다. 완전한 정적이었다.
 이 고요한 밤중에 정조 견고한 금성탕지로 이름 있는 그 방에서는 어떠한 광경이 벌어지고 있는 것일까. 남자라면 내 집의 늙은 노복들조차 결코 접근시키지 않던 궁중의 지밀한 내전처럼 엄숙하기 짝이 없던 그 방에서 지금 어떤 일이 벌어지고 있는 것일까. 어린 악동들은 부들부들 떨리는 가슴을 누르느라고 애를 썼다.
 "……?"
 아까 정보를 제공했던 놈이 우선 문틈으로 들여다보고 나서 고개를 돌렸으나 눈만 크게 떴을 뿐 말이 없다.
 이 눈의 설명을 읽은 다른 네 놈들도 저마다 몸을 적당히 비벼들어서 문틈의 이곳 저곳에 눈을 붙였다. 그들의 눈은 방 안으로 빨려 들어가는 것처럼 잠시 거기에서 떨어질 줄 몰랐다.

"오랜만에 선생을 뵈오니 어찌 반갑다 아니하리오. 밤마다 군자의 독서하시는 낭랑한 소리를 듣는 것 같고, 그 옥안을 뵙는 것 같아, 소첩은 잠도 이루지 못하였나이다."
하는, 동리자의 소리가 들리는 것이었다.

동리자는 곱게 단장하여, 그토록 아름다운 여자가 있는가 싶도록 촛불에 비쳐진 그 전신과 얼굴과 머리는 한없이 우아한 것이었다.

그렇게 말하며 자기를 지켜보고 있는 여자의 한없이 매력적인 눈을 잠시 그대로 보고 있던 학문과 도덕이 똑같이 고명한 북곽선생은, 이윽고 서서히 점잖게 입을 떼었다.

"원앙이 재병이고 경경유형이로다. 유심유의에 운수지형이니, 흥야라!"

그는 무슨 말인지 알 수 없는 말을 시를 읊듯 지껄이고 나서, 웃지도 않고 여자의 하얀 아름다운 손을 잡아 끄는 듯했다.

"선생님이 분명한데!"

한 놈이 얼굴을 들고 자그마한 목소리로 지껄였다. 이것을 신호로 다른 네 놈도 그 앞으로 모여들었다.

"신나는 광경인데! 도대체 수절하는 과부 방에 남자가 든다는 말은 금시 초문인걸. 책에도 그런 얘기가 있는가 내일 당장 선생한테 물어봐야 되겠다."

"떠들지 마라! 안에서 들린다. 아무튼 내가 보기에는 여우가 분명하다. 동구 밖에 여우굴이 있지 않아. 천년 묵은 여우라 필시 사람의 탈을 쓰고 온 거야. 그놈이 틀림없어. 그렇지 않고서야 우리 북곽선생님이 얼마나 고매한 분이신데 이 밤에 저러고 다니시겠어. 간사한 여우놈이 선생님의 덕망을 시기해서 저와 같이 북곽선생의 탈을 뒤집어 쓰고 나온 거야."

"그렇다지만 정말 선생님 같은걸! 수염이라든지, 옷이라든지, 웃지 않는 것이라든지, 음성이라든지, 치마 속을 더듬는 손이라든지, 그 눈이라든지 말이야. 어떻게 그렇게 똑같을 수가 있을까?"

"아무튼 내 말이 맞아, 여우가 틀림없어. 언젠가 선생님도 그러시지 않아. 여우가 오래 살면 사람으로 변해서 인간 구실을 한다고. 그럴 땐 제정신을 똑바로 차리고 있어야지 그렇지 못하면 여우에게 홀린다는 거야. 요재지이인가 무언가의 책에서 그 점을 증명하고 있다지 않아."

"그런데 말이야, 좋은 수가 있다! 다섯이 저 나쁜 여우를 잡는 거야. 어른들 얘기를 들으면, 여우의 관을 얻는 사람은 굉장한 부자가 된대. 신발을 얻는 사람은 대낮에도 보이지 않는 둔갑법을 할 수 있고, 꼬리를 얻으면 누구에게라도 기쁘게 할 수 있는 묘술을 얻게 된대. 그러니, 죽이진 말고 사로잡아서 저놈을 내일 북곽선생에게 끌고 가자꾸나. 아! 불이 꺼졌다. 모두 소리질러. 뒷문으로 가자!"

"와!"

다섯 놈이 일시에 소리를 지르며, 앞뒷문을 박차고 방으로 달려들어갔다. 집안이 온통 뒤집히는 듯했다.

방안의 요조숙녀와 유덕한 군자는 어떻게 된 일인지 알 수 없었다. 불이 또다시 켜지지는 아니했다.

다섯 악동들이 일시에 방문을 흔들며, 방 안으로 달려들었을 때에는 어둠속에서 기성을 지르며, 하얀 옷을 한아름 끌어잡고 방문을 나가는 무언가가 보였을 뿐이었다.

"아, 여우다! 탈을 벗고 꼬리를 흔들며 도망치는구나. 빨리 뒤를 쫓아라!"

어두운 방 구석에서 발발 떨고 있는 동리자를 붙잡았던 어린 놈들은 죄다 그쪽 문으로 도망치는 북곽선생의 뒤를 쫓았다.

북곽선생은 후원의 담장을 뛰어넘어 도망치고 있었다. 그런 동안에도 이 고덕한 덕행가(德行家)는 묘한 기성을 지르기를 마지않았다. 그 소리를 듣고 더구나 여우라고 단정한 다섯 놈은 뒤를 쫓으며, 무수히 돌팔매질을 했다. 그러나, 돌의 폭탄을 맞으면서 북곽선생은 담을 뛰어넘자 수목이 울창한 산속으로 삼십육계 줄행랑을 쳤다.

여우로 일부러 가장하며, 벗은 옷을 끌어잡고 알몸인 채 도망치는,

혹은 기고 혹은 껑충 뛰어서 가는 그의 모습은 참으로 장관이 아닐 수가 없었다. 다행히 그를 진짜 북곽선생이라고 인정해주는 사람이 없어서 다행이었지 그렇지만 않았더라면 웃음이 한없이 터질 뻔했다. 더구나 어두운 밤이라고 하는 대단히 편리한 자연의 장막이 그의 정체를 숨겨주어 그는 무난히 자기를 감춰버릴 수가 있었다.

산중으로 얼마큼 들어간 북곽선생은 어느 굴속으로 들어가 거기서 겨우 옷을 주워입었다. 전신이 지끈지끈 아프고 쓰라려 견딜 수가 없었다. 이마에도 커다란 혹이 내밀어 있었다. 망건은 방에다 두고 왔는지, 도중에서 떨어졌는지 알 수 없었다. 허리띠도 보이지 않아 대님을 이어서 매두었다.

생각을 하니 기가 막혀 울고 싶을 정도였다. 무엇 하나 제대로 생각할 수도 없었다. 그러나, 이런 중에도 동리자의 풍만한 육체가 강렬한 인상을 가지고 그의 마음을 점령해왔다.

그것을 이루지 못한 것을 생각하니 미칠 것만 같았다. 그놈들이 미워서 견딜 수가 없었다. 여기에 그놈들이 있다면 죄다 죽여버려도 시원치 않을 것만 같았다. 그래! 그놈들을 죽일 수도 있는 거야. 남의 쾌락을 방해하는 그런 놈들을 아무도 모르게 죽여 없앤들 무어가 어떻다는 얘긴가. 세상은 서로가 속이며 사는 것뿐인데……하고, 그는 무서운 죄악을 상상하기도 했다.

"아! 어쨌든 동리자는 잊기 어려운 여자다!"
하고, 그는 다시 그 여자의 육체와 그때 불을 껐을 때의 미칠 듯했던 희열의 순간을 상상하며 그렇게 통탄해서 외쳤다. 그는 지금 여자가 어떻게 하고 있을까 하고도 생각했다.

그러나, 잠시 후 그는 이런 정도로 끝난 것을 천만 다행으로 생각했다. 어쨌든 여우라는 미신으로 체면이 유지되었으니, 그것으로 자기의 가치는 그대로 있는 것이 아닌가.

명예에 상처를 받고서야 살 수 없는 일이었다. 인간은 누구나 이 명예를 위해 최후까지 노력을 하고 있는 것이 아닐까? 자기의 이름이 그대로 있는 한, 그는 얼굴을 들고 살 수 있는 일이었다. 그는 여우라는 미신이 고맙기 짝이 없었다. 누가 이러한 대단히 편리한 미신을 만들어 놓았는지 그에게는 자기의 전부를 바쳐서라도 감사를 드리고 싶을 정도였다.

"아! 어쨌든 다행한 일이다. 북곽선생이라는 이름이 없다면, 나는 죽은 거나 다름이 없지 않은가! 그런데도 나는 그 이름을 그대로 유지할 수 있으니 언제까지라도 살 수 있다!"

하고, 그는 최후로 옷을 단정히 매만지고 머리와 얼굴의 상처를 대강 만지고, 거울이 있으면 더욱 좋았을 텐데 하고 생각하면서, 아픈 몸을 부스스 털고 일어서서 굴 밖으로 나와 보았다.

아직도 밤은 어두워 새벽이 되려면 먼 듯했다. 아침이 밝아오기 전에 집으로 가야 된다고 생각하면서 발을 떼려고 했을 때였다. 그 발이 미처 떨어지기도 전에 무언가 시커먼 그림자가 눈앞을 가로막았다.

그는 자신도 모르게 공포에 부르르 떨면서 그 무서운 그림자 앞에 주저앉아 버렸다. 북곽선생의 전 명예도, 전 존재도 대번에 꺼져 없어진 듯했다. 그의 감각도 의식도 없어져 버렸다. 북곽선생은 완전히 의식을 잃어버린 것이었다.

얼마 후 의식을 겨우 차렸을 때, 그는 자기 앞에서 바위처럼 거대한 범 한마리가 천지를 진동하는 예의 무서운 포효를 하고 있는 것을 깨달았다.

"대왕마마. 황제폐하. 하늘의 옥제보다 위대하시고, 지상의 지장왕보다 위대하신 호왕전하! 대자대비하신 위대한 산중왕폐하! 이 불쌍한 자그마한 인간을 용서하옵소서! 한 번만 용서하오면 억천 년을 두고 대왕을 모시며 감사하리다. 대왕을 모시며 감사하리다. 대왕의 관대한 덕을 배워 인류의 정의를 세우리다."

하고, 공포에 떨며 북곽선생은 정신없이 빌었다. 그러나, 예의 무서운 범은 그의 기도를 더 계속시키지 아니했다.

"이놈! 천하의 악당 중에서도 가장 악질적인 선비놈은 듣거라!"

하고, 무서운 범은 산중이 온통 흔들려 달아날 듯하는 우레 같은 음성으로 호통을 질렀다.

이런 굉장한 음향에 북곽선생은 얼음같이 전신이 굳어져서 얼굴을 들지도 숙이지도 못하고 있었다. 지난 밤에 여러 범들과 함께 저녁거리를 의논하며 인간을 비판하고 있던 무서운 범은 그들을 내버려 두고 혼자서 이곳을 슬금슬금 걷고 있던 중이었다. 그러다가 때마침 자기의 비난의 대상인 선비의 고기를 보게 되자, 그는 다시없는 기회를 만났다고 생각한 것이었다.

"이놈! 천하의 간악한 무리 중에서도 가장 간악한 무리는 듣거라! 네놈은 덕을 자랑하고, 학문을 자랑하며 백성을 속이고 천하를 속여 오는 놈이다. 너는 우리 범은 짐승이라고 해서 멸시를 해왔으나, 그러면 네놈들은 짐승이 아니고, 철두철미 신성(神性)을 지닌 만물의 영장이라는 것을 증명해 보라. 너희놈들은 무엇으로 그것을 증명할 수가 있는가. 참으로 간악한 무리들! 너희놈들이야말로 개돼지만도 못한 놈들이다. 겉으로는 결백과 미덕을 자랑하며, 속으로는 어떠한 죄악도 서슴없이 해치우는 놈들이 너희들이 아니냐. 도대체 짐승과 신 사이에 있다고 자칭하는 너희놈들은 기만과 사기술에 꽉 차 있는 놈들이다. 그 기만을 미덕이라고 하려면 해보라! 그러한 허위의 미덕을 가지고 얼마나 세상을 살 수가 있는가 똑바로 보라! 그 때문에 너희놈들은 너희의 동족을 속이고 지배하여 왔고, 그것도 모자라서 이제는 너희 자신을 속이고 죽이는 것이 아닌가. 해마다 자살하는 자가 늘어나는 이유는 무엇인가? 너희 선비놈들이 지배자에게 붙어서 충효를 외치며, 그러한 자살과 죄악의 이유를 규명하고 논증하려고 애쓰나 그것부터가 너희놈들의 간악한 사기란 말이다. 너희놈들이 남을 속이지 않고, 양심을 가지고 하루 한시라도 살 수가 있다는 얘긴가. 이 꼭두부터 허위에 꽉 찬 위선자놈들! 남을 속이고 지배하려 들지 않으면 한시도 못사는 놈들! 우리는 너희놈들의 고기가 맛이 없어진 것을 무한한 비애를 가지고 통탄하는 바이다. 우리는 너희에게 환멸을 느껴 이제는 다른 데로 양식을 찾아갈 수밖에 없게 되었다. 어서 내 앞에서 물러가라!"

그리고는, 무서운 범은 어디론가 가 버렸다. 아침이 되어 들에 나온 농부가 놀라서 인사를 하자 북곽선생은,
"하늘이 높고 땅이 넓다 하니 내 어찌 우러러 보지 않으리요!"
하고, 점잖게 대답했다.

許生傳

허생(許生)의 집은 묵적동(墨積洞), 바로 남산(南山)의 밑이었다.
집 앞에는 우물이 있고, 우물 위에는 해묵은 늙은 살구나무가 한 그루 서 있다. 다 자빠진 사립짝문이 이 살구나무를 향해서 열려 있는데, 두어칸밖에 되지 않는 초가집이 비바람을 가리지도 못한 채 초라하게 서 있는 것이었다.

집을 보면 그 주인을 알 수 있듯이, 그는 돈과는 담을 쌓고 원래가 책읽기를 좋아하는지라, 그것으로 일을 삼고 마누라의 바느질품을 팔아서 겨우 호구를 하며 살아가는 형편이었다. 말하자면 그의 생활은 말이 아닌 것이었다.

따라서 마누라의 투정도 대단했다. 어느 날인가는 주리던 배를 참다 못해서 분이 치밀어 오른 마누라가 마침내 이렇게 남편에게 쏘아 붙였다.

"당신은 평생 과거를 한번도 보지 않으면서 밤낮 글만 읽고 들어앉아 있으니, 장차 어쩌자는 말이오. 그래 당신은 배도 고프지 않단 말이오?"

허생은 들었던 책을 놓고 우선 허허 웃어보였다. 그리고는,

"내 글이 아직 미숙해서 그런데, 좀더 참아보구려."

"아니 그럼, 무어라도 해야지 이러고만 있으면 어떻게 할 작정이오. 어디 가서 품팔이 노동이라도 하면 굶는 것은 우선 면할 수 있지 않아요."

"그런 노동을 내가 할 수 있나. 배운 것이 글뿐인데……. 그리고 사람이 그렇게 쉽사리 죽을 리가 있겠소."

"노동을 못하면 장사라도 해야죠. 그렇지 않고서야 우리가 어떻게 살아나가요. 이제 나는 더 참을 수 없으니 마음대로 하시구려."

"장사야 더군다나 말이나 되오. 밑천 한푼 없이 뭘 하란 얘기요. 그러니, 그저 꾹 참고 견뎌나가 봅시다."

허생은 다시 책을 집어 들었다. 그는 그 이상 방법도 없으려니와 이런 얘기는 빨리 끝내는 것이 좋겠다고 생각한 모양이었다. 겉으로 보기에 매우 태평한 듯도 했다. 책속에 있는 무궁한 진리가 그의 마음을

유혹해서 견딜 수 없는 것이었다.
　마누라는 복받쳐 오른 분노를 견딜 수가 없었다. 저런 것을 사내라고 모시고 살아야 할 자기의 운명이 가엾어서 견딜 수 없을 정도였다. 도대체 생활을 해결 못하는 남자가 남자일 것인가. 그놈의 책을 죄다 불살라 다시는 못보도록 했으면 좋을 정도다.
　그래서, 격분한 마누라는 한걸음 다가 앉으며 소리를 질렀다. 싸움이라도 하고 싶어 견딜 수가 없었다.
　"아니 그럼, 당신은 내가 굶어죽는 것을 꼭 봐야 속이 시원하겠단 얘기요? 밤낮으로 방구석에만 들어앉아 글을 읽기에 난 또 무슨 큰 수나 나는 줄 알았더니, 그래 배운 것이 겨우 그것뿐이란 말이오? 노동도 못하고 장사도 못하고, 그렇다고 과거 시험을 보아서 벼슬이라도 얻어 호강을 시켜주었소? 언제나 좀더 참아라. 좀더 참아라 하지만 그 동안은 무얼 먹고 산단 얘기요. 당신은 글만 읽고 있지만 그래도 밥은 먹어야 할 것 아니겠수. 내가 바느질품을 팔아서 먹고 사는 것을 당신은 만족하는 모양이지만, 그것이 몇푼이나 된다는 얘기요. 요즘은 더구나 그것도 시원치가 아니한데, 당신이 그런 배짱이라면, 도둑놈의 배짱이 아니고 무엇이오?"
　허생은 더 책을 볼 수가 없었다. 도둑놈의 배짱이란 너무나 지나친 폭언이 아닌가.
　모욕을 느낀 허생은 보던 책을 정중하게 덮어놓고, 그러한 행동으로 자기가 책을 사랑하며, 진리의 사도라는 것을 명백히 표시하기라도 하듯이 하면서 일어섰다.
　일어섰으나 갈 곳이라곤 없었다. 평소의 버릇대로 두 팔을 등뒤로 돌려 뒷짐을 집고 좁은 방안을 서서히 돌았다. 좁은 방안이지만 그에게는 삶의 전부였다.
　허생은 뒷짐을 쥔 채 한바퀴 점잖게 돌고 나서, 역시 평소의 버릇대로 문풍지를 누덕누덕 댄, 말할 수 없이 빈약한 방문 앞에 섰다. 한숨이 그의 입가에 길게 터져 나왔다.
　"허어, 아까운 인생이로군! 내가 애초에는 십년 기약을 하고 글을 읽기 시작했던 것인데, 이제 칠년밖에 아니되어 앞으로 삼년이 남았거늘, 이게 무슨 지옥의 성화람. 세상 참, 빌어먹을 놈의 세상도 다 보겠군!"

그러나 등뒤로 무서운 마누라를 의식하자, 또 무언가 그 여자의 입에서 바가지가 나올까 겁이 나서 그는 그 빈약한 방문을 발로 밀고 밖으로 나와 버렸다.

사립문도 다 쓰러져 가는 것이어서 빈약한 방문과 다를 것이 없었으나, 허생은 거기에서 자기의 그림자를 보는 것같아 슬며시 마음으로 외면을 하고 아예 밖으로 나와 버렸다. 이 바깥 세계라고 하는 것이 또한 그에게는 매우 못마땅한 것이었다.

허생은 도리어 어두컴컴한 자그만 자기의 방에 있는 것이 훨씬 마음에 안정감을 준다고 생각했다. 그에게 있어서는 겨우 다리를 뻗을 정도의 자그만 방이라도 전 우주의 넓이가 있는 것이라, 오히려 바깥 세계가 궁색을 느낄 정도였다. 그래서 되도록 불안한 외부 세계에 나오지 않고 있는 것이었으나, 이날은 어쩔 수가 없었다.

허생은 할 수 없이 외부 세계로 쫓겨나오자 방향없이 걸었다. 거리를 지나가는 인간들이나, 집이나 대소 벼슬아치들의 위엄있는 행차나, 모두가 공연히 미워져서 이유 없는 분노를 경험하기도 했다. 자기와는 전혀 관계없는 이 세상의 악당들이라고도 생각했다.

그는 *운종가(雲從街)로 향해 걸어갔다. 번화한 거리여서 그의 돌연한 야심을 채우기에 적당한 곳이었다. 그는 거리를 걷고 있는 동안, 매우 당돌한 야심 하나를 생각해 낸 것이었다.

"한양에서 제일 부자가 누구요?"

하고, 지나가는 사람을 붙잡고 물었다.

이같은 질문을 몇번인가 되풀이해서, 변모(卞某)라는 장안의 일등 갑부를 알아냈다. 그리하여 그는 마음 속으로 모든 것을 계획하고 준비하면서 그 집으로 향했다.

변모의 집은 대단히 이름 있고, 돈이 많은 집이라 찾기에 그다지 힘

---

*운종가(雲從街)──지금의 종로.

들지 않았다. 말하자면 서울에서 모를 사람이 없을 대부호인 것이었다.

 허생은 이러한 자를 만나 별로 인사도 제대로 하지 않고, 단도직입적으로 자기의 목적부터 털어놓았다.

 "내가 집이 가난해서 살기가 어려워 장사를 해보고자 하니 돈 만냥만 돌려주시오."

 이렇게 요구하는 괴이한 선비를 부호인 변모씨는 한동안 유심히 지켜보고 있었다.

 변모씨는 돈 많은 자들이 누구나 그러하듯이, 가난한 자에 대한 일종의 경멸의 침묵을 지키고 있는 것이었다. 그러나, 그들은 독특한 경멸 속에서도 상대방을 철두철미 관찰해 본다. 어떠한 총명한 관상쟁이보다도 가난한 사람을 보는 그들의 눈은 정확 무비한 것이다. 그들은 돈이라는 가장 현실적인 척도를 가지고 사람을 관찰하기 때문이다.

 변모라는 자가 바로 그러한 자였다. 침묵을 가지고 상대방의 성실성을 파악하고 나자, 그는 역시 침묵을 지키면서 만냥을 내놓았다.

 허생 역시 그 돈을 받아가지고 묵묵히 나와 버렸다. 굴욕의 정을 참아낸 것을 제딴에도 대견한 일이라고 생각하고 있었다. 그러나 놀란 것은 이 두 사람보다도 주위에 모여 있던 사람들이었다.

 한양의 일등 부자라 변모의 주위에는 많은 문객들이 떠나지 않았다. 원근 친척과 노비 등속도 많았다. 이들은 한패가 되어 부호의 충실한 충신들의 집단을 형성하고 있는 것이다.

 대왕의 충신들처럼 그들은 주인에게 충간도 하고, 의견도 내고, 때로는 원대한 모의에 참석하기도 한다. 이런 자들이 초면부지의 허생에 대한 주인의 대담한 쾌거를 그냥 묵과해 버릴 리가 없다.

 더구나 상대방은 초면부지인 데다가, 누가 보아도 거지라고 할 수밖에 없는 초라한 선비이다. 의관이며 신발이며 얼굴이며 도대체 한 번도 얼굴에 물을 대본 일이 없는 것 같고, 의관이라는 것도 말만 의관이지 거지도 마다할 누더기에 지나지 않다. 이런 자에게 어찌해서 신의를 인정하고 동정이나 박애심을 지불할 수 있을 것인가. 더구나 주인은 그렇게도 인색한 자이면서, 이 정체를 알 수 없는 거지 선비에게 한 마디도 묻지 않고 일만냥의 거금을 즉석에서 내밀어 주지 않았는가.

"주인 대감은 본래부터 그 사람을 아시오니까?"

하고, 허생이 돈을 받아가지고 문을 나가는 것을 최후까지 지켜보고 있던 그 중의 한 문객이 충신의 충간을 자부하며 정색하고 물었다.

"나도 모르는 사람이오."

하고, 변씨는 태연스럽게 대답했다.

"그렇다면 더구나 그런 사람을 돈 만냥씩이나 줄 수 있소이까? 성명도 집도 모르는데, 말도 한 마디 시켜 보지 않고 말이오?"

"그건 자네들이 모르는 말일세."

하고, 주인은 여전히 태연스럽게 그러나 훌륭한 일을 했다는 듯이 만족한 미소를 띠면서 계속 말했다.

"남에게 무엇을 얻으려고 아쉬운 소리를 하는 사람이란 대개 그럴 듯하게 말을 꾸며대기도 하고, 또는 제딴에 대단한 신의가 있는 체 하나, 그런 것은 한번 보면 다 알 수 있단 말일세. 제아무리 본심을 깊이 숨기고 가장을 하더라도 그 어딘가에 나는 신의도 양심도 없는 사람이오, 하고 써놓고 있단 말이지. 그런데 지금 그 사람으로 보면 그러한 기색이 조금도 없어. 남을 속이거나 배신할 사람이 아니야. 또 크게 놀 사람이야. 무엇이든 안하면 안해도, 하면 크게 할 사람이거든. 그래서 준 것인데, 이왕 양심을 저당잡고 주는 것이라면 이것 저것 물을 까닭이 없거든. 말하자면 이런 것을 양심의 투기 사업이라고 하는 것일세. 알겠나, 자네들?"

그들은 모두가 감격해서 말을 못낼 정도였다. 과연 위대한 주인이라고 그들은 열렬한 충성과 찬미와 존경과 송덕을 마지않는 것이었다.

어떤 자는 이러한 주인에게 너무나 감격해서 이와 같이 한 마디 던지는 자도 있었다.

"주인 대감은 과연 옳게 보셨소이다. 실은 저도 그렇게 보았는데, 그 사람이 옷은 거지처럼 남루하게 입었더라도 이목이 수려한 것을 보니 나중에 큰 일을 할 사람이로소이다."

주인의 총명한 판단은 그다지 틀리지는 않은 모양이었다. 허생은 만냥 돈을 얻어가지고 그 길로 안성(安城)을 향해 갔다. 장사를 하려면 사방의 사람들이 모여들고, 문물이 집산하는 번화한 고장이 아니어서는 안된다. *기호(畿湖)의 접경이요, 삼남의 어귀인 안성은 그런 점에서 실로 적합하다고 허생은 생각한 것이었다.

안성에 당도하자, 상업에 야심을 품은 허생은 그곳 시장에 적당히 자리를 정하고, 대추·밤·감·배 등등 이러한 과실 등속을 죄다 사들였다. 밑천이 만냥이나 있고 보니 마음이 든든해서 긁어 모을 대로 모으기 위해 값도 저쪽에서 달라는 대로 척척 내주고 샀다. 독점을 하기 위해서는 그만한 희생쯤은 조금도 해로운 일이 아니었다.

이렇게 되고 보니 안성의 과실은 바닥이 나고 경향 각처의 과실은 안성으로 모여들어, 그것 또한 허생의 창고로 들어갔다. 전국의 시장이란 시장에서 대추 하나, 밤 하나 구경할 수 없게 되었다. 이 나라의 효성 지극한 자손들은 무엇으로 조상을 받들어야 할 것인가. 참으로 망국적인 현상이 일어난 것이었다.

지금 같으면 악덕 상인이라고 해서 엄중한 법률로 때려 잡을 수도 있겠으나, 그렇지도 못한 당시였고 보니 허생의 독점 상술은 일조에 거부를 낳게 되었다. 마누라로부터 도둑놈 운운 소리를 들은 그는 까놓고 도둑놈이 되려 한 것이었다. 학문에서 성공 못한 그는 이제야 돈의 지배자가 된 것이었다. 전국의 장사꾼들은 다시 그에게 모여들었다. 지난번에는 과실을 갖다 주느라고 애를 썼으나, 이번에는 그 과실을 얼마간 나눠달라고 애걸하지 않으면 아니 되었다.

한마디로 말해서 물건을 독점한 허생은 배를 퉁기고 이빨을 쑤시며, 큰 기침을 하면서 상대방의 돈문제를 보아 적당하게 창고문을 열고 조금씩 조금씩 내놓은 것이었다. 책에서 충효의 사상이 투철한 백

---

*기호(畿湖)──경기도·황해도 남부와 충청남도 북부 지역.

성들이라는 것을 안 그는 그 사상의 가치를 세밀하게 측정한 것이었
다. 젯상의 제물을 그는 염라대왕처럼 높은 자리에 앉아 호주머니를
생각해 가며 마음대로 배급해 준 것이었다.
　따라서 본전의 몇배가 되었는가는 그 자신도 알 수 없을 정도였다.
　"돈 만냥을 가지고 위세를 부려, 나라를 기울일 수가 있으니 이 세
　상이 대체 어찌 된 셈인가?"
하고, 이 벼락부자가 된 허생은 과실이 거의 다 나갈 즈음에 배를 툭
내밀며 한마디 던지지 않을 수가 없었다.
　이쯤 되고 보니, 허생은 이제는 남산의 다 쓰러져가는 초가집이나,
바가지를 그토록 무섭게 긁어온 마누라나, 만져보아야 먼지밖에 안
나오는 책 따위는 전혀 생각도 안하게 되었다. 그러한 가난의 대명사
는 생각만 해도 골치가 아픈 것이니, 잠시 망각의 다락 속에 깊이 넣
어두는 것이 좋다고 보았다. 세상이 귀찮고, 사람이 싫고, 권력과 벼
슬이 밉던 그의 사상이나 인생관도 이제는 헌신짝처럼 멀리 내동댕이
쳐지고 없었다. 말하자면 그는 벼락부자와 함께 현실의 대가가 된 것
이었다.
　허생이 과실들을 독점해서 번 돈은 만냥의 본전에 열곱이나 되었
다. 이것을 가지고 이번에는 칼이니 괭이니 하는 철물 연장과 무명,
베 따위 옷감을 같은 수법으로 사들였다. 그리고 그것을 가지고 제주
도(濟州島)로 건너갔다.
　거기서 허생은 몇배의 이득을 보았다. 이렇게 쉬운 장사는 또 없었
다. 옷감과 연장은 그곳에서는 아주 귀한 물건이기 때문이다. 그는 그
이익으로 남은 돈을 가지고, 이번에는 그곳 섬의 특산물인 말총을 죄
다 긁어 모았다.
　이것은 그의 또 하나의 야심적인 매점이었다. 망건의 재료인 말총
은 제주에서밖에 나지 않는 것이었으니, 이 나라의 망건 숭상가들은
대체 어디로 가야 할 것인가. 집을 팔아서라도 망건은 해 써야만 위신
이 서는 망건쟁이들이다.
　그래서, 이것을 사서 긁어모아 창고에 그득 쌓아 놓은 허생은 혼자

서 만족한 듯이 이런 말을 던졌다.

"몇해 가지 않아서 이 나라 사람들은 머리 처치가 곤란할걸!"

아니나다르랴. 그의 예언은 주(周)나라의 멸망을 예고한 산뽕나무의 예언보다 훨씬 정확한 것이었다. 얼마 가지 않아서 망건 값은 열배로 껑충 뛰어올랐다. 사람들의 망건은 헤진 것투성이고, 망건 장수들은 서로 다투어 돈을 한짐씩 짊어지고 땀을 뻘뻘 흘리며 제주도로 모여들었다.

허생은 이들의 돈짐만을 내려서 한쪽으로 차곡차곡 쌓아놓고, 창고를 열어 조금씩 말총을 내어주었다. 그것으로 땀을 닦으며 가라고 친절하게 위로해 주기도 했다.

이렇게 해서 허생은 또다시 십배 이상의 이문을 보았다. 물은 물을 따라가고, 바람은 바람을 따라가듯이, 돈은 돈을 따라붙기 마련이다. 장사의 깊은 철학을 조금씩 깨치기 시작한 그는, 여불위(呂不韋)가 부자된 까닭을 알고 내심 만족하게 웃었다. 돈은 벼슬도 사고, 임금도 살 수가 있는 것이 아니었던가. 진시황도 따지고 보면 돈의 위력을 과시해 본 위대한 황제였다.

허생은 돈을 주체할 수가 없게 되어, 이제는 점점 공연한 생각이 들기도 했다. 돈은 벌기는 쉬워도 쓰기는 어렵다는 묘한 문제에 그는 부딪힌 듯했다. 이러한 본말이 전도한 역리(逆理)는 지난날 끼니도 제대로 잇지 못하며, 주린 배를 안고 글을 읽으면서 무서운 마누라의 바가지를 받아오던 때는 도저히 생각도 못하던 일이었다. 그래서 그는 더구나 이러한 문제를 심각히 생각하지 않을 수가 없었다.

허생은 뱃사공 하나를 붙들고 근처에 사람이 살 만한 빈 섬이 없겠느냐고 물어보았다.

"여기서 서쪽으로 사흘만 가면 사문(沙門), 장기(長崎) 간에 한 섬이 있는데 그 섬이 적당하겠지요. 사시사철 화초가 무성하고, 온갖 과실이 무르익고, 사슴은 떼를 지어 놀고, 물고기는 가까이 물 밑으로 와서 놀아주니 거기에서 더 좋은 섬이 어디에 있을까요. 게다가 땅은 한없이 기름지고 말씀이야."

"그렇다면 나를 그 섬으로 안내해 주겠소? 만약 그렇게만 해준다면 나는 당신과 영화를 같이 하리다."
하고, 허생은 그에게 말했다.

뱃사공은 기쁜 듯이 응낙하고, 즉시 그를 그 섬으로 인도해 갔다. 그러나, 섬에 올라 사방을 두루 답사하고 난 허생은 처음에 떠나올 때보다 그다지 신통하게 생각지 않은 모양이었다.

"겨우 천리도 아니되는 섬이니 이것을 가지고 무엇을 하겠소. 게다가 땅이 기름지기만 하니, 부자가 되려는 팔자 좋은 친구에겐 좋겠군."

"팔자 좋은 친구라니요. 텅 빈 무인도에 그런 친구가 어디 있습니까?"

"덕 없는 것이 걱정이지, 사람 없는 것이야 무슨 걱정이겠소?"

그러자, 이때 마침 변산(邊山)에 큰 도적떼가 일어났다. 관에서는 포졸을 풀어 이들을 잡으려고 애쓰고, 이들 역시 포졸이 무서워서 나오지를 못하고 있었다. 관에서는 그들을 굶겨 죽이려고 하는 모양이었다.

이러한 이야기를 들은 허생은 단신 그들의 소굴을 찾아갔다. 그리하여, 도적의 두목을 만나서 그들의 숫자를 묻고, 도적질을 하게 되면 한 사람 앞에 얼마씩 차지할 수 있느냐고 물었다.

"한 사람 앞에 겨우 한냥씩밖에는 안 되죠. 아무튼 일천명이나 되니까요."

"처자는 있는가?"

"없지요."

"토지는?"

"물론 없지요. 그런 것이 있다면 무엇 때문에 이러고들 있겠소?"

"처자와 토지가 있어야 하지. 이 두 가지가 없다면 사람 구실을 못하는 법이 아닐까. 사람 구실도 못하고, 언제까지나 이와 같이 햇빛을 못보고 산다면 사나마나한 것이 아니오."

"허어! 이 양반이 무슨 말을 하는지 모르겠군. 우리가 지금 살려고 도둑질을 해왔는데 이제는 그것도 못하고 이러고 있는 것이 아니오. 관가에서는 우리를 굶겨 죽이려고 철통같이 포위를 하고 있는데, 당신은 우리와 그 따위 썩어빠진 도덕을 따져서 무얼 하겠다는 거요. 굶주려 눈이 벌개진 우리에게 당신의 그 살마저 먹히기 전에 어서 가시오. 당신의 도덕은 어떠한 것인지 모르나, 우리에겐 단지 산다는 것이 있을 뿐이오. 먹는 것이 필요할 뿐이외다."

허생은 두목의 말을 충분히 이해할 수가 있었다.

그는 자기가 옛날 굶었던 시절을 생각하며, 두목의 열변을 진실이라고 인정했다. 그래서 그는 자기가 이 도적의 소굴을 찾아온 이유를 재빨리 설명하고 싶었다.

"그러면 그대들에게 먹을 것과 돈을 얻어줄 테니 내 말대로 하겠는가?"

"으흥! 으흥! 묘한 박애가로군! 대자대비한 절간의 중녀석들도 석가여래를 팔아먹어야 사는 판인데, 당신이 우리에게 돈을 주겠다? 먹을 것을 주겠다?"

무리 일천명의 도적 두목은 소리쳤다.

"내일 저 바닷가에 붉은 깃발을 단 배가 나타나거든 그것이 내가 실어보낸 돈배인 줄로 알고, 그대들 멋대로 가져가 보구려."

허생은 최후로 이렇게 선언하고 나서 그들의 소굴을 빠져나왔다.

도적의 두목은 물론, 일천명의 도적은 누구나 모두 이 신기한 인물의 장담을 믿지 않았다. 그들은 모두가 허생을 미친 사람이 아니면, 관가의 끄나풀로 관에서 내건 현상금이나 타려고 하는 음흉한 야심가가 아닌가 하고 생각했다.

그래서, 이러한 회의중에 그를 놓아보내기는 놓아보냈으나 이튿날 약속 시간, 약속 장소에 허생 자신이 붉은 기를 배에 달고, 돈을 그득 싣고 나타났어도 그들은 좀처럼 접근하려 하지 않았다. 그러나, 그렇다고 해서 허생의 약속을 전혀 저버리지도 못하는 그들이었다.

허생의 약속이 사실이라는 것을 알자 그들은 그제야 뛰어들며, 그를 장군으로 모시겠다고 야단들이었다. 복종과 충성을 맹세하며 성스러운 주인이 되어 주기를 원했다.

"자, 그러면 너희들은 모두 일어서서 마음대로 이 돈을 가져가 보아라!"

하고, 허생은 뱃전에 높이 서서 호령을 했다.

물가에 꿇어 엎드려 있던 일천명의 도적들은 재빨리 일어서서, 썩은 고기에 날아드는 파리떼처럼 배안의 돈더미에 달려들어 한짐씩 지고 일어섰다. 허생은 이것을 일일이 주의깊게 지켜보고 있었다.

도둑놈들은 저마다 힘껏 지고 일어섰으나 아무리 힘세고 욕심이 많은 놈이라도 돈 백냥이 넘지는 못했다. 일천명이 죄다 지고 일어섰으나, 돈의 산더미는 조금도 줄지 않은 듯 그대로 남아 있고, 그들은 그것을 처치할 수가 없었다. 허생은 웃음이 절로 나왔다.

"이놈들! 잘 듣거라!"

하고, 허생은 배를 내려 육지에 올라서서 허기진 도둑놈들을 불러세워 또다시 호령했다.

"너희놈들이 겨우 백냥을 지고서 끙끙거리니, 그것으로 무슨 도둑질을 하겠단 말이냐! 너희들은 일반 서민이 되고 싶어도 이름이 도적의 명부에 실려 있으니 그러지도 못할 것이고, 다만 양심을 지키며 살아갈 수밖에 없을 것이다. 그러려면 더구나 돈이 필요할 것이니, 너희들 하나 앞에 모두 똑같이 백냥씩을 줄테다. 그것을 가지고 생활의 기초를 잡기 위해서 우선 계집 하나와 소 한 마리씩만 데리고 오너라."

일천명의 도적들은 제각기 일백냥의 돈을 짊어지고 흩어져 갔다. 그들의 기쁨은 말할 나위 없었다.

허생은 허생대로 예의 기름진 섬에 남아서 이들 일천명의 인간들이 이년 먹을 양식을 마련해 놓고 그들을 기다렸다. 약속한 날이 되자, 제각기 마누라와 소를 데리고 그들은 돌아왔다. 한 사람의 낙오자도 없었다.

이렇게 해서 먹을 것이 없어서 도둑질을 할 수밖에 없었던 이 도둑의 섬은 별안간 살기 좋은 낙원으로 화했고, 기름진 땅에서는 먹을 것이 얼마든지 쏟아져 나왔다. 관가에서는 내버려 두어도 도둑이 없어지게 되었고, 오히려 이 살기 좋은 부유한 섬을 부러워하기까지 되었다.

　도적들은 이제야 선량한 인간이 되어 아들딸을 낳고, 밭갈이해서 양식이 그득 창고에 쌓이게 되었다. 그들은 이와 같이 남아 돌아가는 곡식을 배에다 실어 장기(長崎)로 가서 팔게까지 되었다. 장기는 일본 섬으로 호수(號數)가 삼십일만이나 되건만, 이때 마침 흉년이 들어 모두 굶어죽게 되었다는 소문이 돌고 있는 것이었다. 그러니 그들의 곡식 판 돈이 얼마나 되느냐 하는 것은 묻지 않아도 뻔할 만큼 대단한 액수였다.

　허생은 이들을 데리고 장기에서 돌아올 때 은 일백만냥을 배에 싣고 있었다.

　"이제 너희들에 대한 내 일도 다 끝난 것 같다."
하고 그는 섬으로 돌아와 만족한 듯이 그들에게 말했다.

　"내가 처음에 너희들과 함께 이 섬에 올 적에는 먼저 부자가 되어 가지고, 그 다음으로 학문을 가르치고 의관의 법제도 마련하려 했더니, 이곳은 땅도 좁고 내 덕도 적어서 이제 더 살 수가 없겠기에 나는 이 섬을 떠나려 한다. 떠나는 마당에 너희에게 부탁하는 것은 아이가 나거든 수저를 반드시 오른손으로 들도록 가르치고 하루라도 먼저 난 사람에게는 음식을 먼저 먹도록 사양하게 하여라."

　허생은 이같이 짤막한 교훈을 내리고 나서, 자기가 타고 나갈 배 한 척만 남겨놓고 나머지 배를 죄다 태워 버리었다. 그런 뒤 그는 이렇게 명령했다.

　"이 섬에서 딴 곳으로 가지도 말고 딴 곳에서 이 섬으로 오지도 못하게 하여라."

　그리고, 주체할 수 없도록 많은 돈 중에서 은 오십만냥은 바닷속에 던져 버리었다. 그런 후 그는 또 이렇게 교훈을 하였다.

　"이 다음에 바닷물이 마르면 얻어가는 사람이 있으리라. 백만냥은 우리 나라에서도 다 쓰지 못할 것이어늘, 더구나 이런 좁은 섬에서 무슨 쓰임이 있을 것인가. 그리고 최후로 나는 이 평화로운 섬에 있는 너희들에게 자그만 근심이라도 남겨놓고 가지 않으련다. 글이라는 것은 근심이라는 것을, 나는 내 경험상 잘 알고 있는 터이다."

이렇게 해서 남산의 묵적골 선비는 어려웠던 옛 시절을 회상하며, 그들 중에서 글을 아는 자를 추려 배에 싣고 육지로 나와 버리었다.

은인을 보내는 섬 사람들의 비애는 말이 아니었다. 육지에 올라선 허생은 가난하고 의지할 곳 없는 사람만 찾아다니며 그들을 돕고 돈을 나눠 주었다. 한양에 돌아왔을 때에는 그에게 아직도 십만냥이 넘는 은이 남아 있었다.

꼬박 오년 만에 돌아오는 허생의 감개는 말이 아니었다. 그는 태산처럼 돈을 벌어서, 쓰고 싶은 대로 써 보았다. 그것은 한낱 남가일몽과도 같은 일이었다. 그는 이 이상 돈에 대한 미련은 없었다.

오년 전의 초라한 모습 그대로 돌아온 그는 우선 그 십만냥을 가지고 변모씨를 찾아갔다.

"내 얼굴을 알아보시겠소?"

대뜸 이렇게 말하는 허생을 보자, 부호인 주인은 깜짝 놀라며 반가운 미소를 지었다.

변씨는 그 특별한 관찰력에 의해서 이 신기한 선비를 이내 알아본 모양이었다. 주제가 그때와 다름이 없어서 약간 실망하는 듯도 했다. 돈을 갚지 못하겠다고 온 것이 아닐까 하고도 생각한 것이었다. 그러나, 어쨌든 찾아와 준 것을 고맙게 생각하고, 그 반가움을 상대방이 알아챌 수 있을 정도로 조금 정색을 해보였다.

그러나, 허생이 아무렇지 않은 듯이 은 십만냥을 내어놓았을 때의 그의 경악은 세상의 어떠한 말로도 표현할 수 없을 정도였다. 변씨는 자기의 명석한 관찰력에도 자신을 잃은 듯이 그저 한동안 입을 벌리고, 눈을 휘둥그렇게 뜨면서 어찌할 바를 모르고 있는 것이었다.

"자, 이것을 받으시오. 그때는 글을 읽다가 배가 고파서 체면 불고하고 찾아온 것이었으나, 이제 생각하니 부끄럽기 짝이 없군요. 게다가 돈이라는 것은 우리 같은 학문을 하는 인간에게는 아무래도 소용이 없나 봅니다. 돈으로 해서 사람이 달라진다는 법은 없으니까요."
 변씨는 여전히 놀라서 말을 못하고 있었다.
 그는 겨우 감격의 숨을 돌려 이렇게 입을 떼었다.
 "당치 않은 말씀이외다. 그때 내게서 빌려간 돈을 갚으시려거든, 그것은 물론 받아도 좋겠지만, 그러실진댄 일푼 이자를 쳐서 받도록 하지요. 이렇게 많은 돈을 받을 수는 없소이다."
 변씨는 너무나 감격해서, 어조마저 그의 최상급의 말을 쓰고 있었다. 그는 가장 합리적이고, 경제적으로 타당한 방법을 내세운 것이었다.
 "댁에서는 나를 장사치로 보시는 건가요?"
 이렇게 말을 던지자, 허생은 십만냥의 은을 남겨둔 채 일어서 버리었다. 변씨와 변씨의 가정과 충성스러운 문객들은 이 때문에 온통 소동을 벌이며, 그를 붙잡아 세우려고 애를 썼으나 아무 소용없는 일이었다.
 부호인 변씨는 십만냥의 은을 다락 깊숙이 집어넣고 자기의 머리만 한 자물쇠를 꾹꾹 눌러서 채운 뒤에, 재빨리 밖으로 나와 허생의 뒤를 슬슬 밟아보았다. 도대체 이 이름도 성도 집도 알 수 없는 선비가 무슨 금방망이의 도깨비이기에 이러나 싶어서 그 정체를 알아보기 위한 일대 모험에 나선 것이었다.
 허생은 예의 남산 밑 살구나무 앞의 다 쓰러져가는 초가집으로 들어갔다. 들어가서 숨어버린 채 나오지 않으니, 미행자는 할 수 없이 그대로 돌아서려다가, 때마침 우물가에 앉아 빨래를 하고 있는 어느 노파 하나를 붙들었다. 노파는 부근에 살고 있는 여자로 허생의 가정 형편에 대해서 잘 알고 있는 듯했다.
 변씨는 이 노파로부터 많은 사실을 알았다. 더구나 마누라의 성화에 못이기어 오년 전에 집을 나간 채 종무소식이어서 마누라는 여전히 바느질품으로 살아가며 소식 없는 남편을 죽은 것으로 믿고, 허생이 집을 나간 날을 기일로 잡아 제사를 지내고 있는 중이라는 말을 들었을 때에는 그의 마음은 한없이 감동되었다.
　변씨는 슬픈 마음을 안고 돌아서서 집으로 와 버리었다.
　인간은 각양각색이라는 진리를 그는 비로소 깨달았다. 인간을 대하는 데 있어서 언제나 경제학적인 돈으로 그 기준을 삼아오던 부호는 이제야 그 기준에 혼란이 온 것을 알게 된 것이다.
　변씨는 이튿날 다시 남산의 초가집을 찾았다. 돈을 내보였으나, 오년 전의 그 옛날과 다름없이 먼지 낀 책을 펼쳐들고, 어두컴컴한 좁은 방에 앉아 읽고 있던 허생은 오히려 그 돈을 보고 소리를 버럭 지르는 것이었다.
　"이것 보시오, 변대감! 내가 만일 부자가 되고 싶었다면 그럴 기회가 얼마든지 있었소. 모르면 몰라도 당신 이상의 부자가 되었을 것이오. 내가 지난번에 일천명의 도적들을 무인도에 끌어다가 선량한 인간으로 살 길을 찾아주면서 필요없는 오십만냥의 은을 바다에 던져버린 일이 있었소. 그렇거늘 내가 당신이 받아라 받아라 한다고 해서 받을 것 같소. 그것은 당신의 돈을 내가 잠시 이용했던 것이니 갚은 것뿐이오. 그런데, 당신이 정 이러신다면 내가 청할 것이 하나 있소. 다름이 아니라, 돈을 그대로 가져가시고, 그 대신 우리 내외가 먹고 지내는 데 필요한 양식과 옷만을 그것도 꼭 필요한 만큼을 보내 주시오. 더 주시게 되면 아시다시피 이런 집에서는 처치하기에 곤란하니까요. 아시겠습니까? 자 그러면 그것을 가지고 가 주시오. 이 이상 나에게 재물로 인한 괴로움이나 죄악을 주지는 마시오."
　이렇게 해서 변씨는 그의 생계를 돕는 정도로 그치지 않으면 아니 되었다.
　십만냥의 은은 너무도 거대한 돈이었기에 변씨는 허생의 생활을 물질적으로 돕는 데 대해서 조금도 게을리하지 않았다. 오히려 성의를 다해서, 쌀과 나무를 가져오지 않을 때에도 거의 매일같이 찾아올 정도였다.
　이런 때면 보통 술을 사들고 왔다. 술만은 이태백을 잘 알고 있는 허생인지라 그의 금지 품목서(禁止品目書)에 들여놓지 않고 있는 것이었다. 술은 또 그를 소진, 장의의 논객으로 만들기에 적합한 약재이기도 한 것이었다.

이렇게 해서 지내는 동안 변씨와 허생과는 매우 다정한 우의를 다지게 되었다. 술을 들면 담론 풍발해서 이야기의 꽃을 피웠다.

어느 날인가는 피차의 술이 거나하게 돌기 시작하자, 변씨는 화제를 자기에게 이해하기 쉬운 쪽으로 끌어가면서 이렇게 입을 떼었다.

"그 당시 선생은 어떻게 해서 그렇게도 손쉽게 백만냥이나 버시었소?"

"그거야 아주 쉬운 일이었죠."

하고, 이쪽도 술이 거나해지자 얘기를 좋아하는 허생은 서슴없이 받아챘다.

"조선이란 나라는 삼면이 바다요, 한쪽이 겨우 대륙에 붙어 있는 조그만 나라에 지나지 않소. 그런 까닭에 백가지 물건이 이 속에서 생산되었다가 이 속에서 없어지고 만단 말이오. 천냥의 돈을 가지고 이 국내의 온갖 물건을 죄다 살 수는 없다 하더라도, 그것을 한 개로 쪼갠 백냥만 가지면 그 중에서 한가지 물건을 독점할 수 있지 않겠소. 이런 식으로 물건을 독점하면 값은 물주의 임의로 얼마든지 올렸다 내렸다 할 수 있단 말이오. 말하자면 백성의 목을 잡은 폭군이 제멋대로 권세를 부릴 수 있듯이, 돈과 물건을 가진 자는 장사의 왕이 될 수 있는 것이 아니겠소. 그러나, 이러한 장사수법을 조심하지 않으면 아니되오. 왜 그러냐 하면, 돈의 이윤만 생각하는 것이지, 백성이나 나라를 생각하는 것이 아니기 때문이오. 말하자면 소인의 상술이고, 망국적인 상술이란 말이오. 이러한 장사꾼이 많을 때엔 그 나라는 망하지 않을 수 없을 것이오. 그러니까 결론적으로 말하면 장사도 높은 도덕적인 각성이 있어야 한다 이런 말씀이오. 이런 각성을 가지고 장사 한다면 그것은 사람뿐 아니라 국가에도 커다란 도움이 될 것이오. 문제는 돈을 얼마나 벌었느냐가 아니라, 도덕적인 각성이 얼마나 되어 있느냐에 있겠지요."

"그때 처음에 나를 찾아오셨을 때, 선생은 내가 돈을 내리라는 것을 어떻게 아셨소?"

하고, 도덕이란 말이 나오자 머리가 아파져 온 변씨는 화제를 제 길 위에 올려놓으려고 노력하며 물었다.

"그 돈을 꼭 주리라고는 믿지 않았지만, 그러나 돈 많은 부호라면 아니 줄 수도 없을 것이오. 자기의 부를 더 늘려주겠다는 것인데 아니 줄 사람이 있겠소. 게다가 나도 그러한 돈이었기에 신의를 지키느라고 온갖 성의와 열의를 다해서 성공했던 것이오."

변씨는 상대방에게 감격했다. 재주가 비상한 천재라고 생각했다. 그래서, 이야기를 더 계속하기 위해 또 하나의 화제를 찾아내었다.

"지금 사대부들이 남한(南漢)의 치욕을 설치하려고 애쓰고 있는데, 이때야말로 슬기로운 지사가 저마다 재주를 자랑할 법도 하건만, 선생은 어찌해서 이렇게 숨어 살려고만 하시오?"

"숨어 사는 사람이 어찌 나혼자뿐이겠소?"

하고, 허생은 술잔을 주욱 기울이고 나서, 제법 개탄할 만한 일이라는 듯이 그렇게 말했다.

"자, 그 잔이나 내시오. 내 말씀을 들어보시오. 옛날부터 한 평생 숨어 살던 사람도 많았소. 가령, 조성기(趙聖期) 같은 사람은 적국에 가서 사신 노릇을 하고도 남을 만한 사람인데도, 벼슬 한번 하지 않고 그대로 백두로 늙어 죽었고, 유형원(柳馨遠)은 어려운 전쟁을 당해서 수만 군사에게 군량을 댈 만한 재주가 있는데도 바닷가에 숨어서 세상을 마치지 않았소. 또 이 밖에도 예를 들자면 얼마든지 있을 것이오. 재주 있고 학덕 높은 분네들이 숨어 살고, 간사한 소인들이 벼슬을 하고, 높이 올라가 뽐내는 경우는 얼마든지 있을 것이오. 대체로 벼슬을 하거나 정치를 한다는 자들은 대개가 정도의 차이는 있을망정 저마다 이기적인 야심을 가지고 하는 것이니, 이런 자들이 조정에 앉아 텃세를 부리고 있는 이상 진실한 존경을 받을 만한 사람들은 들어가 있을 수밖에는 없을 것이오. 정치도 장사와 마찬가지여서 나쁜 사람이 득세하기 마련인 것이오. 나는 지난

번 장사에서 그 진리를 알았는데, 그때 내가 번 돈만 가지고도 욕심만 있다면 구왕(九王)의 머리라도 살 수 있었겠지만 그런 것이 싫어서 바다에 던져 버렸는데 또 무슨 욕망이 있겠소. 그러니 변대감은 술이나 마시고 그런 말씀은 아예 마시오."

변씨는 권하는 대로 술을 마시며 감동해서 어쩔 줄을 몰랐다. 원래 돈은 있다고 하더라도 무식하기 짝이 없는 인간이어서, 그는 허생이 조금만 논의에 열을 올려도 대번에 감격하고 머리를 조아리는 것이었다.

이런 일이 있은 이후, 변씨는 허생의 이야기를 어영대장(御營大將) 이완(李浣)에게 했다.

이완은 당시의 권신으로 충성이 대단한 자였다. 임금의 신뢰가 두터웠고 총애를 혼자 차지하여 그 이름이 태양처럼 빛나는 자였다. 변씨와는 매우 가깝게 지내며, 그의 권력과 변씨의 금력은 어딘가 상통하는 점이 있었다. 그래서 서로는 누구보다도 교분이 가까운 듯했고, 천하를 둘이서 쥐고 흔드는 것 같은 느낌마저 없지않았다. 변씨는 그의 뒤에 숨어서 금력을 떨치고 있다고 해도 옳았다. 서로는 무식한 것도 거의 같았다. 그래서 서로의 우정은 더구나 깊은 것이었다.

변씨의 이야기를 듣자, 이완은 반가움으로 펄펄 뛰면서 그러한 기이한 인물을 내신 것은 하늘이 자기를 도우신 것이라고 장담해 보이었다. 인재가 없는 이때 제갈량 같은 그러한 재주꾼이 있다면 국가의 장래는 훤하게 밝은 것이 아닌가. 무식하면서도 열렬한 애국자이며 곧은 충신인 이완은 자기의 재정적 후원자에게 이렇게 말했다. 변씨는 자기의 재정을 후원하고, 허생은 자기의 지혜를 후원하면 그는 지금의 몇배로 만고의 충신이 되리라고 기뻐한 것이었다.

여기에는 변씨의 만만치 않은 설복력이 크게 도움이 되기도 했다. 변씨는 그에게 최대의 열의와 존경을 가지고 허생을 소개했던 것이었다.

"어쨌든 나를 그 선생에게 안내해 주구려."

이렇게 해서, 무식한 이완은 유비(劉備)의 삼고초려를 본받아 그날로 변씨를 앞세워서 남산의 살구나무 밑에 사는 허생의 집으로 갔다.
 어영대장은 철두철미 유비를 본받기 위해 이날만은 특별히 변씨와 함께 단둘이서 걸어가기로 정했다. 위대한 와룡선생을 찾기 위해서는 조그마한 수고쯤은 희생할 수밖에 없는 일이었다. 그는 자기의 평생의 열의와 경의를 다해 보려고 흥분하고 있는 것이었다.
 예의 늙은 살구나무 아래까지 오자, 변씨는 그를 잠시 거기서 기다리라고 이르고, 가지고 온 술병을 들고 다 쓰러져가는 초가집의 빈약한 방문을 열고 들어갔다. 유비가 제갈량을 삼고초려한 것은 밤이었다 라고 속단을 한 것인지, 두 사람은 밤을 틈타 방문하기로 정했기 때문에 모든 것이 편리했다. 어영대장의 신분으로 혼자서 살구나무밑에 서 있다는 것부터가, 사람이 그 옆을 지나고, 아낙네들이 우물가로 빨래하러 모여드는 대낮보다는 남의 눈을 감춰주는 밤이 얼마나 좋은지 몰랐다. 더구나 정적을 언제나 의식하고 있는 권력의 대가로서는 이러한 모험은 꼭 밤이 아니면 아니되기도 한 것이었다.
 변씨는 이와 같이 조정의 제일인자를 어둠 속에 내맡겨 놓고 방으로 들어가자 이내 그러한 사실을 허생에게 전달했다. 그는 허생의 기쁨을 사리라고 우쭐해서 소개한 것이었으나, 이 말을 들은 허생의 반응은 의외에도 냉정한 것이었다. 허생은 전혀 못들은 척하고 있었다. 가지고 온 술병이나 내라는 것이었다.
 변씨는 술병을 내놓고 두서너 잔 기울였다. 허생이 말없이 술잔만 기울이고 있었기 때문이었다. 그러나, 밖에서 기다리고 있는 이완을 생각하여 초조해진 변씨는 다시 그 사실을 허생에게 귀띔했다. 허생은 여전히 못들은 척하고, 술잔을 권하고 자기도 마셨다.
 변씨의 마음 속에서는 격렬한 투쟁이 벌어지고 있었다.
 바깥 어둠 속에서 기다리고 있는 어영대장과, 다 쓰러져가는 초가집의 초라한 방안에서 촛불을 켜놓고 그 사실을 모른 척하며 술만 기울이고 있는 허생과, 또 그 사이에 들어서 오도가도 못하는 자기가 뚜렷하게 삼자 대립해서 자신의 마음 속에서 격투를 벌이고 있는 것이었다. 변씨는 그것을 수습할 길이 없는 듯했다. 권하는 대로 어쩔 수 없이 술잔을 받아 기울이면 마음이 반발을 하여 그것을 밀어내는 듯했다.

이렇게 해서 변씨 혼자만이 잠시동안 정신도 육체도 제멋대로 혼란하고 충돌하여 사방으로 흩어져 달아나고 있었다. 그러나 그 동안 시종 일관해서 태연히 술만을 기울이고 있던 허생은 그제야 겨우 천하의 권력가 어영대장을 들어오라고 허락을 내리었다.

어영대장은 유비의 예의를 다하여 방문을 들어섰으나, 허생은 일어서지도 아니했다. 그리고, 상대방이 천하를 논하고 조정에서는 어진 인물을 찾고 있는 중이라고 열을 올리며 말하기를 시작했을 때, 그는 그의 말을 듣기 싫다는 듯이 손으로 막으며 이렇게 입을 떼었다.

"대장이라니, 그러면 당신은 이 나라의 신신(信臣)이로구려. 와룡 선생을 소개할 테니, 임금으로 하여금 삼고초려를 하시도록 당신이 주선하실 수 있으시겠소?"

"매우 어려운 말씀이신걸요. 다른 더 좋은 일을 가르쳐 주십시오."

"명나라 장사들이 조선에 대한 옛 기억만을 가지고 있소. 그 때문에 그들의 자손들은 이 나라에 굴러들어와 계집을 요구하여 홀애비가 많은데, 당신은 조정에 특청을 해서 종실의 계집들을 이들에게 출가시키고, 또 권세 있는 집안들의 계집들을 이 홀애비들에게 충당할 수 있겠소?"

하고, 허생은 상대방의 요청에 마지못하는 듯이 잠시 있다가 그렇게 제이의 묘안을 제시했다.

어영대장은 역시 고개를 좌우로 흔들며 어려운 일이라고 대답했다.

"여전히 어렵다 어렵다고만 하시는데, 그러면 무엇이 가능한 것이 있겠소. 내 이번에는 아주 쉬운 일을 가르쳐 드릴터이니, 당신은 해낼 수 있겠소?"

"어서 말씀하십시오."

"천하에 이름을 내려면 우선 큰 나라와 사귀어야 하는 법이오. 만주가 천하의 주인이 되었으니, 그 나라와 사귈 수밖에 없겠지요. 그 나라의 사정을 정탐하기 위해서 옛 당나라 시대에서처럼 유력한 사대부의 자제들을 뽑아 그 나라에 유학을 보내시오. 그리하여, 이들로 하여금 그들의 풍속을 따르게 해서 그들의 실정을 깊이 파악하게 해둔다면, 장차 지난날의 국치를 씻을 날도 있겠으니 그때 가서 커다란 도움이 될 것이오. 나라의 장래를 크게 빛나게 할 수 있을 것이오."

"도덕 옛법에 존엄한 사대부들이 자기의 귀여운 자제들을 그런 오랑캐들의 풍속에 젖게 하겠소이까?"

어영대장의 대답이 이토록 점잖게 떨어지자, 그와 동시에 허생의 분노가 왈칵 치밀어 올랐다.

"소위 사대부라는 게 무얼 하는거야? 한줌도 못되는 좁은 땅에서 어느 뼈인지도 모르게 태어나서 사대부라고 뽐내는 그놈들이, 그래 상투나 틀고 도포나 입으면 사대부란 얘긴가. 그놈들의 도덕이나 예법은 무엇이나 못한다는 것뿐이니, 그놈들의 예법을 상대로 무엇을 하겠는가. 우선 세 가지 중 한 가지도 못하겠다면서 신신을 자부하는 네놈부터 목을 잘라야 하겠다!"

하고, 격분한 허생은 옆에 있는 칼을 집어들었다.

유비로 자처하는 이완은 이튿날 다시 삼고초려를 했으나, 허생은 어디로 갔는지 다만 다 쓰러져가는 그의 초가집만이 쓸쓸하게 남아 있을 뿐이었다.

田禹治傳

1. 동구(洞口)에 붙인 방(榜)

　조선초에 송경(松京) 숭인문(崇仁門) 안에 한 선비가 있으니, 성은 전(田)이요, 이름은 우치(禹治)라.
　일찍 높은 스승을 좇아 신선의 도를 배우되, 본래 재질이 *표일(飄逸)하고 겸하여 정성이 지극하므로 마침내 오묘한 이치를 통하고, 신기한 재주를 얻었으니 소리를 숨기고 자취를 감추어 지내므로 비록 가까이 노는 이도 알 리 없더라.
　이때 남쪽 해변 여러 고을이 여러 해 바다 도둑의 노략(擄掠)을 입은 나머지에 엎친데 덮쳐 무서운 흉년을 만나니 그곳 백성의 참혹한 형상은 이루 붓으로 그리지 못했다.
　그러나 조정에 벼슬하는 이들은 권세를 다투기에만 눈이 붉고 가슴이 탈 뿐이요, 백성의 질고(疾痼)는 모르는 듯 내버려 두니 뜻있는 이는 팔을 뽑아내어 통분함이 이를 길 없더니 우치 또한 참다 못하여 그윽히 뜻을 결단하고 집을 버리며 세간을 헤치고 천하를 집을 삼고 백성으로 하여금 몸을 삼으려 하더라.
　하루는 몸을 변하여 선관(仙官)이 되어, 머리에 쌍봉금관(雙鳳金冠)을 쓰고 몸에 홍포(紅布)를 입고 허리에 백옥대(白玉帶)를 띠고 손에 옥홀(玉笏)을 쥐고 청의 동자(靑衣童子) 한 쌍을 데리고 구름을 타고 안개를 멍에하여, 바로 대궐 위에 이르러 공중에 머물러 섰으니 이때는 춘정월(春正月) 초이틀이라.
　상(上)이 문무백관의 진하(進賀)를 받으시니, 문득 오색채운(五色彩雲)이 만천(滿天)하고 향풍(香風)이 촉비(觸鼻)하더니, 공중에서 말하여 가로되,
　"국왕은 옥황(玉皇)의 칙지(勅旨)를 받으라."
하거늘 상이 놀라사 급히 백관을 거느리시고 전(殿)에 내리사 분향(焚香) 첨망(瞻望)하니 선관이 오운(五雲) 속에서 이르되,

---
＊표일(飄逸)──모든 것을 마음에 두지 않고 내키는 대로 행동함.

"이제 옥제(玉帝) 천하에 구차한 중 죽은 영혼을 위로하실 양으로 태화궁(泰和宮)을 창건(創建)하실새, 인간 각 나라에 황금들보 하나씩을 만들어 올리되, 길이가 오 척이요, 넓이는 칠 척이니 춘삼월 망일(望日)에 올라가게 하라."

하고, 언흘(言訖)에 하늘로 올라가거늘 상이 신기히 여기시며 전에 오르사 문무(文武)를 모아 의논하실새, 간의대부(諫議大夫)가 여짜오되,

"이제 팔도(八道)에 반포하여 금을 모아 천명을 받듦이 옳으리이다."

상이 옳게 여기사 팔도에 금을 모아 바치라 하고, 공인(工人)을 불러 일변 금을 불려 길이와 넓이의 칫수를 맞추어 지어내니, 왕공경사(王公卿士)의 집안에 있는 것은 말도 말고 팔도에 금이 다하고 심지어 비녀에 올린 금까지 벗겨 올리니, 상이 기꺼하사 삼일재계(齋戒)하시고, 그날을 기다려 포진하고 등대하더니, 진시(辰時)쯤 하여 상운(祥雲)이 대궐 안에 자욱하고 향내가 코를 찌르며 오문 속에 선관이 청의동자를 좌우에 세우고 구름에 싸였으니 그 형용이 극히 황홀하더라.

상이 백관을 거느리시고 부복하시니, 그 선관이 전지(傳旨)를 내려 가로되,

"고려왕이 힘을 다하여 천명을 순종하니 정성이 지극한지라, 고려국이 우순풍조(雨順風調)하고 국태민안(國泰民安)하여 복조(福兆) 무량하리니 상천을 공경하여 덕을 닦고 지내라."

말을 마치며, 우편으로 쌍동제학을 타고 내려와 요구에 황금들보를 걸어올려 채운에 싸여 남쪽 땅으로 행하니, 무지개가 하늘에 뻗치고 비바람 소리가 진동하며 오색채운이 각각 동서로 흩어지거늘, 상과 제신이 무수히 사례하고 육궁(六宮) 비빈(妃嬪)이 땅에 엎드려 감히 우러러보지 못하더라.

이때 우치는 그 들보를 가져다가 이 나라 안에서는 처치하기가 어려운지라 그 길로 구름을 멍에하여 서공지방으로 향하여 먼저 들보 절반을 베어 헤쳐 팔아 쌀 십만 석을 사고 다시 배를 마련하여 나눠 싣고 순풍을 타고 가져가 십만 빈호(貧戶)에 알맞추어 갈라 주고, 당

장 굶어죽는 어려움을 건지고 이듬해의 농량과 종자로 쓰게 하니 백성들은 너무나 기쁜 나머지 다만 손을 마주잡고 여천대덕(如天大德)을 칭사할 뿐이요, 관장(官長)들도 또한 기가 막히고 어리둥절하여 어찌된 곡절인지를 몰라 하였다.

우치는 이러한 뒤에 한 장의 방(榜)을 써서 동구(洞口)에 붙였는데 그 글에는,

'이번에 곡식을 나누어 줌으로써 혹 나를 칭송하지만 이는 마땅치 아니한지라. 대개 나라는 백성을 뿌리삼고 부자는 빈민이 만들어 줌이거늘 이제 너희들이 양순한 백성과 충실한 임금으로 이렇듯 참혹한 지경에 이르렀건만 벼슬한 이가 길을 트지 아니하고 감열한 이가 힘을 내고자 아니함이 과연 천리(天理)에 어그러져 신인(神人)이 공분(公憤)하는 바이기로 내 하늘을 대신하여 이러저러한 방법으로 이리저리하였으니, 너희들은 모름지기 이 뜻을 깨달아 잠시 남에게 맡겼던 것이 돌아온 줄로만 알고 남의 힘을 입는 줄은 아지 말지어다. 더욱 자청하여 심부름한 내가 무슨 공이 있다 하리요. 이렇게 말하는 나는 처사(處士) 전우치로다.'

하였었다.

이때 이 소문이 나라에 들리게 되자 비로소 전후 사연을 알고 임금을 속이고 나라를 소란케 했으니 그 죄를 용서하지 못한다 하여, 널리 그 증거를 수탐(搜探)하자 우치는 더욱 패씸하게 여기고 스스로 말하되,

"약한 자를 붙들어다 허물함은 굳센 자가 제 잘난 체하는 예사(例事)인지라 내가 저희들의 굳센 것이 얼마나 안된다는 것을 실상으로 알려야겠다."

하고, 계교를 생각하여 들보 한 머리를 베어가지고 서울에 가서 팔려고 하니 사람마다 의심 아니할 리가 없었다.

마침 토포관(討捕官)이 보고 크게 고이히 여겨 우치에게 물었다.

"이 금이 어디서 났으며 값은 얼마나 하느냐?"

우치가 대답하기를,

"이 금이 난 곳이 있거니와, 값인즉 얼마가 될지 달아서 파는데 오
백 냥을 주겠다면 팔까 하오."
토포관이 또 물었다.
"그대 집이 어딘가? 내가 내일 반드시 돈을 가지고 찾아갈 터이
니."
우치가 말하되,
"내 집은 남선부주요, 성명은 전우치라 하오."
토포관은 우치와 이별하고 나서 고을에 들어가 태수(太守)에게 고
하자 태수는 크게 놀라,
"지금 본국에는 황금이 없는데 이는 틀림없이 무슨 연고가 있을 것
이다."
하고 관리를 압령(押領)하여 발차(發差)하려 하다가 다시 생각하되,
"이는 자세하지 못한 일이니 은자 오백 냥을 주고 사다가 진위(眞
僞)를 알아보자."
하고 은자 오백 냥을 주며 사오라 하니, 토포관이 관리를 데리고 남선
부로 찾아가자 우치가 맞아들여 예를 마친 후 토포관이,
"금을 사러 왔소."
하자, 우치는 응낙하고 오백 냥을 받은 다음 금을 내어주자 토포관은
금을 받아가지고 돌아와 태수께 드렸다. 금을 받아본 태수는 크게 놀
라,
"이 금은 들보머리를 베인 것이 분명하니 필경 우치로다."
하고, 한편 이 놈을 잡아 진위를 안 후에 장계(狀啓)함이 늦지 않다 하
고, 즉시 십여 명에게 분부하여 빨리 가서 잡아오라 하자 관리는 영을
듣고 바삐 남선부로 가서 우치를 잡아내자, 우치는 좋은 음식을 차려
관리를 대접하면서 말하기를,
"그대들이 수고로이 왔소. 나는 죄가 없으니 결단코 가지 아니하겠
으니 그대들은 돌아가 태수에게 우치는 잡혀오지 않고 태수의 힘으
로는 못 잡으리니 나라에 고하여 군명(軍命)이 있은 후에야 잡혀가
겠노라고 고하라."

하며 조금도 요동하지 않으므로 관리는 할일없이 그대로 돌아가 태수에게 사실대로 고하였다.

태수는 이 말을 듣고 놀라 즉시 토병(討兵) 오백을 점고(點考)하여 남선부에 가 우치의 집을 에워싸고, 한편 이 일을 나라에 장계하자 상은 크게 놀라시며 노하사 백관을 모아 의논을 정하시고, 포청(捕廳)으로 잡아오라 하시고는 친국(親鞫)하실 기구를 차리시고 잡아오길 기다리시더라."

이때 금부(禁府)들이 군명을 받들고 남선부에 가 우치의 집을 에워싸고 잡으려 하니, 우치는 냉소하며,

"너희 백만군이 와도 내 잡혀가지 아니하리니 너희 마음대로 나를 철삭(鐵索)으로 동여매고 단단히 얽어 가라."

하기에, 모든 나졸이 일시에 달려들어 철삭으로 동여매고 전후 좌우로 둘러싸고 가는데, 우치가 또 말하기를,

"나를 잡아가지 않고 무엇을 매어가는가?"

토포관이 놀라서 보니 한낱 잔나무를 매었는지라 좌우에 섰던 나졸이 기가 막혀 아무 말도 못하는데 우치는,

"네가 나를 잡아가고자 하거든 병 한 개를 주겠으니, 그 병을 잡아가거라."

하고, 병 하나를 내어 땅에 놓으므로 여러 나졸이 달려들어 잡으려 하자, 우치는 그 병 속으로 들어갔다. 나졸이 병을 잡아들자 무겁기가 천 근이나 되는 것 같은데, 병 속에서 이르되,

"내, 이제는 잡혔으니 올라가리라."

하기에, 나졸은 또 우치를 잃어버릴까 겁을 내어 병부리를 단단히 막아서 짊어지고 와서 바치자 상이,

"우치가 요술을 한들 어찌 능히 병 속에 들었으리요."

하시니, 문득 병 속에서 말하기를,

"답답하니 병마개를 빼어다오."

하거늘, 상이 그제야 병 속에 든 줄 아시고 여러 신하에게 어떻게 처치할 것인가를 물으시니 여러 신하가 가로되,

"그 놈이 요술이 용하오니 가마에 기름을 끓이고 병을 넣게 하소서."

상이 옳게 여기자, 기름을 끓이라 하시고 병을 잡아넣으니 병 속에서 말하기를,

"신의 집이 가난하여 추위 견딜 수 없삽더니, 천은(天恩)이 망극하사 떨던 몸을 녹여 주시니 황감하여이다."

하거늘, 상이 진노(震怒)하사 그 병을 깨어 여러 조각을 내니 아무 것도 없고 병조각이 뛰어 어전에 나아가 가로되,

"신이 전우치어니와 원컨대 군신간(君臣間)의 죄를 다스릴 정신으로 백성이나 평안케 함이 옳을까 하나이다."

하고, 조각마다 한결같이 하거늘 상이 진노하사 도부수(刀斧手)로 하여금 병조각을 빻아 가루를 만들어, 다시 기름에 끓이라 하시고, 전우치의 집을 불지르고 그 터에 연못을 만드시고 여러 신하와 더불어 우치 잡기를 의논하시자 여러 신하가 여쭈오되,

"요적(妖賊) 전우치를 위엄으로 잡을 수 없사오니 사대문에 방(榜)을 붙여 우치가 스스로 나타나면 죄를 사하고 벼슬을 주리라 하여, 만일 나타나거든 죽여 후환을 없이함이 좋을까 하나이다."

상이 그 말을 좇으사 즉시 사대문에 방을 붙였는데 그 방에는,

'전우치가 비록 나라에 득죄하였으나 그 재주 용하고 도법이 높으되 알리지 못함은 유사(有司)의 책망이요, 짐의 불명함이니 이같은 영걸(英傑)을 죽이고자 하였으니 어찌 차탄치 않으리요. 이제 짐이 전사를 뉘우쳐 특별히 우치에게 벼슬을 주어 국정을 다스리고 백성을 편안코자 하나니 전우치는 나타나라.'

라 씌어 있었다.

이때 전우치는 구름을 타고 사처로 다니며 더욱 어진 일을 행하고 있던 중, 한 곳에 이르러 보니, 백발노옹(白髮老翁)이 슬피 울거늘 우치가 구름에서 내려와 그 슬피 우는 사유를 물으니 그 노옹이 울음을 그치고,

"내 나이 칠십삼 세에 다만 한 자식이 있더니 애매한 일로 살인죄수

로 잡혀 죽게 되었으므로 서러워 우노라."
우치가 말하되,
"무슨 애매한 일이 있삽나이까?"
노옹이 대답하여,
"왕가라 하는 사람이 있는데 자식이 친하여 다니더니, 그 계집의 인물이 아름다우나 음란하여 조가라 하는 사람을 통간하여 다니다가 왕가에 들키어 양인이 싸워 낭자하게 구타당하더니, 자식이 마침 갔다가 그 거동을 보고 말리어 조가를 제 집으로 보낸 후 돌아왔더니, 왕가가 그 싸움 때문에 죽자, 그 외사촌이 있어 *고장(藁葬)하여 취옥(就獄)함에 조가는 형조판서(刑曹判書) 양문덕(楊文德)의 문객이라, 알음이 있어 빠져나오고 내 자식은 살인정범(殺人正犯)으로 문서를 만들어 옥중에 가두니, 이러하므로 슬피 우는 것이오."
우치는 이 말을 듣고,
"그렇다면 조가가 원범이다."
하고
"양문덕의 집이 어디요?"
하고 묻자 노옹이 자세히 가르쳐 준다. 우치는 노옹을 이별하고 몸을 흔들어 변신하여 일진청풍(一陣淸風)이 되어 그 집에 이르니, 이때 양문덕이 홀로 당상(堂上)에 앉았거늘 우치가 그 동정을 살피자, 양문덕은 거울을 마주하고 얼굴을 보고 있는지라, 우치는 변신하여 왕가가 되어 거울 앞에 앉아 있자 양문덕이 고이히 여겨 거울을 살펴보니 아무것도 없는지라,

'요얼(妖孽)이 백주에 나를 희롱하는가.'
하고, 다시 거울을 살펴보니, 아까 앉았던 사람이 그저 서서,
"나는 이번 조가에게 맞아 죽은 왕가인데 원혼이 되어 원수갚기를 바랐더니 상공이 이가를 그릇되이 가두고 조가를 놓으니 이 일이 애매한지라, 지금이라도 조가를 가두고 이가를 방송(放送)하라. 그렇게 하지 않는다면 명성(明聖)에 가서 송사하겠노라."

*고장(藁葬)──시체를 짚이나 거적에 싸서 지내는 장사.

하고, 홀연히 간 데가 없는지라 양문덕은 크게 놀라 즉시 조가를 얽어
매고 엄문하니 조가는 애매하다면서 발명하는지라 왕가는 소리높여,
"이 몹쓸 조가야! 어찌 내 처를 겁탈하고 또 나를 쳐죽이니, 어찌
구천(九泉)의 원혼이 없으리요. 만일 너를 죽여 원수를 갚지 못하면
명부(冥府)에 송사하여 너와 양문덕을 잡아다가 지옥에 가두고 나
지 못하게 하리라."
하고는 소리가 없는지라, 조가는 머리를 들지 못하고 있으므로, 양문
덕은 놀라 어떻게 할 줄 모르다가 이윽고 정신을 진정하여 조가를 엄
문하니, 조가는 능히 견디지 못하여 개개복초(個個伏招)하였다. 이에
이가를 놓아주고 조가를 엄수(嚴囚)하고, 즉시 조정에 상달하여 조가
를 복법(服法)하니 이때 이가는 집으로 돌아가 아비를 보고 왕가의 혼
이 와서 여차여차하여 놓여남을 말하니 노옹이 기쁨을 이기지 못하였
다.

2. 약자(弱者)를 돕는 신선(神仙)

이때 우치는 이가를 구하여 보내고 얼마쯤 가다가 홀연히 보니 저
자 거리에 사람들이 돌의 머리 다섯을 가지고 다투고 있는지라. 우치
가 구름에서 내려 그 연고를 묻자 한 사람이 이르되,
"저도 쓸 데가 있어 사가거늘 이 관리놈이 앗아 가려고 하기에 다투
는 것이오."
하거늘, 우치는 관리를 속이려 하여 진언(眞言)을 염하니 그 저(猪)
두 입을 벌리고 달려들어 관리의 등을 물려하거늘 관리와 구경하던
사람이 일시에 헤어져 달아났다.
우치가 또 한 곳에 이르니 풍악(風樂)이 낭자하고 노랫소리가 요란
한지라 즉시 여러 사람의 좌중에 들어가 절하고,
"소생은 지나가는 길손이온데 여러분이 모여 즐기실새 감히 들어와
말석에서 구경코자 하나이다."
여러 사람이 답례한 후 서로 성명을 통하고 앉음에 우치가 눈을 들

어보니, 여러 좌객(座客) 중에 운생과 설생(薛生)이란 자가 거만하게 우치를 보고 냉소하며 여러 사람과 수작하기에, 우치는 괘씸함을 이기지 못하더니 이윽고 주반(酒飯)이 나오는지라 우치가,
"제형의 사랑하심을 입어 진수성찬을 맛보니 만행이로소이다."
고 하자 설생이 웃으며,
"우리는 비록 빈한하나 명기와 진찬(珍饌)이 많으니 전형(田兄)은 처음 본 듯할 것이오."
우치도 웃으며,
"그러나 없는 것이 많소이다."
이 말에 설생은,
"팔진성찬에 빠진 것이 없거늘 무엇이 부족타 하오?"
"우선 선득선득한 수박도 없고, 시큼달큼한 포도도 없고 시금시금한 *승도(僧桃)도 없어 빠진 것이 무수하거늘 어찌 다 있다 하오?"
제생이 손뼉을 치며 크게 웃더니,
"이때가 봄철이라, 어이 그런 실과가 있겠소?"
"내 오다가 본즉 한 곳에 나무 하나가 있는데 각색 과실이 열리지 아니한 것이 없었소이다."
"그렇다면 형이 그 과실을 만일 따온다면 우리들이 납두편배(納頭遍拜)하고 만일 형이 따오지 못한다면 형이 만좌중의 볼기를 맞을 것이오."
"좋소이다."
하고, 응낙한 우치는 즉시 한 동산에 가니 도화가 만발하여 금수장(錦繡帳)을 드리운 듯하거늘, 우치는 두루 *완상(玩賞)하다가 꽃 한 떨기를 훑어 진언을 염하자 낱낱이 변하여 각색 실과가 되었다. 그것을 소매 속에 넣고 돌아와 좌중에 던지니 향기가 코를 스치며 승도, 포도, 수박이 낱낱이 헤어지는 것이었다. 여러 사람은 한편 놀라고 한편 기꺼하여 저마다 다투어 손에 집어 구경하며 칭찬하기를,

─────────────

*승도(僧桃)──앵도과에 속하는 복숭아나무의 하나.
*완상(玩賞)──좋아서 구경함.

"전형의 재주는 보던 바 처음이오."
하고, 창기에게 명하여 술을 가득 부어 권하였다. 우치는 술을 받아들고 운·설 양인을 돌아보며,
"이제도 사람을 업신 여기겠소? 그러나 형들이 이미 사람을 경모(輕侮)한 죄로 천벌을 입었을지라. 내 또한 말함이 불가하다."
하는지라, 운·설 양인이 입으로는 비록 손사(遜謝)하는 체하나 속으로는 종시 멀지 아니하더니 운생이 마침 소피보려고 옷을 끄르고 본즉 하문이 편편하여 아무 것도 없거늘 크게 놀라서,
"이 어이한 연고로 졸지에 하문이 떨어졌는고?"
하며, 어찌할 줄 모르거늘 모두 놀라서 본즉 과연 민숭민숭한지라 크게 놀라,
"소변을 어디로 보리요."
할 즈음에 설생이 또한 자기의 아래쪽을 만져보니 역시 그러한지라 두 사람이 경황하여 서로 의논하며,
"전형이 아까 우리들을 기롱하더니 이러한 변괴가 났구나. 장차 이 일을 어찌할 것이오."
하는데, 창기중 제일 고운 계집의 소문이 간 데 없고, 문득 배 위에 구멍이 났는지라 망극하여 어떻게 할 줄을 몰랐다.
그 중에 오생(吳生)이란 자가 총명이 비상하여 지감(知鑑)이 있었는데 문득 깨달아 우치에게 빌었다.
"우리들이 눈이 있으나 망울이 없어 선생께 득죄하였사오니 바라건대 용서하소서."
우치가 웃고 진언을 염하자 문득 하늘에서 실 한 끝이 내려와 땅에 닿았다. 우치는 크게 소리쳤다.
"청의동자 어디 있느냐?"
말이 채 끝나기도 전에 한 쌍의 동자가 표연히 내려오는 것이었다. 우치가 분부하여 가로되,
"네 이 실을 타고 하늘에 올라가 반도(蟠桃) 열 개를 따오라. 그렇지 않으면 반을 당하리라."

우치가 말을 마치자 동자는 명을 받고 줄을 타고 공중에 올라갔다. 여러 사람들이 신기하게 여겨 하늘을 우러러보니, 동자는 나는 듯이 올라가더니 이윽고 복숭아 잎이 분분(紛紛)히 떨어지며 사발만한 붉은 천도(天桃) 열 개를 내려쳤는데 조금도 상하지 않았다. 여러 사람들이 일시에 달려와 주워가지고 서로 사랑하는지라, 우치는 여러 사람에게 나누어 주고,

"제형과 창기 등이 아까 얻은 병은 이 선과(仙果)를 먹으면 쾌히 회복하리라."

하자, 제생과 창기 등이 하나씩 먹은 후 저마다 만져보니 여전한지라. 사례하기를,

"천선(天仙)이 내려오신 줄 모르고 우리들이 무례하여 하마터면 병신이 될 뻔하였구나."

하며, 지극히 공경하였다. 우치는 가장 존중한 체하다가 구름에 올라 동으로 향해 가다 또 한 곳에 이르러 보니 두어 사람이 서로 이르되,

"차인이 어진 일을 많이 하더니 필경 이 지경에 이르니 참 불쌍하도다."

하고 눈물을 흘리는지라, 우치가 구름에서 내려 두 사람에게 물어 가로되,

"그대는 무슨 비창한 일이 있어 그렇게 슬퍼하는가?"

두 사람이 대답했다.

"이곳 호조(戶曹) 고직이 장세창(張世昌)이라 하는 사람이 효성이 지극하고 심지어 집이 빈곤한 사람도 많이 구제하더니, 호조 문서(文書)를 그릇하여 쓰지 아니한 은자(銀子) 이천 냥을 물지 못함에 형벌을 받겠기에 자연히 비창함을 금치 못해서 그러오."

우치가 이 말을 듣고 잠간 눈을 들어본즉 과연 한 소년을 수레에 싣고 형장(刑場)으로 나아가고 그 뒤에 젊은 계집이 따라나오며 우는지라, 우치가 물었다.

"저 여인은 누구뇨?"

"죄인의 부인이오."

하는데, 이윽고 옥졸(獄卒)이 죄인을 수레에서 내려 제구(諸具)를 차리며 시각을 기다리는 것이었다. 우치는 즉시 몸을 흔들어 일진청풍이 되어 장세창과 여자를 거두어 가지고 하늘에 올라가거늘 중인(衆人)이 일시에 말하되,
"하늘이 어진 사람을 구하시는도다."
하고 기뻐하였다.
 이때 형관(刑官)이 크게 놀라 급히 이 연유를 상달하니 상감과 백관이 모두 놀라고 의심하셨다.
 차설, 우치가 집으로 돌아와 본즉 두 사람의 기색이 엄엄하였으므로 급히 약을 흘려 넣었는데 이윽고 깨어나 정신이 황홀하여 진정하지 못하는 것이었다.
 우치가 전후 사정을 말하자 장세창 부부는 고개를 숙여 사례하며,
"대인(大人)의 은혜는 태산 같으니 차생에 어찌 다 갚으리이까?"
우치는 손사하고 집에다 두었다.

3. 족자(簇子)로써 효성(孝誠)을 기르다

 하루는 한가함을 타 우치는 명승지를 두루 구경하다가 한 곳에 이르니, 사람이 슬피 우는 소리가 들리기에 가서 우는 이유를 물어보니 그 사람이 공손히 말하기를,
"나의 성명은 한자경(韓子景)인데 부친의 상사를 당하여 장사 지낼 길이 없고 또한 겸하여 날씨가 추운데 칠십 모친을 봉양할 도리가 없어 우는 것이오."
우치는 아주 불쌍히 여겨 소매에서 족자 하나를 내어주며,
"이 족자를 집에 걸고 '고직아' 부르면 대답할 것이니 은자 백냥만 내라 하면 그 족자 소리를 응하여 즉시 줄 것이니, 이로써 장사지내고 그 후부터는 매일 한 냥씩만 드리라 하여 자친을 봉양하라. 만일 더 달라 하면 큰 화를 입을 것이니 욕심을 내지 말고 부디 조심하오."

그 사람은 믿지 아니하나 받은 후 사례하며,
"대인의 존성(尊姓)을 알지 못하나이다."
하거늘,
"나는 남선부 사람 전우치로다."
그 사람은 백배사례하고 집에 돌아와 족자를 걸고 보니 아무 것도 없이 큰 집 하나를 그리고 집 속에서 열쇠 가진 동자 하나를 그렸는지라, 시험해 보리라 하고 '고직아'하고 부르니 그 동자가 대답하고 나왔다. 매우 신기하게 여겨 은자 일백 냥을 드리라 하니 말이 끝나기 전에 동자가 은자 일백 냥을 앞에 놓았다. 한자경은 크게 놀라며 또한 크게 기뻐하여 그 은을 팔아 부친의 장사를 지내고, 매일 은자 한 냥씩 드리라 하여 일용에 쓰니 가산이 풍족하여 노모를 봉양하며 은혜를 잊지 못하였다.
하루는 쓸 곳이 있어,
'은자 일백 냥을 당겨 쓰면 어떠할까?'
하고 고직을 부르니 동자 대답하거늘 한자경이,
"내 마침 은자 쓸 곳이 있나니 은자 일백 냥만 먼저 쓰게 함이 어떠하뇨?"
고직이 듣지 아니하므로 재삼 간청하니 고직이 문을 열거늘 한자경이 따라 들어가 은자 백냥을 가지고 나오려 하니, 벌써 문이 잠겼는지라 한자경은 크게 놀라 고직을 불렀으나 대답이 없었다.
크게 노하여 문을 박차니 이때 호조판서가 마루에 좌기(坐起)할새 고직이 고하되,
"돈 넣은 곳에서 사람 소리가 나니 매우 괴이하더이다."
호판이 의심하여 *추종(騶從)을 모으고 문을 열고 보니 한 사람이 은을 가지고 섰는지라 고직이는 깜짝 놀라 급히 물었다.
"너는 어떤 놈이기에 감히 이곳에 들어와 은을 도둑하여 가려느냐?"
한자경이 대답하기를,

---

*추종(騶從)──고귀한 사람을 뒤따라다니는 하속(下屬).

"너희는 어떤 놈이기에 남의 내실에 들어와 무례하게 구느냐? 바삐 나가거라."

하고, 재촉하여 고직이 미친 놈으로 알고 잡아다가 고하니 호판이 분부하되,

"이 도둑놈을 꿇어 앉히라."

하고, 치죄(治罪)할새 한자경이 그제야 정신을 차려 자세히 보니 제 집은 아니요 호조(戶曹)인지라 놀라 가로되,

"내가 어찌하여 이곳에 왔던고? 의아한 꿈인가?"

하더니, 호판이 묻기를

"너는 어떠한 놈이관데 감히 어고(御庫)에 들어와 도둑질하니 죽기를 면치 못할지라. 네 동류를 자세히 아뢰라."

한자경이 말하기를,

"소인이 집에 걸린 족자 속에 들어가 은을 가지고 나오려 하더니 이런 변을 당하오니 소인도 생각지 못하리로소이다."

호판이 의혹하여 족자의 출처를 물으니 자경이 전후 사정을 고하자 호판이 크게 놀라 묻기를,

"너는 언제 전우치를 보았느냐?"

대답하기를,

"본 지 오삭(五朔)이나 되었나이다."

호판은 한자경을 엄수하고 각 창고를 조사하는데 은궤(銀櫃)를 열고 본즉 은은 없고 청개구리가 가득하며, 또 돈고를 열어 보니 돈은 없고 누런 뱀만 가득하거늘 호판이 이를 보고 크게 놀라 이 연유를 상달하니, 상이 대경(大驚)하사 여러 신하를 모아 의논하시더니 각 창고의 관원이 아뢰되,

"창고의 쌀이 변하여 버러지뿐이요. 쌀은 한 섬도 없나이다."

또, 각영(各營) 장신(將臣)이 보하기를,

"고의 군기(軍器)가 변하여 나무가 되었나이다."

또 궁녀 보하기를,

"내전에 범이 들어와 궁인을 해하나이다."

하거늘, 상이 대경하사 급히 궁노수(弓弩手)를 발하여 내전에 들어가 보니 궁녀마다 범 하나씩 탔는지라, 궁노를 발치 못하고 이 연유를 상주하니, 상이 더욱 대경하사 궁녀 앞질러 쏘라 하니, 궁노수 하교를 듣고 일시에 쏘니 흑운이 일며 범 탄 궁녀 구름에 싸이어 하늘로 올라 *호호탕탕(浩浩蕩蕩)히 헤어지는지라, 상이 차경(此景)을 보시고,

"다 우치의 술법이니, 이놈을 잡아야 국가태평하리라."

하시고 차탄하시더니, 호반이,

"이 고에 은도둑을 엄수(嚴囚)하였삽더니, 이놈이 우치의 당류(黨類)라 하오니 죽이사이다."

상이 윤허(允許)하심에 이 한가를 행형할새, 문득 광풍이 대작하여 한자경이 간 데 없으니 이는 전우치의 구함이라. 행형관(行刑官)이 이대로 상달하니라.

차시에 우치 자경을 구하여 제 집으로 보내어,

"내 그대에게 무엇이라 당부하였뇨. 그대를 불쌍히 여겨 그 그림을 주었거늘 그대 내 말을 듣지 아니하고 하마터면 죽을 뻔하였으니, 이제 누구를 원하며 누구를 한하리요."

하고 제 집으로 보내니라.

우치 두루 돌아다녀 한 곳에 다다라 보니, 사문(四門)에 방을 붙였거늘, 내심에 냉소(冷笑)하고 궐문(闕門)에 나아가 크게,

"전우치 자현하나이다."

정원(政院)에서 연유를 상달한 데 상이 가로되,

"이 놈의 죄를 사하고 벼슬을 시켰다가 만일 영란함이 또 있거든 죽이리라."

하시고 즉시 입시하라 하시니, 우치 들어와 복지사은(伏地謝恩)하니 상이 가로되,

"네 죄를 아느냐?"

우치 복지사례하며,

"신의 죄 만사무석(萬死無惜)이로소이다."

---

*호호탕탕(浩浩蕩蕩)──아주 넓어 끝이 없음.

"내 네 재주를 보니 과연 신기한지라 중죄를 사하고 벼슬을 주노니 너는 진충보국(盡忠報國)하라."

하시고, 선전관(宣傳官)에 동자관(東子官) 겸 사복내승(司僕內承)을 하게 하시니, 우치 사은숙배하고 하처를 정하고 궐내(闕內)에 입직(入直)할새, 행수선전관(行首宣傳官) 이조사(李曹司) 보채기를 심히 괴롭게 하는지라. 우치 갚으려 하더니, 하루는 선전이 퇴질을 차례로 할새, 우치 조사 차례를 당함에 가만히 망두석(望頭石)을 빼어다가 퇴를 맞추니, 선전들의 손바닥에 맞치어 아파 능히 치지 못하고 그치더라.

이리저리 수삭(數朔)이 됨에 선전들이 모두 하인을 꾸짖어 허참(許參)을 재촉하라 하니, 하인들이 연유를 보한대 우치는,

"나는 괴를 옮겼기로 더 민망하니 명일 백사장(白沙場)으로 제진(齊進)하라."

서원(書員)이 품(禀)하되,

"자고(自古)로 허참을 적게 하려도 수백금(數百金)이 드오니 사오일을 *숙설(熟設)하와 치르리이다."

"내 벌써 준비함이 있으니, 너는 잔말 말고 개문입시(開門入侍)하여 하인 등을 대령(待令)하라."

서원과 하인이 물러나와 서로 의논하되,

"우치, 비록 능하나 이 일에는 믿지 못하리라."

하고 각처에 지휘하여 명일 평명(平明)에 백사장으로 제진하게 하니라.

이튿날 모든 하인이 백사장에 모이니 구름차일은 반공(半空)에 솟아 있고, 포진(布陣)과 수석(首席) 금병(金屛)이 눈에 휘황찬란하며, 풍악이 진천(震天)하며, 수십간 뜸집을 짓고, 일등 숙수아(熟手兒) 십명이 앞에 안반을 놓고 음식을 장만하니, 그 풍비(豊備)함은 금세(今世)에 없을러라.

날이 밝음에 선전관 사오 인이 일시에 준총(俊驄)을 타고 나오니, 포진이 극히 화려한지라. 차례로 좌정(坐定)함에 오음육률(五音六律)

─────────────
*숙설(熟設)──── 잔치 때 음식을 만듦.

을 갖추어 풍악을 질주(迭奏)하니, 맑은 소리 반공에 어리었더라.
  각각 상을 들이고 잔을 날려 술이 반감(半酣)함에, 우치는,
"조사(曹司)는 일찍 호협방탕(豪俠放蕩)하여 주사청루(酒肆靑樓)에 다녀 아는 창기(娼妓) 많으니, 오늘 놀이에 계집이 없어 가장 무미(無味)하니, 조사 나아가 계집을 데려오리이다."
  차시에 제인이 모두 반취(半醉)하였는지라 저마다 기꺼이 왈,
"가히 오입쟁이로다."
  우치 하인을 데리고 나는 듯이 남문으로 들어가더니, 오래지 아니하여 무수한 계집을 데려다가 장(帳) 밖에 두고, 큰 상을 물리고 또 상을 들이나, 수륙진찬(水陸珍饌)이 성비(盛備)하여 풍악이 진천한 중, 우치는,
"이제 계집을 데려왔으니 각각 하나씩 수청하여 흥을 돋움이 가하나이다."
한데, 제인이 가장 기뻐하고, 차례로 하나씩 불러 앉히는데, 제인이 각각 계집을 앉히고 보니 다 제인의 아내러라.
  놀랍고 분하나 서로 알까 저어하며, 아무 말도 못하고 대로하여 모두 상을 물리고 각기 말을 타고 집으로 돌아와 보니, 노복이 혹 발상하고 통곡하며 집안의 소요함도 있어 경괴(驚怪)하여 묻기를,
"부인이 어느 때에 기세(棄世)하셨느뇨?"
  시비가,
"오래지 아니하나이다."
하거늘, 제인이 경악하며, 그 중 김선전이란 자는 집에 돌아오니, 노복이 발상하고 울거늘, 묻고자 하더니 모든 노복이 반겨하며,
"부인이 의복을 마르시더니, 관격(關格)되어 기세하셨더니, 지금 회생하셨나이다."
하거늘, 김선전이 대로하여,
"어찌 나를 속이려 하느냐?"
하고, 분기를 참지 못하여,
"이 몹쓸 처자가 양가문호(良家門戶)를 돌아보지 않고 이런 해참한

일을 하되, 전혀 몰랐으니 어찌 통탄치 아니하리요."
하며, 분기(忿氣) 돌돌(咄咄)하여 죽어 모르려 하다가, 진위를 알려 하여 들어가 본즉, 부인이 과연 죽었다가 깨었거늘 부인이 일어나 비로소 김선전을 보고,

"내 한 꿈을 꾸니 한 곳에 간즉 대연을 배설하고, 모든 선전관이 열좌(列坐)하고 나 같은 노소부인(老小夫人)이 모였는데, 한 사람이 가로되, 기생을 데려왔다 하니, 하나씩 앞에 앉혀 수청케 하는데, 나는 가군이 앞에 앉히기로 묵연히 앉았더니, 좌중 제객이 다 불호(不好)하여 노색(怒色)을 띠었더니, 가군이 먼저 일어나며 제인이 또 각각 흩어지는 바람에 내 꿈을 깨었노라."

하거늘, 김선전이 부인의 말을 듣고 할 말이 없는 중 가장 의혹하여, 하루는 동관으로 더불어 즉일 백사장 놀음의 창기 말과, 각각 부인이 혼절(昏絕)하던 일을 전하여,

"이는 반드시 전우치의 요술로 우리들에게 욕보임이라."
하더라.

4. 도술(道術)로써 도적(盜賊)을 멸(滅)하니라

이때 함경도(咸鏡道) 가달산(可達山)에 한 도적이 있어 재물을 노략하며 인민을 살해함에, 본읍 원이 관군을 발하여 잡으려 하되, 능히 잡지 못하고 나라에 장계(狀啓)한데, 상이 크게 근심하사 조정에 전지(傳旨)하사 파적지계(破賊之計)를 의논하라 하시니, 우치가 상주하기를,

"도둑의 형세 심히 크다 하오니, 신이 홀로 나아가서 적세(敵勢)를 보온 후 잡을 묘책(妙策)을 정하리이다."

상이 크게 기뻐하사 어주(御酒)를 주시고 인검(釰劍)을 주시며 이르되,

"도적세 호대(浩大)하거든 이 칼로 사졸을 호령하라."

하시니, 우치 사은하고 물러나와, 즉시 말에 올라 장졸을 거느리고

여러날 만에 가달산 근처에 다다라 보니, 큰 산이 하늘에 닿은 듯하고, 수목이 총잡(叢雜)하며, 기암괴석(奇岩怪石)이 중중하니 가장 험악한지라, 우치 군사를 산하에 머무르고, 스스로 하사하신 인검을 가지고 몸을 흔들어 변하여 솔개가 되어 가달산을 바라고 가니라.

원래 가달산중 수천명 적당 중에 한 괴수(魁首) 있으니 성은 엄(嚴)이요, 명은 준(俊)이라. 용맹이 절륜(絶倫)하고 무예(武藝) 출중(出衆)하더라.

이때 우치 공중에서 두루 살피더니, 엄준이 엄연히 홍일산(紅日傘)을 받고 천리백총마(千里白驄馬)를 타고 채의홍상(綵衣紅裳)한 시녀를 좌우에 벌리니 종자 백여 명을 거느리고 바야흐로 산 사냥을 하거늘, 우치 자세히 살펴보니 기골이 장대하고 신장이 팔 척이요, 낯빛이 붉고 눈이 방울 같으며, 수염은 비눌을 묶어 세운 듯하니, 곧 일대걸물(一代傑物)이러라.

엄준이 추종들을 거느리고 이골 저골로 한바탕 사냥하다가 분부하되,

"오늘은 각처 갔던 장수들이 다 올 것이니, 마땅히 소 열 필만 잡고 잔치하리라."

하는 소리, 쇠북을 울리는 것 같더라.

차시 우치 일계를 생각하고 나뭇잎을 훑어 신병(神兵)을 만들어 창검을 들리고 기치(旗幟)를 벌려 진(陣)을 이루고, 머리에 쌍통구를 쓰고 몸에 황금 쇄자갑(刷子甲)에 황라(黃羅) 전포(戰袍)를 겹쳐 입고 천리오추마(千里烏騅馬)를 타고 손에 청사랑인도를 들고 짓쳐들어가니, 성문을 굳게 닫거늘 우치 문 열리는 진언을 염하니 문이 절로 열리는지라, 들어가며 좌우를 살펴보니 장려(壯麗)한 집이 두루 벌렸고, 사처(四處) 창고에 미곡(米穀)이 가득하며, 차차 전진하여 한 곳에 이르니 전각(殿閣)이 굉장하여 주란화동(朱欄華棟)이 반공에 솟았거늘 우치 이윽히 보다가 몸을 변하여 솔개되어 날아 들어가 보니, 두목도둑이 황금교자(黃金轎子)에 높이 앉고, 좌우에 제장(諸將)을 차례로 앉히고 크게 잔치하며, 그 뒤에 대정(大庭)이 있으니 미녀 수백인이 열

좌하여 상을 받았거늘, 우치 하는 양을 보려하고 진언을 염하니, 무수한 줄이 내려와 모든 장수의 상을 거두어 가지고 중천(中天)에 높이 떠오르며, 광풍(狂風)이 대작하니 눈을 뜨지 못하고 그러한 운문차일(雲紋遮日)과 수놓은 병풍이 무너져 공중으로 날아가니 엄준이 정신을 진정치 못하여 뜰아래 나무 등걸을 붙들고, 모든 군사 차반을 들고 표풍(漂風)하여 구을더라.

우치 한바탕 속이고 이에 바람을 거두며 앗아 온 음식을 가지고 산하에 내려와 장졸을 나누어 먹이고, 그 곳에서 자니라.

이때 바람이 그치매 엄준과 제장이 비로소 정신을 차리고 보니, 그런 많은 음식이 하나도 없거늘, 엄준이 가장 괴이히 여기더라.

이튿날 명명에 우치는 다시 산중에 들어가 갑주(甲胄)를 갖추고 문전에 이르러 대호하여,

"반적(叛賊)은 바삐 나와 내 칼을 받으라."

하니, 수문(守門)한 군사 급히 보한대 엄준이 대경하여 급히 장졸을 거느리고 문 밖에 나와 진을 벌이고, 엄준이 휘검출마(揮劍出馬)하여 가로되,

"너는 어떠한 장수관데 감히 나와 싸우고자 하는가?"

"나는 전교를 받자와 너희를 잡으러 왔으니 내 성명은 전우치로라."

"나는 엄준이라. 네 능히 나를 저당할까?"

하며 달려드니, 우치는 맞아 싸울새 양인의 재주 신기하여 맹호 밥을 다투는 듯, 청황룡(靑黃龍)이 여의주(如意珠)를 다투는 듯, 양인의 정신이 씩씩하여 진시(辰時)로부터 사시(巳時)에 이르도록 승부(勝負) 없으매 양진에서 징을 쳐 군을 거두고 제장이 엄준을 보고 치하하여,

"작일 천변(天變)을 만나 마음이 놀랐으되, 오늘 범 같은 장수를 능적(能敵)하시니, 하늘이 도우심이라. 그러나 적장의 용맹이 절륜하니 가히 대적 못하리로다."

엄준이 대소하며,

"적장이 비록 용맹하나 내 어찌 저를 두려워하리요. 명일은 결단코 우치를 베고 바로 경성으로 향하리라."

하고, 이튿날에 진문을 대개(大開)하고 엄준이 대호하여,

"전우치는 빨리 나와 내 칼을 받으라. 오늘은 맹세코 너를 베리라."

하고, 장검출마(裝劍出馬)하여 전우치를 비방하니, 우치 대로하여 말을 내몰아 칼춤추며 즉취엄준(即取嚴俊)하여 교봉(交鋒) 삼십여 합에 적장의 창이 번개 같은지라, 우치 무예(武藝)로 이기지 못할 줄 알고, 몸을 흔들어 변하여 제 몸은 공중에 오르고 거짓 몸이 엄준을 대적할새 문득 *대매(大罵)하여,

"내 평생에 생살(生殺)을 아니 하려다가 이제 너를 죽이리라."

하더니 다시 생각하여,

"이 놈을 생금(生擒)하여, 만일 순종하면 죄를 사하여 양민을 만들고, 불연즉 죽여 후환을 없이하리라."

하고 공중에 칼을 번득이며,

"적장 엄준은 나의 재주를 보라."

하니, 엄준이 대경하여 하늘을 쳐다보니 한떼 구름 속에 우치의 검광(劍光)이 번개 같거늘, 대경실색하여 급히 본진으로 돌아오는데, 앞으로 우치 칼을 들어 길을 막고 또 뒤로 우치를 따르고, 좌우로 칼을 들어 짓쳐오고, 또 머리 위로 우치 말을 타고 춤추며 엄준을 범함이 급한지라. 엄준이 정신이 아득하여 말에서 떨어지니, 우치 그제야 구름에서 내려 거짓 우치를 거두고 군사를 호령하여 엄준을 결박하여 본진으로 보내고 적장을 엄살하니, 적진 장졸이 잡혀감을 보고 싸울 뜻이 없어 손을 묶어 사라지려 하거늘, 우치 일인도 상치 아니하고 꾸짖어,

"여 등이 도둑을 좇아 각 읍을 노략하고 백성을 살해하니, 그 죄 비경(非輕)할지나 특별히 죄를 사하노니, 여 등은 각각 고향에 돌아가 농업에 힘쓰고 가산을 다스려 양민이 되라."

한데 모든 장졸이 *고두사은(叩頭謝恩)하고 행장을 수습하여 일시에 흩어지니라.

───────────────────────────────

＊대매(大罵)──── 몹시 욕하여 꾸짖음.

＊고두사은(叩頭謝恩)──── 머리를 조아려 은혜에 감사함.

우치 엄준의 내실에 들어가니, 녹의홍상한 시녀와 가인(佳人)이 수백명이라, 각각 제 집으로 보내고, 본진에 돌아와 장대에 높이 앉고 좌우를 호령하여 엄준을 계하에 꿇리고 여성대매(厲聲大罵)하여,

"네 재주와 용맹이 있거든 마땅히 진충보국하여 후세에 이름을 전함이 옳거늘, 감히 역심(逆心)을 품고 산적이 되어 재물을 노략하여 인민을 살해하니, 마땅히 삼족을 멸할지라. 어찌 잠시나 용대(容待)하리요."

하고, 무사를 호령하여 원문 밖에 참(斬)하라 하니, 엄준이 슬피 빌기를,

"소장의 죄상은 만사무석이오나, 장군의 하해(河海)같으신 덕으로 잔명을 살리시면 마땅히 허물을 고치고 장군의 휘하에 좇으리이다."

하며, 뉘우치는 눈물이 비오듯 하여 진정이 표면에 드러나거늘, 우치 침음반향(沈吟半餉)에 가로되,

"네 실로 회과천선(悔過遷善)하면 죄를 사하리라."

하고, 무사를 분부하여 매인 것을 끄르고 위로한 후 신병을 파하고 첩서(捷書)를 닦아 올린 후, 산채(山砦)를 불지르고 즉시 발행할새, 엄준이 이미 산채를 불지르고, 또 우익(右翼)이 없고 우치의 재주를 항복하여 은혜를 사례하고 고향에 돌아가 양민이 되니라.

우치는 궐하(闕下)에 나아가 복지(伏地)하니 상이 인견(引見)하시고 파적(破賊)한 설화를 들으시고 칭찬하시며 상을 후히 주시니, 천은을 감축하여 집에 돌아와 모친을 뵈옵고 상사(賞賜)하신 물건을 드리니 부인이 감축하였다.

5. 조정(朝廷)에 돌아온 술사(術士)

우치 서울에 돌아온 후 조정 백관이 다 우치를 보고 성공함을 치하하되 선전관은 한 사람도 온 자 없으니 이는 전일 놀이에 부인들을 욕보인 허물이러라.

우치 짐작하고 다시 속이려 하더니, 하루는 월색이 조용함을 틈타 오운을 타고 황건역사(黃巾力士)와 *이매망량(魑魅魍魎)을 다 모으고 신장(神將)을 명하여 모든 선전관을 잡아오라 하니, 오래지 아니하여 잡아왔거늘, 우치 구름교의에 높이 앉고, 좌우에 신장이 벌어서서 등촉이 휘황한데, 황건역사와 이매망량이 각각 일 인씩 잡아들이거늘, 모든 선전관이 떨며 땅에 엎드려 쳐다보니, 우치 구름교의에 단좌(端坐)하고 좌우에 신장이 나열하였고, 등촉이 휘황한 중 그 위풍이 늠름하더라.

문득 우치 대갈(大喝)하여,

"너희들의 교만한 버릇을 징계(懲戒)하려 하여 전일 너희들의 부인을 잠깐 욕되게 하였으나 극한 죄 없거늘, 어찌 이렇듯 함원(含怨)하여 아직도 산 체하니, 내 너희를 다 잡아 풍도(酆都)로 보내리라. 내 밤이면 천상 벼슬에 다사하고, 낮이면 국가에 중임이 있어 지금껏 천연(遷延)하더니 이제 너희를 잡아옴은 지옥에 보내어 만모(慢侮)한 죄를 속(贖)하려 함이라."

하고, 역사(力士)로 하여 곧 몰아내라 하니, 모두 청령(聽令)하고 달려들거늘 우치 다시 분부하기를,

"너희는 이 죄인을 압령(押領)하여 냉옥(冷獄)에 가두고 법왕(法王)께 주하여 이 죄인들을 지옥에 가두고 팔만겁(八萬劫)이 지나거든 업축(業畜)을 만들어 보내라."

하는지라. 모든 선전관이 경황한 중 차언을 들으니, 혼비백산(魂飛魄散)하여 빌기를,

"저희가 암매(暗昧)하여 그릇 대죄(大罪)를 범하였사오니, 바라건대 죄를 사하시면 다시 허물을 고치리이다."

우치가 양구(良久)에,

"내 너희를 풍도로 보내고 누천년(屢千年)이 지나도록 인세(人世)에 나지 못하게 하였더니, 전일 안면을 고렴하여 아직 놓아 보내나니, 후일 다시 보아 처치하리라."

*이매망량(魑魅魍魎)──── 온갖 도깨비.

하고, 모두 내치거늘, 이때 선전관이 다 깨달으니 한 꿈이라. 정신을 진정치 못하여 땀이 흐르고 심혼(心魂)이 요요(搖搖)하더라.

하루는 선전관이 모두 전일 몽사를 말하니 한결 같은지라, 이러므로 그 후로는 우치 대접하기를 각별히 하더라.

이때 상이 호판(戶判)에게 묻기를,

"전일 호조의 은이 변하였다 하니 어찌된고?"

하니

"지금껏 변하여 있나이다."

상이 또 창고를 물으시니, '다 변한 대로 있나이다'하거늘, 상이 근심하는데 우치가 말하기를,

"신이 원컨대 창고와 어고를 가 보옵고 오리이다."

한데, 상이 허하시니, 우치 호판을 따라 호조에 이르러 문을 열고 보니 은이 예와 같거늘, 호판이 대경하여,

"내가 작일에도 보고 아까도 변함을 보았거늘, 지금은 은으로 보이니 가장 고이하도다."

하고, 창고에 가 문을 열고 보니 쌀이 여전하고 조금도 변한 데가 없거늘, 모두 놀라고 신기히 여기었다.

우치 두루 살펴보고 궐내에 들어가 이대로 상달하니, 상이 들으시고 기꺼워하시더라.

이때에 간의대부(諫議大夫)가 상주하기를,

"호서(湖西) 땅에 사오십 명이 *둔취(屯聚)하여 *찬역(簒逆)할 일을 의논하여 불구에 기병(起兵)하리라 하고, 사자 문서를 가지고 신에게 왔사오니 그 자를 가두고 사연을 주하나이다."

상이 탄하여,

"과인(寡人)이 박덕(薄德)하여 처처에 도둑이 일어나니, 어찌 한심치 아니하리요."

하시며, 금부(禁府)와 포청(捕廳)으로 잡으라 하시니, 불구에 적당을

---

*둔취(屯聚)──여러 사람이 한 곳에 모여 있음.

*찬역(簒逆)──왕위를 빼앗으려는 반역.

잡았거늘 상이 친국(親鞫)하실새, 그 중 한 놈이 아뢰기를,
"선전관 전우치는 주주 과인하기로 신 등이 우치로 임금을 삼아 만민을 평안하려 하더니, 명천(明天)이 불우(不佑)하사 발각하였사오니 죄사무석(罪死無惜)이로소이다."
하니, 이때 우치 문사랑청(問事郞廳)으로 시위(侍衛)하였더니, 불의에 이름이 역도(逆徒)의 초사에 나는지라, 상이 대로하사,
"우치, 모역함을 짐작하되 나중을 보려 하였더니, 이제 발각하였으니 빨리 잡아오라."
하시니, 나졸이 수명하고 일시에 따라 들어 관대를 벗기고 *옥계하(玉階下)에 꿇리니, 상이 진노하사 형틀에 올려 매고 수죄(授罪)하길,
"네 전일 나라를 속이고 도처마다 장난함도 용서치 못할 바거늘, 이제 또 역율에 들었으며 발병하니 어찌 면하리요."
하시고,
"나졸을 호령하여 한 매에 죽이라."
하시니, 집장과 나졸이 힘껏 치나 능히 또 매를 들지 못하고 팔이 아파 치지 못하거늘, 우치 아뢰기를,
"신의 전일 죄상은 죽어 마땅하나 금일 일은 만만 애매하오니 용서하옵소서."
하니,
"주상이 필경 용서치 아니하시리라."
"신이 이제 죽사올진대 평생에 배운 재주를 세상에 전치 못하올지라, 지하에 돌아가오나 원혼이 되리니, 복원 성상은 원을 풀게 하옵소서."
상이 헤아리시되,
"이놈이 재주 능하다 하니 시험하여 보리라."
하시고
"네 무슨 능함이 있기에 이리 보채느뇨?"
"신이 본시 그림 그리기를 잘 하니 나무를 그리면 나무가 점점 자라

* 옥계하(玉階下)——대궐 안의 섬돌 아래.

고, 짐승을 그리면 짐승이 기어가고, 산을 그리면 초록이 나서 자라니 이러므로 명화라 하오니, 이런 그림을 전치 못하옵고 죽사오면 어찌 원통치 않으리까."

상이 생각하시기를,

'이놈을 죽이면 원혼이 되어 괴로움이 있을까.'

하여, 즉시 맨 것을 풀어 주시고 지필을 내리사 원을 풀라 하시니, 우치 지필을 받고 곧 산수를 그리니, 천봉만학(千峰萬壑)과 만장폭포(萬丈瀑布) 산상을 좇아 산 밖으로 흐르게 하고, 시냇가에 버들을 그려 가지 늘어지게 그리고, 밑에 안장 지은 나귀를 그리고 붓을 던진 후 사은하매 상이 묻기를,

"너는 방금 죽일 놈이라. 사은함은 무슨 뜻이뇨?"

우치 말하기를,

"신이 이제 폐하를 하직하옵고 산림으로 들어 여년을 마치고자 하와 주하나이다."

하고, 나귀 등에 올라 산동구에 들어가더니 이윽고 간 데 없거늘, 상이 대경하여,

"내 이놈의 꾀에 또 속았으니, 이를 어찌하리요."

하시고, 그 죄인들은 내어 버리라 하시고 친국을 파하시니라.

이때 우치 조정에 있을 때에 매양 이조판서(吏曹判書) 왕연희(王延喜)가 자기를 시기하여 해코자 하더니 이날 친국시에 상께 참소하여 죽이려 하거늘, 몸을 변하여 왕연희가 되어 추종을 거느리고 바로 왕연희 집에 가니, 연희 궐내에서 나오지 않았거늘, 이에 내당에 들어가 있더니, 일몰할 때 왕공이 돌아오매, 부인과 시비 등이 막지기고(莫知其故)하거늘 우치 말하기를,

"이는 천년된 여우가 변하여 내 얼굴이 되어 왔으니 이는 변괴(變怪)로다."

하니 왕연희는,

"어떤 놈이 내 얼굴이 되어 내 집에 있는가?"

하고 소리를 벽력같이 지르거늘, 우치는 즉시 하리(下吏)를 명하여 냉

수(冷水) 한 그릇과 개피 한 사발을 가져오라 하니, 즉시 가져왔거늘, 우치 연희를 향하여 한 번 뿜고 진언을 염하니 왕연희는 변하여 꼬리 아홉 가진 여우가 되는지라, 노복 등이 그제야 칼과 몽치를 가지고 달려들거늘 우치는 만류하여,

"이 일은 우리집 큰 변괴니 궐내에 들어가 아뢰고 처치하리라."
하고, 아주 단단히 묶어 방중에 가두라 하니, 노복이 네 굽을 동여 방에 가두고 숙직하더라.

왕공이 불의지변을 만나 말을 하려 하여도 여우소리처럼 되고, 정신이 아득하여 기운이 시진하니 그 어찌 할 줄 모르고 눈물만 흘리더니, 우치 생각하되,

"사오일만 속이면 목숨이 그칠까."
하여, 차야에 우치가 왕공 가둔 방에 이르러 보니, 사지를 동여 꿇려 졌거늘 우치는,

"연희야, 너는 나와 평일에 원수 없거늘 구태여 나를 해하려 하느냐? 하늘이 죽이려 하시면 죽으려니와, 그렇지 아니하면 죽지 아니하리니, 네 미혹하여 나라에 참소하고 득총(得寵)하려 하기로 나는 너를 칼로 죽여 한을 설할 것이로되, 내 평생에 살생 아니하기로 너를 용서하나니, 일후 만일 어전(御前)에서 나를 향하여 무고한 짓을 하면 그때는 용서하지 않으리라."
하고, 진언을 염하니 왕공이 의구한지라, 연희 벌써 우치인 줄 알고 황겁하여 재배하고,

"전공의 재주는 세상에 없는지라, 내 삼가 교훈을 불망하리이다."
하고, 무수히 사례하더라.

"내 그대를 구하고 가나니, 내 돌아간 후 집안이 소요하리니, 여차여차하고 있으라."
하고, 우치는 구름에 올라 남쪽으로 가더라.

이런 말을 왕공이 듣고,
"우치의 술법이 세상에 희한하니 짐짓 사람을 희롱함이요, 살해는 아니하도다."

하고, 즉시 노복을 불러 요정(妖精)을 수색하라 하니, 노복 등이 가서 보니 간 데 없거늘 대경하여 이대로 고하니 공이 *양노(佯怒)하여,
 "여 등이 소홀하여 잃도다."
하고, 꾸짖어 물리치니라.
 이때에 우치 집에 돌아와 한가히 돌아다니더니, 한 곳에 이르러 보니, 소년들이 한 족자를 가지고 다투어 보며 칭찬하기를,
 "이 족자 그림은 천하에 짝없는 명화(名畫)라."
하거늘, 우치 그림을 보니 미인도 그리고 아이도 있어 희롱하는 모양이로되, 입으로 말은 못하나, 눈으로 보는 듯하니, 생기(生氣) 유동(流動)한지라. 모든 소년이 보고 흠앙(欽仰)함을 마지아니하거늘 우치 한 계교를 생각하고 웃으면서,
 "그대들 눈이 높아 그러하거니와 물색(物色)을 모르는도다."
 "이 족자 그림이 사람을 보고 웃는 듯하니, 이런 명화는 이 천하에 없을까 하노라."
 "이 족자 값이 얼마나 하뇨?"
 "값인즉 은자(銀子) 오십 냥이니 그림 값은 그림 분수(分數)보담 적다."
 "내게도 족자 하나 있으니 그대들은 구경하라."
하고, 소매에 족자 하나를 내어 놓으니, 모두 보건대 역시 한 미인도(美人圖)라.
 인물이 가장 아름답고 녹의홍상(綠衣紅裳)을 정제(整齊)하였으니, 옥모화용(玉貌花容)이 짐짓 경국지색(傾國之色)이라. 그 미인이 유마병을 들었으니 가장 신기롭고 묘하더라.
 여러 사람이 보고 칭찬하기를,
 "이 족자가 더욱 좋으니, 우리 족자보담 낫도다."
하니 우치는,
 "내 족자의 화려함도 사람의 이목(耳目)을 놀래려니와 이 중에 한층 더 묘한 것을 구경케 하리라."

───────────────

*양노(佯怒)──거짓 노함.

하고, 가만히 부르기를,
"주선랑(酒仙娘)은 어디 있느뇨?"
하더니, 문득 족자 속의 미인이 대답하고 나오니 우치는,
"선랑(仙娘)은 모든 상공께 술을 부어드리라."
 선랑(仙娘)은 즉시 응낙하고 벽옥배(碧玉杯)에 청주를 가득 부어드리니, 우치는 먼저 받아 마시매 동자(童子) 마침 상을 올리거늘, 안주를 먹은 후에 연하여 차례로 드리니, 제인이 받아 먹은즉 맛이 가장 청렬(淸洌)하였다.
 여러 사람들이 각각 일배주를 파한 후 주선랑이 동자를 데리고 상과 술병을 거두어 가지고 족자 그림이 도로 되니, 사람들은 크게 놀래어,
"이는 신선이요, 조화(造化)가 아니라. 이 희한한 그림은 천고에 듣지도 보지도 못하고 보던 바 없느니라."
하고, 기르기를 마지 않더니 그 중에 오생(吳生)이란 사람이,
"내 한번 시험하여 보리라."
하고 우치에게 청하니,
"우리들의 술은 나쁘니 주선랑을 다시 청하여 한 잔씩 먹게 함이 어떠하뇨."
 우치 허락하거늘, 오생이 가만히 부르기를,
"주선랑아, 우리들의 술은 나쁘니 더 먹기를 청하노라."
하니, 문득 선랑이 술병을 들고 나오고 동자는 상을 가지고 나오니, 사람들이 자세히 보니 그림이 화하여 사람이 되어 병을 기울여 잔에 가득 부어드리거늘, 받아 마신즉 향기 입에 가득하고 맛이 기이한지라.
 사람들은 또 한 잔씩 마시니 술이 잔뜩 취하였다.
"우리들은 오늘날 존공(尊公)을 만나 선주(仙酒)를 먹으니 다행하거니와, 또한 묘한 일을 많이 보니 신통함이야 어찌 측량하리요."
하자 그 사람의 말을 들은 우치는,
"그림의 술을 먹고 어찌 사례하리요."

"그 족자를 내가 가지고자 하오니 팔고자 하는가?"
"내 가진 지 오랜지라. 그러나 정히 욕심을 내는 자 있으면 팔려 하노라."
"그럼 값이 얼마나 되느뇨?"
"술병이 천상의 주천(酒泉)을 응하였기로 술이 일시도 없지않아 유주영준하니, 이러므로 극한 보배라 은자 일천 냥을 받고자 하나 오히려 헐하다 하노라."
"내게 누만금(累萬金)이 있으나, 이런 보배는 처음 보는 바이라. 원컨대 형은 내 집에 가 수일만 머무르면 일천금을 주리라."
우치 족자를 거두어 가지고 오생의 집으로 가니, 사람들은 대취하여 각각 흩어지니라.
우치 족자를 오생에게 전하고 말하기를,
"내 명일 돌아올 것이니 값을 준비하여 두라."
하고, 가버렸다.
오생이 술에 대취하여 족자를 가지고 내당에 들어가 다시 시험하려 하고 족자를 벽상에 걸고 보니 선랑이 병을 들고 섰거늘, 생이 가만히 선랑을 불러 술을 청하니, 선랑과 동자 나와 술을 더 권하거늘, 생이 그 고운 태도를 보고 사랑하여 이에 옥수를 이끌어 무릎 위에 앉히고 술을 받아 마신 후 춘정을 이기지 못하여 침석에 나아가고자 하더니, 문득 문을 열고 급히 들어오는 여자가 있었다. 이는 생의 처 민씨(閔氏)라.
위인이 투기에는 선봉이요 싸움에는 대장이라. 생이 어거치 못하더니 금일 생이 선랑을 안고 있음을 보고 대로하여 급히 달려드니, 선랑이 일어나 족자로 들어가거늘 민씨 더욱 대로하여 따라들어 족자를 갈갈이 찢어버리니 생이 대경하여 민씨를 꾸짖을 즈음에 우치가 와서 부르거늘, 오생이 나와 맞아 예필 후 전후수말을 자세히 고하니, 우치 즉시 몸을 흔들어 거짓몸은 오생과 수작하고, 정몸은 곧 안으로 들어가 민씨를 향하여 진언(眞言)을 염하니 문득 민씨 변하여 *대망(大蟒)

---

*대망(大蟒)──이무기.

이 되어 방이 가득하게 하고 가만히 나와 거짓몸을 거두고 정몸을 현출(顯出)하여 오생에게,

"이제 형의 부인이 나의 족적을 없앴으니 값을 어찌하려 하느뇨?"
하매 오생은,

"이는 나의 죄라. 어찌 값을 아니 내리요. 마땅히 환을 하여 주시면 즉시 갚으리이다."

우치는,

"그러나 그대 집에 큰 변괴 있으니 들어가 보라."

오생이 경아하여 방안에 들어와 보니, 문득 금빛 같은 대망이 두 눈을 움직이며 상 밑에 엎드렸거늘, 생이 대경실색하여 급히 내달으며 우치를 보고 이르기를,

"방중에 흉악한 짐승이 있음에 쳐죽이려 하노라."

"그 요괴를 죽이지는 못하리라. 만일 죽이면 큰 화를 당할 것이니, 내게 한 부적이 있으니, 그 부적을 허리에 붙이면 금야에 자연 사라지리라."

하고, 소매 속의 부적을 내어가지고 안방에 들어가 대망의 허리에 붙이고 나와서 오생에게,

"이곳에 경문(經文) 외우는 자 있느뇨?"

생이 말하기를,

"이곳에는 없나이다."

"그러면 방문을 열고 보지 말라."

당부하고, 즉시 거짓 민씨 하나를 만들어 내당에 두고 돌아가니라.

생이 우치를 보내고 내당에 들어오니 민씨 금침에 싸여 누웠거늘,

"우리 집의 여러 천년 묵은 요괴가 그대 얼굴이 되어 외당에 나와 신선의 족자를 찢어버리므로 아까 그 신선이 대망이 스스로 녹을 부적을 허리에 매고 갔으니 족자 값을 어찌하리요."

하고 근심하더라.

이튿날 우치가 돌아와서 방문을 열고 보니 민씨는 그대로 대망으로 있거늘, 우치는 대망을 꾸짖기를,

"네 가군을 없수이 여겨 요악을 힘써 남의 족자를 찢고 또 나를 수욕(羞辱)한 죄로 금사망(金絲網)을 씌워 여러해 고초를 겪게 하렸더니, 이제 만일 전과(前過)를 고쳐 회과천선(悔過遷善)할진대 이 허물을 벗기려니와, 불연즉 그저 안 두리라."

하니 민씨는 고두사죄하거늘, 우치 진언을 염하니 금사망이 절로 벗어지거늘 민씨는 절을 하며,

"선관의 가르치심을 들어 회과하오리이다."

우치 내당에 있는 민씨를 거두고 구름에 올라 돌아오니라.

6. 선비와 술사(術士)

하루는 양봉환(梁奉煥)이란 선비가 있어 어려서 한가지로 글을 배웠더니, 우치 찾아가니 병들어 누웠거늘, 우치 경문(驚問)하거늘,

"그대 병이 이렇듯 중한데 어찌 늦게야 알았느뇨?"

양생은,

"때로는 심통이 아프고 정신이 혼미하여 식음(食飮)을 전폐(全廢)한지 이미 오래니 살지 못할까 하노라."

"이 병세 사람을 생각하여 났도다."

"과연 그러하니라."

"어떤 가인(佳人)을 생각하느뇨? 나는 연장 사십에 여색에 뜻이 없노라."

"남문(南門)안 현동(玄洞) 사는 정씨(鄭氏)라 하는 여자 있으니, 일찍 과거(寡居)하여 다만 시모(媤母)를 뫼셔 사는데 인물이 절색이라. 마침 그 집 문 사이로 보고 돌아온 후 상사(相思)하여 병이 되매 아마도 살아나지 못할까 하노라."

"말 잘하는 매파(媒婆)를 보내어 통혼(通婚)하라."

"그 여자 절개 송죽(松竹) 같으니, 마침내 성사치 못하고 속절없이 은자 수백 냥만 허비하였노라."

"내 형장(兄丈)을 위하여 그 여자를 데려오리라."

"형의 재주 유여하나 부질없는 헛수고만 하리로다."
"그 여자 춘광(春光)이 얼마나 되느뇨?"
"이십삼 세로다."
"형은 방심하고 나의 돌아오기만 기다리라."
하고, 구름을 타고 나가 버렸다.

 차설, 정씨 일찍 과거하고 홀로 세월을 보내며 슬픈 심회를 생각하고 죽고자 하나 임의치 못하고, 위로 노모를 모시고 다른 동기 없어 모녀 서로 의지하여 세월을 보내었다. 하루는 정씨 심신이 산란하여 방중에서 배회하더니 구름 속으로 일위(一位) *선관(仙官)이 내려와 낭성(娘姓)을 불러 왈,
"주인 정씨는 빨리 나와 남두성(南斗星)의 명을 받으라."
 정씨 이 말을 듣고 모친께 고하니, 부인이 또한 놀라 뜰에 내려 복지하고 정씨 역시 복지한데, 선관이 말하기를,
"선랑은 천명을 순수(順守)하여 천상(天上) 요지(瑤池) 반도연(蟠桃宴)에 참여하라."
 정씨는 이 말에 크게 놀래어,
"첩은 인간 더러운 몸이요 또한 죄인이라 어찌 천상에 올라가 옥제 좌하에 참예하리까?"
 선관은,
"최선랑은 인간의 더러운 물을 먹어 천상의 일을 잊었도다."
하고, 소매에서 *호로(葫蘆)를 내어 향온(香醞)을 가득 부어 동자로 하여금 권하니, 정씨 받아 마심에 정신이 혼미하여 인사를 모르거늘, 선관이 정씨를 한 번 가르침에 문득 채운(彩雲)으로 오르는지라.
 이때 강림도령(降臨道令)이 모든 거지를 데리고 저자거리로 다니며 양식을 빌더니, 홀연 채운이 동남으로 지내며 향취 웅비하거늘 강림이 치밀어 보고 한번 구름을 가리키니 운문(雲門)이 열리며 일위 미인

─────────────────────────
*선관(仙官)──선경(仙境)의 관원.
*호로(葫蘆)──호리병박이라는 일년생 만초로써 한여름에 흰 꽃이 피고 중간이 잘록함. 껍질이 단단하여 말려서 그릇으로 씀.

이 땅에 떨어지거늘 우치 대경하여 급히 좌우를 살펴보니 아무도 법술(法術)을 행하는 자 없거늘, 우치 괴이히 여겨 다시 행술(行術)하려 하더니, 문즉 한 거지 내달아 꾸짖어 왈,

"필부 전우치는 들어라. 네 요술로 나라를 속이니 그 죄 크되 다만 착한 일하는 방편을 행하므로 무사함을 얻었거니와, 이제 흉악한 심장으로 절부(節婦)를 훼절(毁節)코자 하니, 어찌 명천(明天)이 버려 두시리요. 이러므로 하늘이 나를 내리사 너 같은 요물을 없애게 하심이니라."

우치 대로하여 보검을 빼어 치려 하더니 그 칼이 변하여 큰 범이 되어 도리어 저를 해하려 하거늘 우치 몸을 피하고자 하더니, 문득 발이 땅에 붙어 움직이지 못할지라. 급히 변신(變身)코자 하나 법술이 행치 못하거늘 대경하여 그 아이를 보니, 비록 의복은 남루하나 도법이 높은 줄 알고 몸을 굴하여 빌어 왈,

"소생이 눈이 있으나 망울이 없어 선생을 몰라 본 죄 만사무석(萬死無惜)이오나, 고당(高堂)에 노모 계시되 권세잡고 감열있는 자 너무 백성을 못살게 굴기로 부득이 나라를 속임이요, 또 정씨를 훼절하려 함이니, 원컨대 선생은 죄를 사하시고 전술을 가르쳐 주소서."

강림 왈,

"그대 이르지 아니해도 내 벌써 아나니 국운이 불행하여 그대같은 요술이 세상에 장난하니 소당은 그대를 죽여 후폐(後弊)를 없이 하겠으나, 그대의 노모를 위하여 특별히 일명을 살리노니, 이제 정씨를 데려다가 빨리 제 집에 두고, 병든 양가에게는 정씨 대신으로 할 사람이 있으니, 이는 조실부모 *혈혈무의(孑孑無依)하나 마음이 어질고 성품이 순할 뿐더러 성이 정씨요, 연기 이십삼 세라. 만일 내 말을 어기면 그대의 몸이 대화를 면치 못하리라."

우치 사례하여 가로되,

"선생의 고성대명(高姓大名)을 알고자 하노라."

기인이 답하되,

＊혈혈무의(孑孑無衣)——홀몸으로 의지가지없음.

"나는 강림도령이라. 세상을 희롱코자 하여 거리로 빌어먹고 다니노라."

우치 가로되,

"선생의 가르치심을 삼가 봉행하리이다."

강림이 요술 내던 법을 풀어내니, 우치 백배사례하고 정씨를 구름에 싸가지고, 본집에 가 공중에서 그 시모를 불러 왈,

"아까 옥경(玉京)에 올라가니 옥제 가라사대 '정선랑의 죄 아직 남았으니 도로 인간에 내보내어 여액(餘厄)을 다 겪은 후 데려 오라' 하심에 도로 데려왔노라."

하고, 소매에서 향온을 내어 정씨의 입에다 넣으니, 이윽고 깨어 정신 차리거늘, 시모 정씨에게 선관의하던 말을 이르고 신기히 여기더라.

차시 우치 강림도령에게 돌아와 그 여자 있는 곳을 물으니 강림이 낭중(囊中)으로 환형단(環形丹)을 내어주며 그 집을 가리키거늘, 우치 하직하고 정씨를 찾아가니 그 집이 *일간초옥(一間草屋)이요, 풍우(風雨)를 가리지 못하더라.

이에 들어가 보니 한 여자 시름을 띠고 홀로 앉았거늘 우치 나아가 달래어 말하기를,

"낭자의 고단하신 말씀은 내 이미 알았거니와 이제 청춘이 삼칠(三七)을 지낸 지 오래되 정혼(定婚)치 못하고 외로운 형상이 가긍한지라, 내 낭자를 위하여 중매하리라."

하고, 환형단을 먹인 후 진언을 염하니 정과부의 모양과 일호(一毫) *차착(差錯)없이 되는지라. 우치 왈,

"양생이란 사람이 있는데, 인물이 가장 아름답고 가산도 부유하나, 정과부의 재색을 사모하여 병이 들었으니 낭자 한 번 가 이리이리 하라."

하고, 즉시 보를 씌워 구름타고 양생의 집에 이르니, 우치 거짓 정씨를 외당에 두고 내당에 들어가 양생을 보니 생이 물어 가로되,

───────────────────────────────

*일간초옥(一間草屋)──── 한 칸밖에 안 되는 작은 초가집.
*차착(差錯)──── 어그러져서 순서가 틀리고 앞 뒤가 서로 맞지 않음.

"정씨의 일이 어찌 된고?"
우치 왈,
"정씨의 행실이 빙설같기로 일인을 못하고 왔노라."
생이 말하되,
"이제는 속절없이 죽을 따름이로다."
하고, 탄식함을 마지아니하니 우치 갖가지로 조롱하여 왈,
"내 이제 가서 정씨보담 백배 나은 여자를 데려왔으니 보라."
한데 양생 왈,
"내 미인을 많이 보았으되 정씨같은 상은 없나니 형은 농담 말라."
우치 왈,
"내 어찌 희롱하리요. 지금 외당에 있으니 보라."
양생이 겨우 몸을 일으켜 외당에 나와보니 적실한 정씨거늘 반가움을 측량치 못한데 우치 왈,
"내 진심갈력(盡心竭力)하여 낭자를 데려왔으니 가사를 선치(善治)하고 잘 살라."
하니, 양생이 백배사례하더라. 우치 양생과 이별하고 돌아가더라.
선시(先時)에 야계산(耶溪山)중에 도사(道師) 있으니 도학이 높고 마음이 청정(淸淨)하여 세상 명리를 구치 아니하며, 다만 박전(薄田) 다섯 이랑과 화원(花園) 십 간으로 세월을 보내니 이곳 지상선(地上仙)이라. 성호(姓號)는 서화담(徐花潭)이니 나이 오십오 세에 얼굴이 연화(蓮花) 같고 양안(兩眼)은 추수(秋水) 같고 정색은 *돌올(突兀)하더라.
우치 서화담의 도학이 높음을 알고 찾아가니 화담이 맞아 가로되,
"내 한번 찾고자 하더니 누사(陋舍)에 왕림하시니 만행이로다."
우치 일러 칭사하고 한담하더니 문득 보니 일위선생이 들어와 가로되,
"좌상에 존객이 뉘시뇨?"
화담 왈,

---

*돌올(突兀)──높이 솟아 오똑함.

"전공(田公)이라."

하고 우치에게 말하기를,

"이는 내 아우 용담(龍潭)이로다."

우치 용담을 보니 이목이 청수하고 골격이 비상한지라 용담이 우치에게 말하되,

"선생의 높은 술법을 들은 지 오래더니, 오늘날 만나보니 행이어니 와 청컨대 술법을 한번 구경코자 하노니 아끼지 말라."

하고, 구구히 간청하거늘, 우치 한번 시험코자 하여 진언을 염하니 용담의 쓴 관이 변하여 쇠머리 되거늘 용담이 노하여 또 진언을 염하니 우치의 쓴 관이 변하여 범의 머리 되는지라. 우치 또 진언을 염하니 용담의 관이 변하여 백룡되어 공중에 올라 안개를 피우거늘, 용담이 또 진언을 염하니, 우치의 관이 변하여 청룡이 되어, 구름을 헤치고 안개를 발하여 쌍룡이 서로 싸워 청룡이 백룡을 이기지 못하고 동남으로 달아나거늘, 화담이 비로소 웃고,

"전공이 내 집에 오셨다가 이렇듯 하니 내 어찌 무례치 않으리요."

하고, 책상에 얹힌 연적을 한번 공중에 던지니, 연적이 변하여 일도금광(一道金光)이 되어 하늘에 퍼지니 두 용이 문득 본관이 되어 땅에 떨어지는지라, 양인이 각각 거두어 쓰고, 우치 화담을 향하여 사례하고 인하여 구름을 타고 돌아오니라.

화담이 우치를 보내고 용담을 꾸짖어 말하되,

"너는 청룡을 내고 저는 백룡을 내니 청(淸)은 목(木)이요, 백(白)은 금(金)이니, 오행(五行)에 금극목(金克木)이라. 목이 어찌 금을 이기리요. 또 내 집에 온 손이라. 부질없이 해코자 하느뇨?"

용담이 다만 칭사하고 가장 노하여 우치를 미워하는 뜻이 있더라. 우치 집에 돌아온 지 삼일 만에 또 화담을 찾아가니 화담이 가로되,

"그대에게 청할 말이 있으니 좋을쏘냐?"

우치가,

"듣기를 원하나이다."

하자, 화담은 가로되

"남해(南海) 중에 큰 산이 있으니 이름은 화산(華山)이요, 그 산중에 도인(道人)이 있으되, 도호(道號)는 운수선생(雲水先生)이라. 내 젊어서 글을 배웠더니, 그 선생이 여러 번 서신으로 물었으나, 회서(回書)를 못하였더니, 전공을 마침 만났으니 그대 한번 다녀옴이 어떠하뇨?"

우치 허락하거늘, 화담 왈,

"화산은 해중에 있는 산이라, 수이 다녀오지 못할까 하노라."

우치 가로되,

"소생이 비록 재주 없사오나 순식간에 다녀오리이다."

화담이 믿지 아니하거늘, 우치 미심에 업신 여기는가 하여 노하여,

"생이 만일 못 다녀오면 이곳에서 죽고 살아나지 않으리라."

화담이 말하되,

"연즉 가려니와 행여 실수할까 하노라."

하며, 즉시 글을 닦아 주거늘, 우치 즉시 받아가지고 해동청(海東靑) 보라매 되어 공중에 올라 화산으로 가더니, 해중에 이르러서는 난데없는 그물이 앞을 가리었거늘, 우치 높이 떠넘고자 하니 그물이 따라 높이 막았는지라. 또 넘으려 하되 그물이 하늘에 닿았고, 아래로 해중을 연하여 좌우로 하늘을 덮고 있으니 갈 길이 없어 십여 일 애쓰다가 할 수 없이 돌아와 화담을 보고 웃으며,

"화산을 거의 다 가서 그물이 하늘에 연하여 갈길이 없삽기로 모기되어 그믈 틈으로 나가려 한즉 거미줄이 첩첩하여 나가지 못하고 왔나이다."

하자, 화담이 웃어 말하기를,

"그리 큰 말을 하고 가더니, 다녀오지 못하였으니 이제는 산문(山門)을 나가지 못하리로다."

우치 황겁하여 닫고자 하더니, 화담이 벌써 알고 속이려 하는지라, 우치 착급하여 해동청이 되어 달아나니, 화담이 수리되어 따를새, 우치 또 변하여 갈범이 되어 닫더니, 화담이 변하여 청사자(靑獅子)되어

물어 엎지르고 가로되,

"네 여러 가지 술법을 가지고 반드시 옳은 일을 위하여 행하니 기특하나, 사특(邪慝)함은 마침내 정대함이 아니오. 재주는 반드시 웃길이 있나니, 오래 이로써 세상에 다니면 필경 파측(叵測)한 화를 입을지라. 일찍 광명(光明)한 세상에 돌아와 정대한 도리를 강구함이 옳지 아니하뇨. 내 이제 태백산(太白山)에 대종신리(大倧神理)를 밝히려 하오니 그대 또한 나를 좇음이 좋을까 하노라."

우치 말하되,

"가르치시는대로 하리이다."

화담이 인하여 각각 집에 돌아와 약간 가사를 분별한 후, 우치 화담을 모시고 태백산 배달 밑에 청사를 얽고 임검(壬儉)으로부터 오는 큰 이치를 강구하여 보배로운 글을 많이 지어 석실(石室)에 감추니, 그 후일은 세상 사람이 아지 못하나, 일찍 강원도 사는 양봉래라 하는 사람이 단군(檀君) 성적(聖跡)을 뵈오려 하여 태백산에 들어갔다가 화담과 우치 두 분을 보고 돌아올새 두 분이 이르되,

"우리는 이리이리하여 이곳에 들어와 있거니와, 그대를 보니 잠시 언행(言行)이 유심한산(有心閑散)한 줄 알지라. 내 전할 것이 있노니 삼가 받들라."

하고, 비서(秘書) 몇 권을 주니, 봉래 받아가지고 나와 정성으로 공부하여 그 오묘한 뜻을 통하고, 가만한 가운데 도통(道統)을 전하니, 한두 가지 드러나는 일이 있으나, 세상이 다만 신선(神仙)의 도로 알고, 봉래 또한 밝은 빛이 드러날 때를 기다릴 뿐이요, 화담과 우치 두 분이 태백산 중에서 도 닦으시는 일만 세상에 전하니라.

朴文秀傳

1. 박어사가 구천동 인민을 신도로 다스린 일

조선 영조(英祖)시대에 박문수는 유명한 남도어사였다. 재향과 덕망이 조야에 충만하더니 이때에 호서적(湖西賊) 이인좌(李麟佐)와 영남의 정희량(鄭希亮)등이 군사를 일으키어 난리를 일으킬새, 상여 안에 병기를 싣고 청주에 들어와 병사 이봉상과 영장 남연평을 죽이고 안성(安城)의 청룡산상에 진을 치는 것이었다. 봉조하 최규서가 변을 고하매, 영묘조(英廟朝) 대경하사 박문수를 명하여 난적을 토벌한 후 오히려 백성의 근심을 보찰하사 특별히 박문수를 명하여 팔도 암행어사로 제수하시니, 박문수가 고두사은하고 수의사모로 팔도에 암행할새 폐의파립에 죽장망혜로 행운유수를 따라 한강이남 경기, 충청, 경상도로 시작하여 수령방백의 행정득실과 각동 각리의 인민정황을 수색한 후에 전라도로 들어갈제 일면 덕유산(德裕山)속으로 들어가니 덕유산이라는 곳은 남방의 유명한 장산이란 골짜기가 심히 깊으매, 봉만이 중첩하여 주야사시에 운수가 끊이지 아니하고 시랑등 맹수가 배회하니 거기 사는 백성 이외에는 나는 새라도 함부로 출입을 못하는 곳이었다. 박어사가 긴 골짜기 오솔길로 밟아들어 가니 어언간 해는 서산에 떨어지고 황혼이 스미어 오는데 심산궁곡에는 길이 없어지고 울울창창한 수림사이에서 짐승들의 울부짖는 소리만이 들리어 오는 것이었다. 무주공산에 종일을 방황하던 박어사였다. 그는 기갈이 자심하여 낙엽위에 엎드려 있었더니 그의 앞쪽에 등잔불이 은은히 비치거늘 박어사는 한편 기쁘고 한편 졸리기도 하여 등불을 찾아 들어가니 천만 의외에 인가가 즐비한 엄연한 대촌이었다. 이때는 이미 야심하여 집집이 문을 닫고 만리가 고적한데 한 골목에 당도하니 창 밖으로 등불이 비치매 방안에서 사람의 소리가 괴이하게 들려왔다. 어사가 크게 놀라 한옆으로 피해 창틈으로 엿들으니 늙은 사람 하나가 단도를 빼어 들고 누운 사람의 배위에 올라 앉아서 칼로 찌르려 하며,

"이놈 죽어라!"

"이놈 죽어라!"
"죽어라!"
소리를 연발하는데 누운 사람은 다만,
"죽겠습니다."
하는 말뿐, 다른 말이 없었다. 어사는 정신을 진정하여 기침을 크게 하고 창문을 두드리며 주인을 부르니 방안이 괴괴하매 이윽고 주인이 나와 영접하였다. 어사또 주인을 따라 방안에 들어서니 누웠던 이는 없어지고 단도를 가지고 행흉(行凶)하려 하던 사람뿐이었다. 어사는 좌정한 후에 자기의 성명과 거주를 통하며 길을 잃고 들어온 시말을 말하니 늙은 사람이 만면 수색으로 대답하기를,
"저의 성은 유씨요 이름은 안거입니다."
하고, 깊이 탄식하고 한숨을 쉬더니 안으로 들어가 반과(飯菓)를 가지고 나오는 것이었다.

어사는 치사하며 밥상을 받은 후에 주인의 내력을 자세히 물으니 유안거라고 성명을 밝힌 주인이 즐거이 제 진상을 밝히기를 꺼리었다. 박어사가 간곡히 반문하니까 그제야 자기의 전후시말을 차례로 말하였다. 본적은 경성이었고 그의 아내 최씨와 더불어 세 살된 아들 득주 하나를 데리고 덕유산 아래로 낙향한 지 열두 해에 득주의 나이 장성하였다. 그리하여 무주(茂朱)의 김정언의 질녀와 더불어 성취시켰으나 가계는 앉아 먹는 판이라 점점 어려워가기만 하였다. 마침 이 여 동리의 구화선이라는 사람의 소개로 이곳으로 이사하여 오늘날까지 학구로 종사한 지 십여 년이었다. 이곳의 환경은 사방 육십 리가 무인지경이다. 토인이 개척한 지가 어느시대인지 이상하나 다만 구가와 천가 두 성바지가 전하여 거주함으로 이 동리 이름을 구천동이라 칭찬하였다. 구천동 백여 호에 내집 하나 섞이어 사는 것이나 양성(兩姓)의 학채 수입으로 처음 들어올때 보다는 생활 정도가 풍족하다 하였다.

박어사는 다시 묻기를,
"내 주인께 오늘 저녁의 일을 묻고저 하니 일야지정이 만리성이라

주인은 모름지기 은휘하지 마시오. 아까 창 밖에서 내가 들을 때 주인이 소년을 대하야 행흉코저 함은 어찌한 연고인고?"
유안거가 놀라며 말이 없더니 한참 후에 말하였다.
"공이 이미 알고 있는데야 어찌 말하지 아니하리요. 그 소년은 곧 나의 아들 득주니, 이웃에 천운거라 하는 자가 있어 저의 재종질녀를 취하여 며느리를 삼으니 그 아들의 이름은 천동수라 하지요. 천운거의 집이 본시 난잡하여 동수의 처가 부정한 행실이 있은 지 오래인데 이웃이 다 알고 있는 사실이었지요. 불의에 내 자식 득주와 이번에 간통하였다는 것으로 천운거의 부자가 서로 꾀하기를 제집 부녀가 실행하였음은 일문의 수치인지라 그 혐의를 보복코자 하여 유가의 집 부녀를 탈취하여 옴이 가하다 하고 내 집에 통지하였는데, 그 내용이 해괴하기 그지없었지요. 내용인즉 내 아내 최씨는 천운거가 탈취하고 나의 자식 득주의 아내는 천동수가 탈취하되 혼례의 정당한 예식을 좇아 같은 날에 성례할 것이라 하며 혼수와 잔치를 연일 준비하는 것이 아니겠소. 혼례일은 곧 내일이라 하니, 오늘밤을 지나면 부자가 내집에 와서 신부를 내어 놓으라고 할 것이니 강약이 부동으로 저의 하자는 것을 아니 좇지 못할 것이 아니겠습니까? 그 욕됨을 앉아서 당하는 것보다는 차라리 한칼로 나의 자식을 죽이고 나의 아내를 죽인 후에 나도 마저 이 밤 안으로 죽어서 저들의 강포함을 피하고자 하니 이곳에서 잠시도 머무르지 못할 것이니 이 길로 멀리 인간처로 떠나서 급한 화를 면해야 할 것이외다."
박어사는 또 다시 묻되,
"명일 혼례하는 시간이 어느때쯤이라 합니까?"
"신시 초가 되리라고요."
"이곳에서 가장 가까운 관청이 얼마나 되겠소?"
"본군 관부가 서남으로 칠십 리 상거라 하더이다."
박어사는 흔연히 유안거의 손을 잡고 말하기를,
"주인은 염려 말고 있으면 내 이길로 나갈 것이며 명일 신시가 되기

전에 좋은 소식을 전하리다. 부디 안심하시오."
유안거가 영문을 몰라 다시 묻되,
"공의 말은 믿을 수 없지 않소. 부질 없이 남의 집으로 하여금 수욕을 당하게 하는 것이나 아닐까요?"
박어사가 다시금 두세 번 타일러 안돈시킨 후에 즉시 구천동을 떠나서 서남 방면으로 향하여 가는데 침침칠야에 수로를 무릅쓰고 봉학을 넘어 칠십 리 무주읍에 당도하니 날이 이미 밝아오는 것이었다. 그 고을에 노문(路文) 출두를 할 것이었으나 당황한 중에 어찌 체면을 차리리요.
불문곡직하고 삼문 앞에 뛰어들어가 마패를 친히 잡고 암행어사 출두를 불렀다.
벽력같은 마패소리가 무주읍을 진동하니 육방이 뒤집히고 사린이 소요하여 본읍군수는 잠결에 일어나서 혼비백산 도망가는데 역졸이 모여들면서 공방을 호령하니 본읍 관속이 차례로 현신하여 어사를 영접하여 객사로 모시거늘 박어사는 일변 좌정하여 본관을 청하여 보니 본관의 성명은 임해진이라 하는 사람이었다. 이때 군수가 혼비백산하여 들어오는데 박어사는 본관을 대하여 초두에 묻는 말이,
"본 고을에 재인광대의 수효가 얼마이뇨?"
하였다. 본관은 겁결에 육방을 지휘하여 우열을 불문하고 부하의 광대를 대령케 하니 그 수효가 대단히 많았다. 어사가 호령하여,
"땅 재주 잘 하는 자만 선택하여라."
하매, 본관이 광대를 시켜 삼문을 뛰어넘게 하매 그 길반가량의 삼문을 뛰어 넘는지라 분부하여 그중에서 효용이 절륜한 자로 네 명을 골라 놓은 후에 지필을 친히 잡고 군복 다섯 벌을 견본으로 그림 그리어 본관을 내어 주며 화본에 의지하여 군복을 짓되 오색을 각각 나누어 시각내로 들여라 하고 호령하였다. 본관이 황망하여 받아보니 복색이 심히 흉한지라 관하를 지명하여 오색 군복을 즉시 바치게 하니 그때에야 어사는 본관의 경동하였음을 안위한 후에 네 명 광대로 하여금 군복을 영거하고 덕유산중으로 향하였다. 해는 이미 높이 솟았었다.

이때 유안거는 어젯밤 과객의 말을 반신반의하나 *권구(眷口)에 대하여 그때에 차마 하수치 못하고 날이 점점 밝아오매 천운거의 집에서 혼구를 준비하여 자기집 대청을 수리하고 교배청을 벌이는지라 유안거가 이 거동을 보고 진작 죽지 못한 것을 한할 뿐이었다.

 오정이 다가오매 천가의 집 부자가 떼를 지어 들어오매 내정으로 돌입하여 늙은 최씨 부인과 그 며느리 김씨 부인을 붙잡아 앉히고 지분으로 다스리는 것이었다. 유씨 일문이 황황망조하여 어쩔줄을 모르더니 정한 시간 임박하매 천가의 노소가 천운거의 부자를 옹위하고 들어오는데 두 사람의 복색이 일반으로 머리에 사모를 쓰고 허리에 각띠 했으며 발에 수혜를 신고 차례로 앞뒤에 마당을 밟아 들어오니 구천동 백여 호가 일시에 모여 드는 것이었다. 다투어 구경하며 서로 말하기를,

 "이와같은 혼례는 우리 인간에 처음 있는 일이로다."
하고, 탄식해 마지 아니하였다. 신랑 두 사람이 교배청에 이르러 천운거는 좌편에 서고 천동수는 우편에 서서 목안을 차례로 돌리며 신부가 나오기를 재촉하였다. 이때 홀연히 마당 한가운데서 구경하던 사람이 물결같이 갈라지며 일위 신장이 황포 황감에 황모복월을 비끼어 들고 지진동 사황기를 높이 들고 엄연히 걸어 들어오는 것이다. 보는 자들이 모두 황겁하여 한옆으로 비켜서며 감히 눈을 들어 바라 보지도 못하는 것이었다. 그 신장 엄연히 교배청으로 들어가 중앙에 좌정하더니 손에 가진 황모복월로 교배상을 벽력같이 한 번 치며,

 "동방 청제대장군!"
하고 크게 부르니, 그 소리가 일변 떨어지며, 공중에서 청령하는 소리가 산곡이 진동하면서 일위 신장이 마당 가운데로 떨어지니, 청건청의(靑巾靑衣)에 청룡기를 높이 들고 각항저방 심미기를 응하여 좌청룡 동방에 비켜서는 것이었다. 중앙 신장이 다시 복월로 땅을 치며,

 "서방 백제대장군!"
을 부르니, 여전히 공중에서 청령하는 소리가 일어나면서 일위 신장

*권구(眷口)——한집에 사는 식구.

이 마당으로 떨어지며 백호기를 높이들고 규필체류 위묘삼을 옹하여 우백호 서방으로 완연히 서는 것이었다. 중앙신장이 다시 황모복월을 높이 들어 교배상을 치면서,
"남방 적제대장군!"
을 부르니, 청령 소리 다시 공중에서 일어나며 일위 신장이 떨어지는데 적건 적의(赤巾赤衣)에 주작기를 높이 들고 정귀 유성 장익진을 응하여 남주작 남방으로 서는 것이다. 중앙신장이 다시,
"북방 흑혜대장군!"
을 부르니, 여전히 흑건 흑의(黑巾黑衣)의 한 일위 신장이 현무기를 높이 들고 두우녀 허위실벽을 응하여 북현무 북방으로 서는 것이 아닌가. 사방 신장들이 방위를 정한 후에 중앙 신장이 소리를 높이 질러 말하였다.
"나는 중앙 황제대장군으로서 옥황상제의 명을 받아 이곳에 이르렀도다. 상제께서 말하시기를 무주 구천동 오늘 신시 초에 괴악한 무리 두 사람이 있으니 그 사람을 잡아 바치라 하시기로 내 제위신장을 불렀노니, 사방신장은 합력하여 이중에 사모관대한 두 사람을 잡아 갈지어다."
하니, 사방신장이 일제히 청령하며 교배상 앞에 허재비 같이 서 있는 천운거와 천동수 두 사람을 문 밖으로 잡아 내어 독수리 같이 몰아가는 것이었다. 이날 유안거의 집에 모여 있던 남녀노소가 신장의 위엄을 보고 다 각기 도망하여 제집 방안으로 들어가서 숨어 있으매 미처 도망하지 못한 자는 혼이 빠져서 천지를 분별치 못하였었다.
이때 천운거의 부자를 잡아간 사람은 곧 박문수 어사이었다. 본읍에서 데리고 온 광대 네 명에게 군복을 입히어 유안거의 집을 사방으로 뛰어 넘어 들어가서 천운거의 부자를 압령하여 나오다가 구천동 삼십 리 밖에 나와서 광대를 호령하여 천운거의 부자를 때려 죽이어 깊은 산골에 파묻은 후 광대를 각기 후히 상주어 돌려 보내고 박어사는 그 길로 나서서 전라도를 다 본 후에 서북사도를 차례로 암행하고, 경성으로 돌아와 성상께 아뢰어 배복하니 성상이 기꺼워 하사 박문수

의 직품을 높이어 정이품을 하사하시고 내직으로 선용하였었다. 삼년이 지나가매 남방이 병화 이후에 인정이 오히려 요요한 바 있어 다시 박문수를 명하사, '삼남 수의어사'로 파송하시니, 영남삼도를 시찰케 되었다.

그의 발길은 자연 전라도 덕유산 아래에 이르렀다. 박어사 연전에 구천동 들어갔던 일을 문득 기억하니 어언간 십 년이 되었다. 유안거의 그후가 어찌되었는가 알고 싶은 생각이나 유리걸객의 모양으로 다시 구천동에 들어가니 이왕에 보지 못하던 와가 한 채가 반공에 솟아 있었다. 박어사가 의아하여 와가로 찾아가니 십년면목이 의희하기도 하나 주인의 성명이 곧 유안거였다. 박어사는 마음속에 크게 반가워 하였으나 유안거야 어찌 박어사를 알 수 있으리요. 밤이 늦은 후에 박어사는 유안거를 대하여 그후의 일을 물으니 그가 대답하기를,

"내 이곳에 들어온 지 십칠 년이오이다. 들어온 후 오늘에 이르기까지 동리청년을 가르치었으나 처음에는 공급이 넉넉지 못하더니 십년전에 이곳 호인 구천양성이 재물을 합자하여 이집을 지어 나를 주며 그후부터 주민 백여 호가 매년 수확 중으로 내 집에 진공하는 것이 적지 아니하여 그 수입에서 해마다 남는 것을 저축하여 토지를 매수한 것이 수백 석에 지나나 오히려 주민의 진공은 해마다 증가되어 가기만 하니 가세가 자연히 풍족하여졌습니다."

하였다. 박어사는 다시 묻기를,

"어찌하여 십 년 이래로 주민이 군의 집을 위하여 진공하였던고?"

"내 일찍이 신도(神道)라는 것을 믿지 아니하였었지요. 그런데 이곳에서 그것을 믿지 아니치 못할 일이 생겼습니다. 이곳 토민을 도와 그 일을 목도하였으니까요. 십 년 전에 내집과 이곳 천가의 집 사이에 불미한 관계가 있어서 내집이 곤욕을 당하고 집안이 장차 멸망하게 되었었지요. 그때 우연히 하늘에서 옥황상제께서 오위신장을 내려 보내시어 내집과 혼란이 있던 천가 두사람을 잡아 올려가신 후로 오늘날까지 시체도 내려오지 않지 뭡니까. 그 일로 본토민들이 대경실색하여 서로 경계하되 저 집은 곧 하늘이 아는 집이니 감

히 존경치 아니치 못하리라 하면서 서로 다투어 발기하여 내 집을 위하여 동중에 갑제(甲第)를 지어 주며 연년이 진공을 융숭히 하니 내 스스로 생각하기를 내가 무슨 덕이 있어 하늘의 이와 같은 은혜를 받는고 도리어 두려운 마음이 생겨 이곳 토민의 자제들을 정성껏 가르치매 지금 이곳 신진 청년은 십 년 전 이곳 사람에 비하면 문명한 사람들도 많이 있습니다."

박어사는 다 듣고,

"상제(上帝)의 은혜를 감사할 뿐입니다."

하며, 다시는 말이 없이 그 이튿날 구천동을 떠나오게 되었다.

박어사는 남방을 진무(鎭撫)한 지 수개 년에 수의사또(繡衣使道)를 하직하고 내직으로 다시 올라가니 그후로부터 사방이 태평하여 인민이 안도하고 조정에 일이 없게끔 되었다.

영조께서 한가하실 때에 노련한 제신들을 모아 각기 평생의 경력을 말해보라 하고 하교 하시니 박문수 옆에 모시고 있다가 덕유산에 들어가 구천동을 다스린 일과 유안거의 전후의 말을 주달하니 영묘조 이르시되,

"그후에 유안거를 다시 만났을 때에 어찌하여 상제의 은혜를 말하고 경의 일은 말하지 아니하였느뇨?"

"신이 그때에 신의 일을 말하면 신이 구천동구를 나서지 못하고 죽는 것은 고사하고 유가의 일문이 망하면 그다음 구천동 인민이 다시 화액지망이 될 것입니다. 만일 오늘 이 자리가 아니면 평생에 어찌 개구하리이까?"

상감 이하로 제신이 모두 박문수의 도량을 절찬하여 마지 아니하였었다.

이러한 일로 미루어 보건대 근일 과학자들이 전기의 전리를 발명하여 전기가 발동하는 교대에 충동되는 물질이 *최절됨을 깨달은 연후로는 죄지은 사람을 하늘서 벽력으로 벼락치는 이치가 없는 줄로 생각하나, 그러한 이치가 아주 없다고는 못할 것이다.

─────────
*최절──── 좌절(挫折). 억눌러 제어함.

2. 남궁노 군수가 시비로 삼아 딸을 시집보낸 일

　삼한시대 변한국에 진주국 창원군수 석진은 본래 금주사람으로 나이 사십이 넘어 상처하였다. 그 죽은 부인의 소생은 팔 세된 딸 하나 뿐이었는데 이름을 계향이라 하였다. 부인 생전에 부리던 시비(侍婢) 춘매로 양랑(養娘)을 정하니 춘매의 나이 계향소저보다 다섯 해가 더했다. 그래 둘은 일동일정(一動一靜)에 서로 떠나지 못하고 친히 지내었다. 이때 석진군수의 치적(治蹟)이 공평하였으므로 공정에 일이 없었더니, 하루는 내아(內衙)에 들어가 그 딸 계향을 무릎위에 앉히우고 글도 가르치며 혹은 춘매와 장난을 시키더니 계향이 뜰앞으로 내려가서 공을 치는데 춘매가 받아서 한번 차매 공이 굴러 뜰앞 깊은 굴로 들어가는 것이었다. 춘매는 그 굴속에 팔을 디밀어 공을 꺼내려 한즉 굴이 깊어 능히 꺼내지 못하였다.
　군수가 곁에서 보다가 계향에게 말하였다.
　"저 공으로 하여금 스스로 굴 밖에 나오게 할 도리가 없겠느뇨?" 하니, 계향이 한참 생각타가 춘매로 하여금 물 한 통을 길어다가 그 굴에 부으니 공이 물위에 뜨는 것이었다. 다시 한 통 물을 더 부우니 공이 물에 떠내려가거늘 군수가 그 딸의 영인 지혜함을 보고 매우 기꺼워하였다. 그후로 석진군수는 창원현에서 불의의 변을 당하여 환곡 쌓은 창고에 불이 일어나서 하루 낮밤 사이에 천여 석의 환미가 다 타서 없어져 버리었다. 그 사유를 정부에 보하매 변한왕(卞韓王)이 대로하여 즉시 석진을 삭탈관직하고 환곡 손해로 일천오백 냥을 배상하게 하니 석진은 본시 청백한 관원으로 평일에 저축한 바 없었으니 어찌 이렇게 많은 배상을 담당할 수 있으리요. 가산을 탕진 방매하여도 태반이 부족하였다. 석진군수는 이 일로 인하여 심화병으로 십여 일만에 세상을 이별하였다. 이때의 국속(國俗)이 관원 법도는 그 사람의 재산을 불입하여 부족되는 것은 가족으로 하여금 관비나 사비(私婢)를 물론하고 노복으로 공매하여 범포된 금액을 징수하는 법이었다.

이때 석진의 가족은 다만 계향과 춘매 두 사람뿐이나 드디어 몰수되어 장차 공매에 붙이게 되었다. 그때 마침 그 지방에 진도라고 하는 사람이 있었다. 일찍이 창원현의 백성으로 중죄에 관련되어 삼년동안이나 미결수로 옥에 갇히어 있더니 석진군수가 도임하여 진도의 죄를 다스릴 때 진도의 원통함을 알고 상부에 고하여 진도를 무죄석방하였던 것이다. 진도가 옥에서 나와 바로 석진군수의 하해같은 은혜를 갚고자 하여 주야로 마음에 잊지 아니하였다.
　이때 석진군수가 불의의 변을 당하여 그 가족을 공매에 붙인다는 말을 듣고 공매장에 들어가니, 계향과 춘매의 몸값을 아끼지 않고 내어 주어 자기집으로 데리고 돌아와 자기 부인을 돌아보며 말하는 것이었다.
　"내 평생에 잊을 수 없는 석진군수의 은혜를 오늘에야 만분의 일이라도 갚게 되었소."
하고, 먼저 계향을 가리키며,
　"이 소저는 곧 석진군수 노야의 따님이니 노야께서 이 고을에 오래 계시다가 불의의 변을 당하여 범포액의 부족으로 석소저를 몰입하여 공매에 붙였기로, 내 속신하여 왔으매 또 저 춘매는 석소저의 시비이니 그댁 식구라 하여 역시 몰입되겠기로 함께 속신하였으니 그대는 모름지기 석노야의 은혜를 생각하여 춘매와 더불어 소저를 존중히하여 모시되 만약 장성하기 전에 그댁 친족이 있어 찾으시면 다행이어니와 그렇지 못하면 장성한 후에 어진 배필을 구하여 상당한 문호에 출가시키면 노야의 혼령이라도 기꺼워하시리라."
　노파가 소저를 맞이하여 상좌에 앉히며 지난날의 군수의 은혜를 치하하였다. 계향은 아직 나이 어린 계집 아이였으나 워낙 영리하고 총명한 아이라 일어나 부인께 절하며,
　"천한 몸을 거두어 문하에 두실진댄 수양녀로 정하여 주심을 바라옵니다."
하니 옆에 있던 진도가 황망히 소저의 절하는 것을 금지하며 말하되,
　"소인은 곧 선노야(先老爺)의 자민(慈民)이요, 소인의 목숨은 선노

야께서 주신 바이라 어찌 감히 노야의 따님으로 수양녀라 하리요. 소저께서 이렇게 하시오면 이 늙은 사람의 바라는 마음을 끊고저 하심이니 소저는 깊이 생각하소서."

하고 아뢰었다. 계향소저는 다시금 청하였으나 부득이 진도의 하라는 대로 좋을 수밖에 없었다. 이후로 진도의 집 상하가 일반으로 계향소저를 가리켜 석소저라 부르며 석소저도 진도의 부처를 대하여 진공이라, 진파라 하였으나 오히려 이집 진파의 마음에는 항상 충분치 못한 기색이 엿보였으니, 그 충분치 못한 진파의 마음에는 자기 평생에 일점혈육이 없어 남의 자녀둔 것을 늘상 부러워하던 차에 뜻밖에 계향을 데려오매 수양녀로 정하여 목전에서 부모소리를 듣고 싶었는데, 주인 진도의 고집으로 인하여 도리어 주객의 예를 분명히 차리게 되니 그의 마음에 십분 불쾌히 지내게 되었다. 그러나 진도는 소시로부터 상업에 종사하는 사람이라 매양 밖에 있는 날이 많으므로 진파의 기색을 살피지 못하고 한갓 외방으로 돌아다닐 때에도 의복감과 식료품을 부치되 석소저의 소용은 특별히 좋은 것으로 가리어 보내어 집에 돌아오면 반드시 석소저의 안부를 먼저 물으니 진파의 가슴속에는 불평한 마음이 점점 깊어가는 것이었으나 다만 주선하는 가운데서 어찌할 수 없어서 진도를 대하는 때만 외면에 화평한 기색을 띠었으나 진도만 집에 없으면 석소저에 대한 대우가 현저히 감해지는 터이었다. 한번은 진도가 멀리 떠나 수 년을 돌아오지 않았다. 이때 진파가 항상 마음에 맺혀 있던 감정이 발로가 되어 꽃피고 열매가 맺게 되었으니 그러한 마음의 표현은 분함과 시기의 두 가지 감정의 표현이었다. 첫째 분한 마음은, 제가 몸이 팔린 바에 어디를 가든지 남의 집 노비감인데 다행히 내집으로 속량하여 왔으니 우리집의 노비라 하여도 과언이 아닌 터에 일층 제몸을 높이었고 나의 수양녀로 정하면 늙은 때에 비로소 부모의 칭호나 들을까 하였더니 천만부당의 기왕의 신분의 존비차서를 베풀매 도리어 내몸을 굽혀서 저를 섬기게 되었음이요, 그 다음 시기하는 마음이 생겼으니 주인이 반드시 집에 들어오거나 외방에서 편지할 때면 소저의 안부부터 하는 것이니 그것이 질투·시기의 근본이 되었던 것이었다. 이와 같이 진파의 미움을 여러 모로 알고 있는 석소저의 가련한 신세는 일구월심으로 한이 깊어가는 것이었다. 인정은 고금일반이었다. 비록 사나이라 하여도 집과 몸이 터무니 없이 망하여 외로운 종적을 남의 집에 의탁하고 있으면 자연히 주인에 대한 눈치라 하는 것이 없지 못할 터인데 하물며 계향은 십여 세 된 여아로 제몸이 팔리우는 마당에 다행히 진도의 주선에 힘입어 진도의 집에 들어오게 되니 바깥주인의 후한 대우를 받기도 하나 내집에서 석노야의 생전에 귀염 받던 일에 대하면 한결 눈치라 하는 것이 아주 없지 아니하였었다. 더구나 불평만만한 진파의 앞에서 지루한 세월을 다섯 해나 보내니 그동안에 원운수우(怨雲讐雨)에 싸여 있는 심사야말로 무엇으로 표현하리요.

처음에는 진파의 마음 속에 어려운 눈치였고 그 다음에는 그의 얼굴에 나타나는 기색이었더니 그 기색이 밖으로 점점 발현되는 동시에 진파의 혀끝으로 쏟아져 나오게끔 되어서였다. 처음 몇 번은 시비 춘매를 보고,

"너는 세도집 종년이 되어 그러냐?"

하는 등으로 치다가,

"오 너야말로 누군가 했더니 우리 집의 상전 석소저아씨의 시녀로구나?"

이렇게 못을 박기도 하였다. 그러나 그것은 다 초기의 일이었고 한참 가서는 진파의 독한 말이 직접으로 석소저의 몸에 미치기 시작하여 어느 때는,

"여보 작은아씨 이리 좀 건너오오."

하기도 하고, 심지어 악독한 말로 냅다 쏠 때면

"이 계집아이, 저 계집아이……."

해가며,

"남의 집 종으로 팔려갈 뻔한 종년이 아니냐?"

하고 꾸짖기도 일쑤였다. 이에 석소저는 자기 신세를 자탄하며 남모르는 눈물을 흘린 적이 한두 번이 아니었다. 그 이듬해 정월에야

진도가 비로소 집에 돌아오니 일변 석소저의 안부를 물으며 진파 이하 집안 사람의 그간의 정황을 살피어 볼새 사오십 년 풍상에 단련된 진도의 눈에 집안 일이 어찌됐다는 것을 모를 리 없었다. 일변 석소저를 불쌍히 여기고 일변으로 진파를 악한 계집으로 생각하나, 풀을 치매 배암이 놀랄까 두려워하여 비밀히 진파를 대하여 사리에 당연한 말로 개유하니, 진파는 사내 말을 두려워하여 외면으로 석소저를 처음과 같이 대우하나, 어찌 진가(眞假)의 형적이 드러나지 아니하리요. 이때 진도가 생각기를, 석소저의 나이 이미 십오 세나 되었음을 반기어 어진 배필을 택하여 성혼시키고자 하였다. 첫째로 석소저의 백년을 부탁함이요 또는 자기의 처음 먹었던 뜻을 시종이 여일하게 성취하려 함이다. 그 다음은 제 집안의 풍파가 자연히 휴식되리라 생각함이었다. 그리하여 혼처를 열심히 구하여 보았으나 합당한 곳이 없어 반년 동안이나 미루어 오는데, 한갓 진파의 마음이 처음과 같이 화평함을 기꺼워하던 차에 가을 바람이 높으매 상업에 종사하는 곳이 되어 다시 외방으로 향하게 되었다. 그는 진파를 대하여,

"석소저를 잘 보호하여 달라."

하고 신신당부하였다. 그리고 그날도 떠나갔었다. 진파는 진도의 멀리 떠남을 보고 가슴속에 잠복했던 화염이 천만길이나 다시 일어나나 *백령백리(百伶百俐)한 석소저에게 직접적으로 대하여서는 별로 약점을 말할 것이 없으매 애매한 춘매에게 대하여 매일같이 잘잘못을 불이불문하고 함부로 꾸짖는 말이 별의별 말이 다 많더니 공교로이 하루 아침엔 춘매가 세숫물을 너무 일찍이 떠놓았으므로 진파가 세수할 시간엔 물이 이미 다 식어서 차갑게 되어 버렸다. 진파는 발연대로하여 춘매를 불러 한나절이나 어지러이 두들기었다. 석소저가 춘매의 매맞는 광경을 바라보매 살을 에는 듯한 고통과 아픔을 느끼지 않을 수 없었다. 그도 진파 앞에 나아가 공손한 말로 만류하였다. 그럴수록 진파의 노기는 더욱 충천하여 춘매와 소저를 떠밀어 물리치고 제집 하인배를 호령하는 것이었다.

---

*백령백리(百伶百俐)――여러 가지 일에 민첩함. 모든 일에 영리함.

"저 석가 여자 두 년이 집에 들어와 스스로 교만하거니와, 원인은 내집에 팔려온 계집아이인 것을 주인이 높인 데서 온 것이니 어찌 저희들을 상전 대우하리요. 다음부터는 석소저라 이르지 말고 계향이라 부르라. 만일 거행을 잘못하면 저 춘매모양 단단히 맞으리라."
하며, 종일 꾸짖기를 마지 아니하였다. 이날 진도에게서 전인하여 보낸 사람이 있어 봉물한 짐과 편지 두 장을 전하였다. 한 장은 진파에게 온 것이었다. 진파의 편지 사연에는,

'보내는 봉물은 곧 석소저의 혼수감이니 방으로 받아들여 잘 간수하면 남은 말은 내가 십여 일 후에 도착하겠기로 적지 아니하노라.'

이를 읽은 진파의 마음은 불에다 섶을 던진 것모양 더욱 맹렬한 기세로 타오르기 시작하였다. 그는 계향에게로 온 봉물을 제방으로 끌어 들이고 다시 계향의 방으로 쫓아 들어가더니 계향의 상자를 낱낱이 열어 놓고 기왕에 진도로부터 온 봉물을 낱낱이 꺼내어 제방으로 들여오며 석소저와 춘매를 지탄하며 떠들어 대는 것이었다.

"너의 두 식구가 내 집에 들어와 오륙 년간을 호의호식한 것도 과만하거든 이와같은 능라금수를 너를 위하여 내어 주리요."

그리하여 방안에 놓아 두었던 이부자리며 베개까지 거두어 가지고 들어가는 것이었다.

이날 석소저는 다만 눈물을 흘릴 뿐이었다. 진파가 이날 밤에 조용히 생각해 보니,

'진도가 돌아올 날이 머지 아니하고나. 만일 진도가 돌아와 계향의 일을 안다면 결코 나를 용서치 아니하리라. 진도가 돌아오기 전에 저 두사람의 형적을 없애 버리는 것이 상책이다.'

하고, 계교를 생각하다가 한밤내 잠을 이루지 못하였다. 이튿날 이웃의 장파라는 늙은 할미를 청하여 오니, 그의 나이 칠십여 세였다. 전부터 그 여인은 인물 매매하는 거간꾼으로 이 지방에서 이름난 여인이었다. 진파는 장파를 대하여,

"계향과 춘매가 오륙 년 동안이나 내 집에서 꼬박 얻어 먹고 호의호

식하였지요. 그들 아이를 당초에 *속량하여 올 때에 몸값을 도로 찾으면 하루바삐 내 문정에서 내어 보내려 하였으나 여의치 않았소이다. 지금 어디든지 원매할 곳이 있거든 처리해 주시오. 내 신세는 후히 갚으리다."
하니 장파는 크게 기뻐하며,
"그것 참 묘하게 되었소이다. 지금 이 고을 사또께서 무남독녀 외딸을 진해부윤 자제와 결혼케 되어 이미 혼구가 다 준비되었으나 교전비(轎前婢)가 없어 곤란을 겪고 있는 판국이니…… 내 시비 구하는 책임을 요새 맡았거든요. 만일 계향이 같은 아씨를 진짜로 팔기만 한다면야 사또께서 천금을 아끼지 않으시리다. 속량 대전보다 몇 배 더 받아드리리다."
하고 회초리까지 치니, 진파의 안색에 희색이 만면하였다.
장파가 한참만에 다시 입을 열었다.
"내 생질되는 아이가 이미 나이 이십이 넘었는데도 아직 장가 전인데 춘매로 하여금 내 조카에게 허락하겠소?"
진파가,
"그것이야 못할 게 있어요? 우선 계향이만 처치하여 주시면 춘매쯤이야 손바닥을 뒤집는 것보다 더 쉬운 일이 아니겠소."
진파는 만면에 희색이 충일하여 돌아가게 되었다. 본시 이 고을 군수의 성명은 남궁노이니 지금의 진해부윤 고달이란 사람과 동문수학한 벗이었다. 서로 벼슬길에 나선 이후 서로 백 리 밖에서 다스리는데, 그 다스리는 관할이 지경이 접하여 있었다. 고달부윤은 두 아들을 두었는데 맏아들은 고만민이요 두째는 고억민이었다. 형제가 두 살 차이이며 인물이 잘났었다. 형이 나이차매 매파를 남궁군수 댁에 보내어 청혼하니 남궁군수는 슬하에 열일곱 살 나는 따님 한 분 뿐이었다. 이름이 서경이니 재모가 겸전하고 장중보옥 같이 길러 왔었다.
그러나 고부윤의 청혼은 안성맞춤이라, 드디어 허혼하여 고만민의 배필이 되게 하니 길일을 택하여 시월중순으로 정하였었다. 그러나

*속량──종을 풀어 주어 양민(良民)이 되게 함.

다만 서경이 곁에 딸려 보낼 교전비가 없어 장파를 불러,
 "나이 우리아기와 비슷하며 총명영리한 아이만 구해오면 천금을 아끼지 아니하리라."
하고 부탁하니, 장파가 신바람이 나던 판이었다. 불과 수일에 장파가 들어와 계향을 천거하니,
 "몸 값은 백오십 냥만 내시오."
하고 청하매, 군수가 직석에서 몸값을 지불하였다. 이때 장파가 계향의 몸값을 받아 진파에게 전하고 장차 계향이 보낼 행구를 마련하는데 교자를 갖고와 밖에 머무르게 하고 장파가 계향의 방에 들어가서 계향을 나가자 독촉하니 계향이 어찌된 일인지 영문을 몰라 다만 춘매와 더불어 서로 붙잡고 슬피 울기만 하는 것이었다. 장파가 곁에서 이 광경을 보다가 부드러운 말씨로,
 "울기는 왜 우느냐? 이길로 내아에 들어가서 사또 슬하의 작은아씨를 잘만 섬기면 네몸은 평생에 부귀를 겸하여 누리리라."
하니, 석소저가 울음을 그치고 놀라 물었다.
 "그게 웬 말인가?"
장파 대답하되,
 "지금 이 고을 사또께서 그 따님을 위하여 교전비를 구하기로 주인 진파가 너를 보내기로 허락하고 이미 몸값까지 다 받았으니 아니 가지는 못하리라."
 계향이 할 수 없어 춘매와 이별하고 교자에 오르니 춘매가 하늘을 우러러 애통하는 모습은 차마 볼 수 없는 정경이었다. 석소저가 이미 본현의 내아에 이르니 남궁군수의 온 집안은 계향의 아름다움을 보고 대경하며 또 약간 괴이쩍게 여기기도 하였다. 남궁군수가 계향의 이름을 묻고
 "이름이 심히 아름답구나?"
하고, 고치지 아니하고 그대로 부르게 되었다. 이때 장파가 내아에서 나와 집에 들어가 춘매를 데려다가 저의 생질 정갑룡과 불일 성례시키니 춘매는 할수없이 정갑룡과 부부가 되었다. 슬프다, 계향은 한

번 서경소저의 시비로 들어간 후로 앞에 당한 직책을 *여공불급 않게 해치우며 시중에 열중하였으나 이왕 지난날의 자신의 신분을 생각하면 어찌 한심한 생각이 없으리요. 하루는 뜰앞에서 먼지를 쓸기 위하여 나가더니 홀연히 빗자루를 멈추고 하염 없이 눈물을 흘리고 섰었다. 이때 마침 남궁군수가 내아에 들어와 있다가 영창 틈으로 계향의 우는 양을 보고 괴이히 여기어 계향을 불러 우는 사유를 물으니, 계향이 더욱 울기를 그치지 아니하며 즐겨 말하지 아니하였다. 남궁군수는 이상하여 재삼 질문하니 그제서야 계향이 꿇어 앉아 말하는 것이었다.

"어렸을 때에 춘매라 하는 시비와 더불어 저 뜰앞에서 공을 치다가 공이 굴러서 뜰앞 구멍 속으로 들어갔었지요. 저의 선친께서 소비를 보고 어찌하면 저 공이 스스로 땅위로 나오게 할 수 있느냐 하시기로, 소비는 춘매로 하여금 물 두통을 길어다 구멍에 부어 넣게 하였삽더니, 공이 물에 떠서 나오지 않겠어요. 선친께서 비로소 소비의 영리함을 기꺼워하시더니 지금 뜰을 쓸다 보오니, 그때 보던 구멍은 그대로 있으나 소비의 집은 몰락영성하여져서 현재의 소비의 가련한 신세를 생각하고 자연히 눈물이 나옴을 금치 못하겠나이다. 저의 행실을 용서하여 주시옵소서."

남궁군수는 계향의 행동이 평소에 양반의 집 규수와 같다고 여기었더니 과연 연고가 있었고나 하고,

"네가 어인 연고로 이뜰에서 노닐었더냐?"
하고 물었다.

"소비의 부친은 육년 전에 이 고을 군수였던 석진군수이온데, 불행히 환곡의 화난으로 인하여 손해 배상타가 인하여 병들어 죽었삽고 공금의 부족으로 소비는 공정에 몰입되었었습니다. 다행히 진도란 분의 속량을 입어 그집에 잘하고 있었더니 부인 진파의 미움으로 오늘에 이르렀사옵니다."

군수 그 말을 듣고 보니, 계향의 몸가짐이 매우 의젓했고 고인의 딸

---

*여공불급──시키는 대로 실행하지 못할까 하여 마음을 졸임.

일뿐더러 동관의 애중한 따님이요 석진은 청환(淸宦)으로 이름이 있었던 사람이라, 평일에 사람을 대하면 매양 석진의 치적(治績)을 들어 말하였더니 그의 따님을 대하여 고인을 대면한 듯하여 군수는 자기 부인을 돌아보며,

"이 아이는 고인 석군수의 딸이라 내 듣고 보지 못하였다면 모르겠거니와 하늘이 저를 불쌍히 여기시어 내 집으로 보내셨으니 붙잡아 주지 아니하면 하늘의 뜻을 배역함이라, 석진이 황천에서 나를 어찌 생각하리요?"

하고, 즉시 여아 서경을 불러 연치를 따져 자매의 의를 맺게 하니 부인이 다시 계향의 등을 어루만지며,

"진작 알지 못하였으므로 너로 하여금 시비의 하대를 받게 하였으니 어찌 불안치 아니하랴. 이후로는 너의 자매가 의좋게 지내기를 바란다."

하며, 온집안 사람에게 이를 발표하니 계향을 높이어 석소저라 부르게 하였다. 다시 딸 서경의 시비 없음을 한탄하다가 군수가,

"내 좋은 도리가 있다."

하고, 즉시 편지를 써서 고달부윤에게 보내었다. 고달부윤의 집에서는 장자 만민의 혼사를 정한 후에 길한 날이 가까워 오며 집안 내외가 분주히 지내는 중에 규수 집으로부터 편지가 이르거늘, 고달부윤이 받아보니 그 글월에 다음과 같이 적혀 있었다.

번다한 이야기는 우선 줄이오며 아들을 장가 들이고 딸을 시집 보내는 것은 부모의 기쁜 마음이나 내 몸을 놓고 남을 붙잡는 것은 높은 선비의 고명한 뜻이라. 근일에 딸자식을 위하여 시비를 구하였으니 이름은 계향이라, 계향의 위인이 용모 단정하고 거지(擧止)안상하여 마음에 항상 기꺼이 여기었더니 그 아이의 시말을 알아본즉 폐군 전동네 석진의 딸이라, 일찍이 석진은 청렴한 관원이었더니 불행히 환미를 태움으로써 관직은 빼앗기고 몸이 망한 후에 그 가속을 공매하게 되매, 이 아이도 역시 몰입되어 한 천한 집으로 팔려

갔다가 이번에 내 집으로 들어오니 동관의 자식은 곧 나의 자식이라 이 아이로 어찌 내 딸의 시비를 명하리요. 인하여 내 자식과 자매의 인연을 맺게 하였으며 그 아이 역시 비녀 찌를 나이가 되었으매 내 딸로 하여금 이 아이보다 먼저 시집 보내는 것은 동관사이에 부끄러운 일이기에 먼저 석가 여아를 위하여 사람을 구한 연후에 내 딸의 혼사를 마치고저 하니 바라건대 영랑(令郎)의 길일을 늦추어 후일을 기다리게 하소서. 남궁노는 재배하노라.

고달 부윤이 보기를 다하고 재삼 생각하더니 문득 말하기를,
"남궁노의 처사함은 과연 장한 일이다. 내 어찌 저 일에 대하여 남궁노에게 좋은 일을 저 혼자 하게 하리요."
하여, 곧 답장을 남궁군수집으로 부치게 하니 그 글월에는 다음과 같이 씌어 있었다.

답장 올립니다. 만민은 남궁공의 따님과 아름다운 인연이라 하나 오늘 슬퍼하는 것은 대개 뜻이 서로 같음이라. 형은 동관 딸로서 내 딸을 삼을새 어찌 내 마음으로써 형의 마음을 본받지 못하리요. 편지의 사의(詞意)를 재삼 번복하매 고인의 생각이 간절하오이다. 석가 여아도 곧 청렴한 동관의 혈맥이라 문벌이 상당하니 원컨대 석가 여아로 하여금 나의 자부로 허락하시어 이왕 정한 길일에 예를 마치게 하고, 형의 영애는 다시 높은 문호를 가리어 탄복지재를 구하시면 거의 두편이 다 편리할까 하옵니다. 예전에 거백옥이 홀로 군자되기를 부끄러워하였으니, 지금 형의 높으신 의를 나누어 저에게 붙이시기를 바라는 바입니다. 고달은 배복하노라.

남궁군수가 이 답장을 보매 고달부윤의 의거를 십분 짐작하고 내아에 들어가 부인을 향하여 고부윤의 편지와 사리를 의논하더니 부인이 말하였다.
"어찌 내딸의 이미 정한 연분을 바꾸리요만 계향의 혼사를 정한 후

에 곧 서경의 혼인을 의구히 지내는 것이 가한가 하옵니다."
하고, 일변 고달부윤의 집 내아로 보내는 편지를 쓰니, 남궁군수의 부인과 고달부윤의 부인은 서로 친가의 척분이 있을 뿐 아니라 어렸을 때에 이웃에서 살아 생장하였으므로 평일에도 서한 왕복이 빈번하던 터이었다. 이날 혼인에 대한 편지를 고달부인의 내아에 부치었으니 그 내용은 대강 이러하였다.

간단히 적사오매 의탁이 없는 규수에게 장가드는 것은 비록 높은 의리라 하겠으나, 이미 정한 연분을 고치는 것은 대의에 어그러짐이라. 우리 아가 영랑과 더불어 아직 금실의 낙을 이루지 아니하였으나, 일찍 월로의 연을 맺어 길기가 머지 아니한지라 금일에 홀연히 영랑의 집으로 하여금 일찍 정한 연분을 버리고 다른 사람을 취하게 하는 것은 예법에 틀림이요 소녀의 집으로 하여금 정한 사위를 놓고 새로이 사위를 구하면 남의 시비를 면치 못할까 합니다. 바라건대 존문에서는 세 번 생각하시어 반드시 기왕 정한 언약을 좋게 하소서. 창원내아 석성은 근배하오이다.

고달부윤의 부인이 이 편지를 보고 부윤에게 의논하니 부윤이 그 사의를 듣고 부끄러운 빛을 띠며,
"내 창졸간에 미처 생각지 못하고 실례함이 적지 않도다. 내 다시 생각하니 남궁노의 집 혼사에 못한 생각이 있도다."
하고, 부인을 권하여 남궁군수 집의 답장을 써서 보냈으니 회한에 하였기를,

딸로서 딸을 바꾸게 함은 내 집에서 의를 중히 여김이요, 이왕 연분을 끊고 다른 연분을 취함을 즐겨아니함은 존문에서 예법을 지킴이겠습니다. 저의 집에 둘째 아이 있어 나이 바야흐로 십칠 세가 된지라 바라건대 영애는 저의 장남과 그대로 혼인을 이루게 하며 석가 여아는 저의 차남 억민에게 허락하시면 아름다운 신랑과 아름다

운 신부가 쌍으로 인연을 이루어 일동일정에 백 년을 같이 하게 하옵소서. 혼구도 별로히 준비할 것 없고 길기(吉期)도 같은 날이 아름답다 하오니 모름지기 천성을 비추어 굽혀 좇으시고 다른 날을 다시 택하지 마시옵소서. 진해내아 김성은 경복하나이다.

남궁군수 이때 부인과 같이 앉아 고부윤의 회서를 기다리고 있었더니 급기 사의를 보매 반가움을 이기지 못하여,
"고달의 집 의기는 천고에 뛰어나리로다."
하고, 드디어 혼수를 나누어 의복과 패물을 한가지도 차등이 없이 장만하여 놓고 길일을 기다리어 고부윤집 신랑을 쌍으로 맞아 들이어 일문내에서 교례하고 우례하여 보내는데, 길에서 보는 사람마다 남궁군수와 고달부윤의 의기를 칭송치 않는 이 없었다. 이날 남궁군수 부처는 섭섭한 마음을 이기지 못하여 밤이 깊도록 잠을 이루지 못하더니 그밤 새벽에 꿈을 꾸니 사모관대한 일위 관원이 엄연히 앞에 와 이르되,
"나는 이 고을 전 군수 석진이라. 불행히 이 고을에서 죽은 후에 상제께옵서 나의 청렴함을 불쌍히 여기어 불러 올리시와 나로 하여금 천계(天界)에 모시게 하더니 공의 높은 의를 들어 혈혈무의인 나의 딸을 건지어 주옵기에 그 사유를 상제전에 주달하였더니 상제께옵서 특별히 공의 유덕을 생각하사 공에게 아들 하나를 지시하사 공의 문호를 빛나게 하시었나니라!"
하며 표연히 사라지는 것이었다. 그후 과연 남궁군수 부인이 오십 이후에 아들을 얻으니 이름을 탄석이라 하였다. 탄석이 점점 자라서 저의 부모 생전에 마한으로 들어가 벼슬이 영상에 이르고 고달부윤의 두 아들도 본국에서 동방급제하여 부귀가 한때에 혁혁하였다.
그것은 그렇다고 하고 진도가 집에 돌아오니 석소저와 춘매가 다 없는지라 진파에게 물으니 진파 변명이,
"두 계집아이가 야밤 도주하였지 뭐요······."
하고 대답하였다. 진도가 마침내 곧이 듣지 아니하고 그 후에 본 고

을 사또의 양녀로서 고부윤의 며느님이 되었다는 소문을 듣고 대경하여 춘매의 소식을 물으니, 그는 정갑룡과 부처의 은애가 이미 깊어서 서로 떨어지지 못하는 처지이었다. 진도가 고달부윤의 집에 찾아와서 진파의 죄를 대신하여 사과하고 춘매의 일을 알리니, 고달부윤이 곧 춘매와 정갑룡을 불러 들여 집사람을 삼고 진도를 후히 상주니 진도는 그 상을 받지 않고 진파의 불량함을 깊이 한하여 진파를 다시는 돌아보지 아니하고 다른 곳으로 가서 젊은 계집을 얻어 동거하다가 아들 형제를 낳으니 이것이 모두 적선한 결과임은 말할 것도 없겠다.

3. 배진국공이 평생에 인정 승천한 일

중국 한문제(漢文帝) 때에 세도로 한창 유명하던 등통이라는 신하가 있으니, 문제가 나면 반드시 등통으로 뒤를 따르게 하며 들어오매 등통으로 함께 거처하니 임금의 은총이 바로 비할 바 없었다. 이때 관상 잘 보는 허부라는 사람이 등통의 상을 보고 말하였다.
"한때 부귀도 극족하나 다만 종리문이라고 이름하는 주름살이 입으로 들어갔으니 필경은 굶어 죽기를 면치 못하리라."
하고 관상을 보는 것이었다. 문제께서 이 말을 들으시고,
"등통의 부귀는 내게 달리었는데 누가 등통으로 하여금 곤궁케 하겠는가?"
하고, 드디어 서측 동광(銅鑛)을 등통에게 내어 주어 돈을 부어 쓰게 하니 등통의 부함이 나라와 견줄만하였다. 한번은 문제가 우연히 부스럼이 생기어 고름이 터져 나오게 되었는데 등통이 입을 대고 빨아대니 문제께서 상쾌함을 신기히 여기시어, 마침 황태자가 들어오는 것을 보고 문제께서,
"부스럼을 어디 빨아보아라······."
하고 하교하니, 황태자가 말하기를,
"지금 막 생선회를 먹었삽기로 감히 옥체에 가까이 하지 못하겠나이다."

하고 나가 버리었다.
　문제가 탄식하며 말하였다.
　"지정(至情)은 부자간보다 두텁다."
하니, 등통의 지정이 부자간의 애정보다 더하였음을 말한 것이었다. 등통에 대한 은총을 가히 알 만하였다. 황태자가 그 말을 듣고 은근히 등통을 미워하였다. 그후에 문제가 붕어하고 황태자가 즉위하시니 그가 곧 한경제였다. 인하여 등통의 죄를 다스리는데, 국화(國貨) 위조범으로 몰아 등통의 재산을 국고에 넣고 등통은 빈 방에 가두어 음식을 끊게 하니 등통이 과연 굶어 죽었다. 또 한경제때 출장입상하여 기세가 일세를 휘두르던 주아부도 종리문이 입으로 들어간지라, 경제가 주아부의 위엄이 너무 굉장함을 꺼리어 황실범으로 죄를 얽어서 옥에 가두니 아부는 분함을 이기지 못하여 먹지 아니하고 죽으니, 이 두 사람은 부귀가 혼천동지하였으나 얼굴에 나타난 흠절로 인하여 상가(相家)의 술법 속에서 죽었었다. 그러나 모 상서(相書)에 그렇지 아니한 귀절이 있으니, 저 사람의 얼굴을 상보는 것이 저 사람의 마음을 상 봄만 못하다 하니 이는 무엇을 말함인가, 가령 상등 부귀의 상을 타고난 사람이라도 남에게 적악을 하면 자기의 복을 감하는 수가 있으며 지극히 흉악한 상을 타고난 사람이라도 심지가 단정하고 남에게 적선을 많이 하면 만화위복하는 수가 있으니, 이것은 이른바 의정승천이요 상법이 맞히지 못함은 아니었다. 이런 사람의 경력으로 증거를 말해볼 것 같으면 당나라 때에 배도라 하는 사람이 있으니 이 사람이 역시 종리문이 입으로 들어간 사람이었다. 어려서부터 집안이 가난하여 사방으로 표박하여 다니다가 향산사란 절에 들어가 우연히 그 절 우물 곁에서 삼조보대 한 개를 주웠다. 배도는 생각하기를,
　　'이 주운 물건을 내가 이용하면 남의 이익을 덜어서 내게 보탬이니
　　어찌 차마 그러한 일을 행하리요.'
하고, 드디어 그 곁에 앉아서 물건 잃어버린 사람이 나타나기를 기다리더니, 얼마 후에 젊은 부인이 하나 울면서 와서 말하는 것이었다.
　"첩의 늙은 아이가 불행히 옥에 갇히어 있는데 첩의 집에서 세전하

는 삼조보대를 옥리에게 바치면 아이의 죄를 속하여 준다 하옵기로 그 물건을 가지고 이 절로 지내다가 부처님 앞에 축원 차로 우물에 와서 세수하다가 보대를 빠뜨렸으니 누구든지 주운 이 있거든 내어 주시면 늙은 아이를 구하여 내겠는데…… 이것 큰일났습니다."
하고 울상이 되는 것이었다. 배도가 혼연히 보대를 내어주니 그 부인이 혼연히 치사하고 갔었다. 그후 관상하는 사람이 이 배도를 보고 놀라 말하였다.
"그대의 상모가 변해 버렸습니다. 지금은 굶어 죽을 상이 아니니 무슨 은덕을 끼친 일이 있습니까?"
배도가,
"별일이 없는데요."
하고 대답하니, 관상사 다시 묻는 것이어서 배도가 가만히 생각하니 아흐레의 향산사 일이 생각나는지라
"그곳에서 삼조보대를 주인에게 돌려 주었지요."
하고 말하니 상사(相師)가,
"그일은 남에게 한낱 적선이라, 후일에 부귀를 가히 다 겸할 것입니다."
하였더니, 과연 배도가 그후 당나라의 정승이 되고 팔십장수를 하였으니 배도의 평생에 은덕을 끼친 일이 비단 이 일뿐이 아니었다. 당나라 헌종 원화 십삼 년에 배도가 군사를 거느리고 회서의 폭도 오원제를 쳐서 파하였는데 이후로부터 배도의 위엄이 세계에 진동하여 각처의 폭도가 자연히 없어진 것이어서 당시의 제왕이던 헌제가 배도를 시켜 영의정을 삼고 그 공을 높이어 진국공을 봉하였다. 배진공이 내각 의자를 점령한 후 당나라의 형세가 대치하여 사방에 일이 없으니, 헌제가 매양 교일하여 정치에 방해되는 일을 많이 행하였다.

배도는 여러번 상소하였으되 헌제가 듣지 아니하고 간신 황보박이 배도를 모함하여 혁명당의 영수라 지칭하니, 헌제가 점점 배도를 의심케 되어갔었다. 배도는 그후로 입을 봉하고 조정 일을 말하지 않기로 결정하였다. 자연히 울울 불락하여 자기 사저에서 기악으로 매일

을 소견하니, 사방에서 부윤군수가 배진공을 위로하여 가무와 신물이 당대에 절등한 계집이면 서로 값을 아끼지 아니하고 다투어 구하여 배진공 문하에 바치는 것이었다. 이때 진국부 만천현에 소아라는 계집아이도 배진공 문하에 올라와 있으니, 배진공은 미처 그 계집 아이의 시말을 아지 못하고 있었다. 본시 소아의 성은 황가인데 만천현 황진사의 딸로서 일찍이 본 고을 당벽이라는 사람과 혼인하기를 약정하였으나 그때에 소아의 나이 너무 어리어 성례치 못하였더니, 그후로 신랑될 당벽이 우연히 초사로부터 외임으로 다니게 되매 처음에 팔주 용종현위로 재임하였다가 다시 월주회계승으로 전근되니 어언간 황소아의 혼사는 점점 늦어만 가게 되었다. 그동안 소아는 자연히 장성하여 모양이 커갈수록 절묘하게 보였었다. 항상 웃는 얼굴은 조안화가 이슬을 머금어 있고 버들가지에 물오르듯하는 몸은 형산백옥을 깎아 세운 듯하였는데 겸하여 음률이 정통하였다. 황소아의 이름이 널리 알리어졌음은 다시 말할 것도 없었다. 이때 진주자사가 당대에 일등가는 미색을 구하니 진주자사 역시 배진공의 문하에 바치고저 함이었다. 그 지방에서 소아의 색태가 초등함을 듣고 만천 현령에 촉탁하여 소아를 구하라 하니 만천현령이 회보하였다.

"소아의 자색과 가수는 당대에 돋보이긴 하오나 다만 당시 태학사의 딸이오라 구할 도리가 없습니다."

이에 자사는 만천현령을 친히 찾아보고 말하였다.

"세상의 일은 돈이 있으면 귀신을 능히 부리는지라 내 황금 삼십만으로써 소아의 몸값을 줄 터이니 만천은 모름지기 수고를 아끼지 마라."

만천이 상관의 위촉을 항거할 수 없어 그후로 소아를 구하기에 치중하였으나 마침내 좋은 도리가 없어 그 동안에 몇몇 사람을 황진사의 집에 보낸 바 있었다. 그때마다 황진사의 격절한 거절을 번번이 당하였다. 마천현령이 한번은 직접으로 황진사 집에 나가서 소아의 일을 의논하였더니 황진사가 그 딸을 이미 일찍이 당벽에게 허혼한 일을 이야기하였다. 현령이 마침내 황진사의 고집함을 보고 근심하던 중 자사의 독촉이 나날이 심하여 마음의 조급함을 이기지 못하여 필경은 절욕투항하는 마지막 수단을 쓰는 것이었다. 이날은 청명가절이니 황진사집 일행이 삼십 리가 더되는 선영에 성묘를 가게 되었다. 홀로 소아를 집에 머물러 두었다는 말을 듣고 현령이 친히 건장한 관채 십여 인을 거느리고 황진사집 내정에 돌입하여 소아를 붙잡아 교자에 실은 후에 풍우와 같이 진주자사에게로 보내니, 자사가 소아의 몸값 삼십만금을 즉시 만천현으로 보내었다. 이때 황진사집 노소가 집에 돌아와 보니 소아가 없는지라 온 집안이 황황 망망하여 사방으로 사실해 보니 만천현령의 겁박함을 입어 지금 진주부사에 있다고 하였다. 황진사가 즉시 진주부에 들어가서 자사를 보고 전후 실정을 고하여 소아를 내어 달라고 하다가 필경은 자사의 촉노한 거절을 당하고 망연히 집으로 돌아오니 만천현령이 소아의 몸값 삼십만금을 보내 주었다. 그것은 그렇다 하고 당벽이 회계승직에서 과만이 되어 장차 어느 곳이든지 전근되게 되었다. 이때를 당하여 소아와의 혼사를 성취함이 적당하다, 생각하고 황씨집에 가서 친히 의논하리라 하고, 장인 황진사를 찾아가니 황진사가 창연히 눈물을 흘리며 당벽에게 말하였다.

"한미한에서 혼사를 치르기로 약속했음이 불행했도다."

하며, 인하여 규수를 능히 보전치 못하고 진주자사의 겁박을 당하여 규수로 하여금 배진공의 집에 들여보낸 시말을 일장 설명하였다. 당벽이 이 말을 듣고 분한 마음을 이기지 못하여 황씨집을 떠나 경사로 올라가니 당벽의 마음에는 이길로 올라가서 기어이 기왕 인연을 찾고자 함이었다. 만천현으로 서경사에 가는 길은 수로로 통하는 길이었다. 당벽이 배에 올라가서 삼 일 만에 더욱 기막힌 일을 당하게 되니 소아의 몸값 삼십만금이 옴을 보게 되었다. 어찌하여 당벽이 그 돈을 지금에야 비로소 보게 되었던가. 황진사 집에서 당벽이 떠날 때 그 과격한 기색을 두려워하여 소아의 몸값을 직접으로 전하지 못하고 당벽이 배에 오르기 전에 돈을 배에 실리고 뱃사람을 *신칙하여 떠난 지

*신칙——단단히 타일러 경계함.

수일이 지난 후에야 당벽에게 그 사유를 알리라 당부하였던 것이다. 당벽이 그 돈을 보니 심화가 다시금 만길이나 높아 종인더러 이르기를,

"내 기필코 황가 여자 찾아 아내를 삼은 후에 몸값은 본처로 돌려보낼 터이니 저 돈을 온전히 잘 보관하라."

그럭저럭 경사에 도착하여 배진공의 집 가까운 곳에 여사를 정하고 회계승을 역임한 문부를 내부에 올린 후에 여사에 돌아가 나날이 배진공의 집 소식을 탐문하였으나 용이히 소식을 얻지 못하니 배진공의 집 소식은 산과 바다처럼 아득하기만 하였었다. 당나라는 전제정치라 황실로부터 인민에 이르기까지 계급을 좇아 압제로 되어 있는지라 그러하므로 대신 지위에 있는 사람이면 사험으로 인하여 감히 송사하지 못하며 사저에도 혼금이 지엄하여 외인이 임의로 출입을 못하는 연고였다. 당벽은 다만 분한 마음만을 품고 신산한 세월을 여사에서 보내더니 내부에서 당벽이 역임이래로 결함이 없음을 보고 호주참군으로서 임하게 하니 당벽이 이날 사령서를 받고 당일에 행리를 수습하여 배를 잡아타고 향하게 되었다. 여러날 만에 중진 어구에 이르니 배를 매고 밤을 지내게 되었다. 야밤에 홀연히 강도 십여 명이 벌떼같이 덤벼들어 당벽의 일행을 결박하고 행리를 낱낱이 빼앗아가니 이 강도떼들은 당벽이 소아의 몸값 삼십만금을 싣고 가는 것을 눈여겨 보고 서울로부터 뒤를 밟아 왔었던 것이다. 당벽의 일행이 이튿날 살펴보니 호주로 가는 무부는 한 개도 남아 있지 아니하였다. 이에 당벽이 할일 없이 서울로 회정하여 내부에 그 사유를 보고 하니 내부에서는 당벽의 도난이 증거가 없다 하여 호주 참군을 인하여 사면시키었다. 당벽은 어찌할 수가 없어 이왕 머물던 여사에 돌아오니 여비조차 핍절하여 연일 두루하여 자기의 신세 *낙척함을 한탄하고 일면으로 소아의 일을 깊이 원망하여 날과 날, 밤과 밤에 눈물 마를 날이 없었다. 하루 저녁에는 밤이 깊은 후에 평복한 사람 한 사람이 들어와서 당벽을 대하여 성명과 본적을 물으며 힐문하기를,

---

*낙척——불우한 환경에 빠짐.

"무슨 직업이 있어 여사에 여러날 두루하느뇨?"

당벽이 경찰인가 의심하여 대답이 혹 외짝될까 겁내어 자기의 머무르는 사유를 자세히 말하니 그 사람이 말하였다.

"그대가 만일 지금 낙척하여 본직을 회복고자 할진댄 어찌 배진공을 찾아 호원치 아니하느뇨. 배진공은 당대의 관후한 대신이라 낙척한 사람을 구원하는 충정이 적지 아니하니 공은 일찍이 그 소식을 듣지 못하였구려."

당벽이 눈물을 흘리며 머리를 흔들며 말하였다.

"나 듣는 데는 배진공이란 말을 내지 마라."

그 사람이 한번 놀라며,

"배진공과 무슨 혐의가 있습니까?"

당벽이 즐기어 대작지 아니하니 그 사람이 재삼 묻는 것이었다. 당벽이 그 사람을 자세히 살펴보니 나이 반백에 언어 동작이 점잖은 호인이라 이에 좋은 사람으로 짐작하고 전후 실정을 들어 말하였다.

"일찍이 마천현 황진사의 딸과 약혼하고 나는 환로에 분주하여 피차에 장성하기에 이르도록 성혼치 못하였더니 당시 배진공이 여아를 좋아하여 진주자사가 배진공의 뜻에 아첨하기 위하여 지방의 일등미색을 구하게 되었는데 만천현 황진사의 딸 자색있음을 듣고 만천현령으로 하여금 그 여인을 접측하여 배진공 문하에 보내었으니 지금도 그 여인이 배진공 문하에 있습니다. 나로 하여금 천정 연분을 끊게 함은 배진공이 걱정할 일은 아니나 사람을 죽이는데 인과정이 어찌 다르리요. 내 평생에 진공을 크게 원망하고 있소이다."

그 사람이 듣기를 다하고 쓸쓸하게 말하였다.

"나는 곧 배진공과 친척의 의가 있으므로 매일 배진공의 집안에 출입하니 내 그대를 위하여 황녀를 찾아낼 것이니, 황녀의 이름은 무엇인가요?"

당벽이 가슴을 두근거리며 대답하였다.

"그 이름이 소아라 합니다."

그 사람이 일어나서 가며 다시 부탁하기를,

"내일 이맘때쯤이면 배진공집에서 반드시 공에게 무슨 통지가 있으리니 기다리시라."

하였다. 당벽이 그 사람의 말을 믿지 아니하더니 이튿날 다시 생각한즉 만약 그 사람이 반드시 배진공과 친척의 의가 있는 것이라면 배진공으로 하여금 원망을 품은 나를 도리어 해할 염려가 없지 않을는지 하고 날이 저물도록 뒹굴며 근심하고 있었다. 밤이 든 후에 사오 명의 공채가 여사에 이르러 만천현 당벽을 분주히 찾는 것이었다. 당벽이 의심하여 대답하지 아니하니 그 중 한 사람이 여사의 주인을 불러,

"당벽이라는 이가 누구뇨? 배진공댁 분부로 이 사람을 보러왔노라."

하며, 주인을 호령하니 주인이 겁내어 당벽을 잡아 배진공의 문하로 풍우같이 몰아가는 것이었다. 당벽이 황망히 공채들을 따라 배진공의 문하에 당도하니 청상으로부터 배진공이 당벽을 불러,

"오르라!"

하였다. 당벽이 황송함을 이기지 못하여 청사하여 올라가니 배진공이 좌우에 모신 사람에게 명하여 앉으라 하였다. 인하여 꿇어 앉으니 배진공이 당벽을 보고,

"나를 아지 못하느냐? 눈을 들어 보라."

하였다. 당벽이 배진공을 한 번 보니 어젯밤의 여사에서 한마디 수작한 평복한 사람이었다.

당벽이 어찌할 바를 몰라 머리를 숙이고,

"어젯밤의 불공하였음을 사죄하옵니다."

배진공이 어찌하여 어젯밤에 여사에서 당벽을 만나 보았던가. 배진공은 당시의 일품 재상으로 있었으므로 우국애민하는 의식을 간직하고 있었다. 주야로 마음과 몸을 게을리 하지 아니하고 밤이면 매양 평복으로 도성내외를 순행하며 민정을 살피었는데 우연히 당벽의 여사에 들어가 당벽의 말을 듣고 사저로 돌아와서 그 이튿날 소아를 불러보니, 과연 절대가인이라 친히 소아의 내력을 물은즉 당벽의 말과 일호차질이 없었다. 배진공이 다시 묻기를,

"너로 하여금 전에 정해준 당벽에게 도로 보내주면 너의 마음이 어 떻겠느냐?"
소아가 낙루하며,
"소첩의 엷은 목숨은 상공에게 있사옵니다. 보내고 아니 보내는 것이 상공 처분에 있사오니 어찌 소첩에게 묻사옵니까?"
배진공이 소아의 경황을 보고 어제 당벽의 정상을 생각하니 마음에 스스로 측은함을 이기지 못하여 다시 소아에게 일렀다.
"너의 신랑감을 오늘 만나보게 하여 주리라."
하고, 그날밤에 당벽을 불러들이었다. 당벽이 연하여 사죄함을 보고 배진공이 당벽더러 말하였다.
"내 지방수령의 재송하는 물품을 일찍이 막지 아니하다가 군으로 하여금 거의 백년가약을 어기게 할 뻔하였으니 이것이 모두 노부(老夫)의 허물이라, 내 그대의 부부를 위하여 혼구를 감당하고 혼인을 주장하고자 하노니 오늘로 교례(交禮)함을 사양치 말라."
하며, 곧 자기 사저에 교례청을 배설하더니 미구에 안으로부터 등롱이 쌍으로 나오며, 시비 등이 신부의 복색을 한 미인 한 사람을 옹위하고 나오니 이 미인이 곧 황진사의 딸 소아였음은 다시 말할 것도 없다. 당벽이 맞이하여 교배한 후에 동방화촉에서 서로 만나니 피차 그리웁던 회포를 서로 말하였다. 그 깊고 넓은 정은 가히 짐작할 만하지 않겠는가. 이튿날 배진공이 내부에 통지하여 당벽의 역임한 문부를 국사한즉 결점이 없었으므로 당벽으로 하여금 호주참군에 임명하여 제 삼일만에 부임케 하니 당벽이 떠나기를 임하여 배진공 앞에 나가서 백배치례하고 소아와 더불어 함께 길에 오르니, 교자 뒤에 혼구가 수없이 따랐다. 당벽이 어찌한 연고를 아지 못하였더니 만천현은 곧 호주로 가는 길가인 고로 만천현에 도달하여 일행을 데리고 황진사의 집으로 들어가니 부처는 뜻밖의 일에 딸과 옛날에 정혼했던 사위를 맞이하니 그 영광을 다시 무엇이라 표현하랴. 당벽이 비로소 행리를 안돈하고 뒤에 따르던 혼구를 상고하니 여러 바리가 모두 금은주단인데 이것은 배진공이 스스로 담당한 혼수였었다. 당벽이 황진사의 부처와 한가지로 호주에 부임한 후에 배진공의 은혜에 깊이 감동하여 침향목으로 배진공의 일위 화상을 만들어 놓고 수복이 연면하기를 평생에 축원하였다 하니 당벽의 일 역시 배진공의 은덕을 쌓은 일건의 일임은 다시 말할 것 없다.

崔孤雲傳

옛날 신라시대 최충(崔冲)이라는 사람이 있었다. 일찍 벼슬에 올랐으나 벼슬길이 순탄하지 못하더니 늦게서야 문창령(文昌令)을 제수받았다. 그러나 그는 슬픈 생각을 금치 못했다. 이에 그의 아내가 근심하는 까닭을 물어 보았다.
"다행히 벼슬을 제수받았으므로 이것은 기쁜 일이온데 당신은 어찌하여 근심을 하시나이까?"
"벼슬을 제수받은 것은 다행이오마는 문창에는 괴변(怪變)이 있소. 영이 되어 간 사람 중 마귀에게 그 아내를 빼앗긴 사람이 거의 십여 명에 이른다고 하는구려. 그래서 근심이오."
그 말을 들은 아내도 또한 근심하기를 마지않았다.
충은 이튿날 곰곰이 생각해 보았다.
"대체 귀신이란 것은 사람을 해칠 뿐이요, 능히 물건은 가져갈 수 없을 것이니, 어찌 빼앗길 리가 있으리요. 실로 황당한 말이리라. 만약 그렇다면 한 계교가 있다."
충은 부임하는 날 색실을 그 부인의 발목에 매어 두고서, 변이 생길 시엔 그 실을 찾아 가면 곧 간 곳을 알 수 있을 것이라 생각했다.
가족을 데리고 문창에 이르러 곧 고을의 늙은이들을 불러 물어 보았다.
"이 고을에 아내를 잃은 변이 있느냐?"
"네 있습니다."
최충은 더욱 두려워져서 시비에게 명하여 내아(內衙)를 굳게 지키라 하고는 색실의 계교를 쓰기로 했다.
하루는 객사에 앉아 공사를 보고 있는데, 오정쯤 되어서 별안간 검은 구름이 사방에서 일어나더니, 천지가 캄캄해지며 비바람이 휘몰아치고 우레소리가 땅을 무너뜨리는 듯했다.
집 안을 지키고 있던 시비들은 모두 놀라고 넘어져서 정신을 잃었다. 바람이 그치고 구름이 흩어지고 나서 본즉, 문과 창은 전과 같았으나 부인이 간 곳 없었다. 시비들은 쫓아가서 원님한테 아뢰었다. 충은 소리없이 슬피 울다가 실을 따라 찾아가 본즉, 뒷산 바위 틈으로 들어가 있었다. 그 바위는 천길이나 되어 올라갈 수가 없다고 하리(下吏) 이적(李績)은 말하였다.
 "사또께서는 너무 슬퍼 마옵소서. 일찍이 노인들의 말을 들으니, 이 바위가 밤중에 스스로 열려 굴 안이 환히 밝다고 하오니 밤을 틈타서 와 봄이 좋겠나이다."
 이에 충은 그렇게 하기로 하고 곧 돌아왔다.
 밤이 되어 바위 밑에 가보니, 과연 바위가 열리는데 밝기가 대낮과 같았다. 충은 크게 기뻐하고 틈을 따라 그 안으로 들어갔다.
 허나 광대하고도 비옥하며 꽃나무만 우거졌을 뿐, 사람의 자취는 전혀 볼 수 없고 이상한 짐승, 괴이한 새들만이 놀고 있었다. 충은 돌아보면서 이적에게 말했다.
 "세간에 어찌 이 같은 곳이 있겠느냐?"
 "예. 정말 별천지이옵니다."
 오십 보 가량 들어가니 큰 집이 있는데, 웅장하고도 화려하며 방 안에서는 선악(仙樂)의 묘한 소리가 들려왔다. 찬란한 꽃밭을 헤치고 들어가 창틈으로 엿보니 누런 금돼지가 충의 아내의 무릎을 베고 넘어져 자고 있고 미녀 수십 명이 앞뒤로 늘어서서 풍악을 울리고 있는데, 그 여인들은 옛날 대대의 현령(縣令)들이 잃은 아내들이었다.
 충은 언제인가 아내와 더불어 서로 안띠에다 약주머니를 차고서 요괴로운 것을 물리치자고 약속한 적이 있었다. 그는 곧 그 주머니를 끄르고 약을 풀어 약내가 창구멍을 통해 바람을 따라 안으로 들어가도록 했다.
 이때 금돼지가 잠에서 깨어나 향내를 맡고 물었다.
 "어찌 세간의 약내가 나느냐?"
 충의 아내는 남편의 꾀인 줄 짐작하고는 말했다.
 "제가 여기에 온 지 오래지 아니했기 때문에 인간의 냄새가 아직 사라지지 않아서 그러합니다."
하고는, 눈물을 흘리면서 울었다. 금돼지는 의아하여 물었다.
 "그대는 어찌하여 슬퍼하는가?"

"제가 이 땅을 보니 인간 세계와는 아주 다르기 때문에 우는 것이옵니다."
"여기는 인간 만사와 다름이 없지 않소? 다른 근심 없으니 원컨대 슬퍼하지 마오."
충의 아내는 눈물을 닦으며 조용히 물었다.
"제가 인간계에 있을 때 들으니 신선 세계의 사람들은 사슴의 가죽을 보면 죽는다고 하던데 과연 그러하옵니까?"
"나는 알지 못하나, 다만 사슴 가죽을 꺼리기는 하오."
"어찌하여 꺼리는지요?"
"사슴 가죽을 씹어서 머리 뒤에 붙이면 바보와 같이 죽소."
말을 마치자 다시 갔다. 충의 아내는 원한을 씻고자 하나 사슴의 가죽이 없었다. 그런데 언뜻 차고 있는 칼집 끈이 사슴의 가죽으로 되어 있음을 깨달았다. 가만히 풀어 씹어 가지고 금돼지의 목 뒤에다 붙였더니, 과연 금돼지는 의식을 잃은 채 한 마디 말도 하지 못하고 죽었다.
이에 충은 아내와 더불어 같이 돌아왔으며, 그 나머지 미녀들도 최충의 덕을 입어 모두 고향으로 돌아갔다. 그 여인의 가족들은 깊이 최충에게 감사를 하고 그 은혜를 어떻게 갚아야 할지 몰라 했다.
충의 아내는 임신한 지 넉달 만에 변을 입었다가 돌아온 지 여섯달 만에 아들을 낳았는데 손톱과 발톱이 이상하였다.
충은 금돼지의 아들인가 의심하고 시비를 시켜 큰 길에 갖다 버리게 했다. 그런데 어린애는 길 가운데 죽은 지렁이를 보고는 '한 일(一)'자라 했다. 시비가 들어가서 아뢰었으나 충은 다시 갖다 버리라 했다. 시비는 눈물을 뿌리며 어린애를 안고 가는데 개구리 죽은 것을 보고 또 '하늘 천(天)'자라 했다. 이에 시비는 차마 버리지 못하고 다시 와서,
"어린애가 죽은 개구리를 보고 '하늘 천(天)'자라 하였나이다."
라고 아뢰었으나, 충은 성을 내며,
"네가 주인의 말을 듣지 않으니 마땅히 칼로 대하겠노라."

이에 시비는 솜으로 포근히 싸 가지고 길에 갖다 버리었더니 소와 말이 피해 가며 밟지 아니하고, 밤이 된즉 천녀(天女)가 내려와서 안고 젖을 먹이는 것이었다. 관리나 백성들이 거두고자 했으나 큰 죄를 입을까봐 두려워했다.

충은 이 소문을 듣고 어린애를 바닷가에 갖다 던지라 했더니, 연꽃 한 송이가 별안간 생겨나서 공경히 받들었고, 백학 한 쌍이 서로 번갈아 가면서 날개로 어린애를 덮어주는 것이었다.

두어 달이 지나매 어린애는 바닷가를 거닐면서 놀았는데, 지나가는 모래 위엔 글자가 문득 이루어졌다. 그리고 우는 소리는 다 글 읽는 소리로 변하는 것이었다.

충의 아내가 이것을 듣고 충에게 말했다.

"그 어린애가 정녕 금돼지의 자식이 아닌데도 불구하고 버렸으므로 하느님이 당신의 그 우매함을 깨닫게 하기 위해 선녀를 시켜 젖을 먹여 키우게 했사오니 원컨대, 빨리 사람을 보내어 도로 데려오는 것이 좋겠나이다."

충도 깊이 감동하고는 말했다.

"이제 데려오고자 하지만, 그러나 처음에 그 어린애를 금돼지의 자식이라 하여 버리고서 이제 데려 온다면 곧 사람들의 웃음거리가 될 것이오."

"당신이 만일 남의 웃음을 살까봐 곤란하다면 병이라 일컫고 방 안에 피해 있으면 제가 도모하여 사람의 웃음을 사는 기틀이 되지 않도록 하겠나이다."

그런 뒤 부인은 신통한 무당을 찾아가서 돈과 베를 많이 주고는 유인해 가지고 와서 말했다.

"나를 위하여 여러 관리들에게 선언하기를 사또께서 자기 아들을 가리켜 금돼지의 아들이라 하고서 바닷가에 버린 까닭으로 하느님이 벌을 주셨으니, 그대들이 급히 가서 데려오면 사또의 병이 곧 나을 것이고, 그렇지 아니하면 사또가 죽을 뿐만 아니라 그 이민(吏民)에게까지 화가 미칠 것이니 어찌 두렵지 아니하겠는가?"

이에 무당은 그렇게 하겠노라 하고는 나가서 부인이 가르쳐준 말로
써 여러 관리들에게 사또가 병이 난 이유를 설명해 주었다. 여러 관리
들은 놀라고 두려워하는 나머지 사또의 관사로 와 울면서 그 이유를
아뢰었다. 이에 충은 일부러 놀라면서 말했다.
"정말로 그 버린 까닭으로 인하여 죄를 하늘에 얻었다면, 그 아이를
데려 오는 것에 무슨 어려운 일이 있겠나?"
하고는 즉시 이적을 시켜 명하여 보냈다.

이적 등 일행은 바다 가운데 있는 섬에까지 들어가서 찾아보았으나
찾지 못하고 장차 돌아가려고 하는데, 갑자기 글 읽는 소리가 구름 밖
에서 들려왔다. 바라본즉 어린 아이가 높은 바위에 홀로 앉아 글을 읽
고 있었다.

이적 일행은 바다를 건너 가서 배를 멈추어 놓고 바위 밑에서 우러
러보며 외쳤다.

"공(公)의 부모님 병세가 위중하여 공을 한번 보고자 하시는 고로
우리들이 공을 모시러 여기까지 이르렀사오니, 바라건대 공은 빨리
내려옵소서."

"부모님이 처음에 나를 금돼지의 자식이라 하고 버려놓고, 이제와
서 마음이 부끄럽지도 아니 하오신지 나를 보고자 하실까? 옛날
진(秦)나라 때 양적대(陽翟大)란 자는 여불위(呂不韋)란 미녀를 사
서 미희(美姬)로 바치려고 하였는데, 임신을 시킨 후에 진왕(秦王)
에게 바쳤더니, 일곱 달 만에 아들을 낳았으나 진왕은 실로 여씨를
위하여 그 아이를 버리지 아니하였거니와 하물며 나의 어머니는 나
를 밴 지 넉달이 되어 문창에 오셨다. 얼마 안 되어 금돼지에게 납
치되었다가 곧 돌아와서 여섯 달 만에 나를 낳았으니 이로써 미루
어 보더라도 어찌 금돼지의 자식이 되겠는가? 내가 만일 금돼지의
자식이라면 이목구비(耳目口鼻)가 어찌하여 금돼지와 같지 아니하
고 사람의 모습을 하고 있는가? 집의 아버님이 나를 자식이라 하
지 아니하고 길에 갖다 버렸으니 내 무슨 면목으로 돌아가서 부모
님을 만나 보겠소? 강제로 나를 보고자 한다면 나는 마땅히 무인

도로 들어가 버리고 말겠소."
　이때 그 아이의 나이는 세 살이었다.
　이적은 어찌 할 수가 없어 돌아가서 사또께 그대로 보고했다. 충은 도리어 부끄러워하면서 자신을 책망했다.
　"모든 것이 나의 잘못이로다."
하고는 고을 사람 수백 명을 데리고 바닷가에 이르러 아이를 위하여 바닷가에다 대(臺)를 쌓아 올리고 높은 다락을 짓기 시작했다. 다락이 다 이루어지고 나서 아이를 불러오니 아이는 말했다.
　"일찍이 멀리 버려진 바 되었다가 이제 저를 위하여 여기까지 오셨으니 어찌 하늘에 얼굴을 가리지 아니하겠나이까."
하고는, 엎드려 울었다.
　충은 더욱 부끄러워 얼굴을 가리고 말했다.
　"내 너 보기가 매우 부끄럽구나. 다시는 그런 과실을 말하지 말아다오."
하고는, 그 대(臺)의 이름을 월영대(月影臺)라 해주었다. 충은 곧 석 자가 되는 쇠지팡이를 모래 위에서 쓰는 붓을 삼으라고 아들에게 주고 돌아왔다.
　그날 하늘의 선인 수천 명이 대 위에 구름같이 모여 앉아서 각각 배운 바를 다투어 가르치니, 이로 말미암아 문리(文理)를 크게 깨닫게 되고 마침내 문장가(文章家)가 되었다.
　그 아이는 언제나 철장(鐵杖)을 가지고 대 밑의 모래 위에서 글씨 연습을 하니, 석 자나 되는 철장이 닳아서 반 자가 되었다.
　그 아이의 됨됨이 음성이 청아하고 매양 시를 읊는 데 있어서 음률에 맞지 않음이 없었다.
　하루는 밤에 달빛이 낮과 같고 또한 피리소리가 들려오는데 감탄하지 않을 수 없는 기막힌 소리였다.
　이즈음 마침 중국(中國) 천자(天子)가 후원에 나와 달을 완상하고 있을 때, 멀리서 시 읊는 소리가 들려오는데 청아하고도 담백했다. 이에 천자는 시신(侍臣)에게 물어보았다.

"시 읊는 소리가 어디서 들려오느뇨?"
"거년(去年) 이래 달 밝고 바람 맑은 밤이면 시 읊는 소리가 신라(新羅)로부터 들려옵니다. 천상(天像)을 우러러 보았더니 귀성(貴星)이 동국(東國)에 나타났사오니 생각건대 동국에 현자(賢者)가 있는 것 같나이다."
"신라가 비록 편소(偏小)한 나라이지만, 현자가 옛날부터 있으나 수 만리 떨어진 바깥 땅에서 시 읊는 소리가 낭랑하게 들리니 하물며 가까이 들을 때에는 어떠하겠는가?"
하면서 칭찬하기를 마지 않았다. 천자는,
"재사(才士)를 보내어 신라의 선비와 더불어 서로 재주를 견주어 보게 하리라."
하고는 즉시 군신(群臣)을 불러 여러 학사(學士) 가운데서 문예(文藝)가 탁월한 자 두 사람을 뽑아서 보내라 하였다.
중국 학자는 배를 타고 바다를 건너 월영대(月影臺) 밑에 이르렀다. 마침내 날이 저물어 배를 대 밑에 정박시켰다.
이때는 바야흐로 중추(仲秋) *삼오야(三五夜)를 당하여 밝은 달은 물결 속에 잠겨 있고 맑은 바람은 서서히 불어오는데 밤은 고요하고 고기가 뛰놀아 맑은 흥취가 나는 듯이 일어났다. 중국 학사는 곧 시 한 수를 지어 읊었다.
"삿대는 물결 밑 달을 꿰이네"〔掉穿波底月〕
다락 밑 모래 위에서 놀던 아이가 따라 읊었다.
"배는 물 가운데 하늘을 누르네"〔艇壓水中天〕
이에 학사는 돌아보면서,
"그 누가 읊었을까?"
그 아이가 화답하였는 줄은 알지 못하고 또 읊었다.
"물새는 떴다 다시 잠기네"〔水鳥浮還沒〕
그 아이는 또 화답했다.
"산 구름은 끊어졌다가 다시 이어지네"〔山雲斷復連〕

*삼오야(三五夜)——음력 보름날 밤.

학사는 깜짝 놀라고 멸시하는 듯 말했다.
"쥐와 새는 어찌하여 짹짹하느냐?"〔鼠鳥何崔崔乎〕
"*돝과 개는 어찌하여 멍멍합니까?"〔猪犬忽蒙蒙乎〕
"개 짖는 소리가 멍멍함은 옳으나 *돝도 또한 그러하냐?"〔犬吠蒙蒙可也猪亦可乎〕
"새 우는 소리가 짹짹함은 옳으나 쥐도 또한 그러합니까?"〔雀鳴崔崔可也鼠亦可乎〕
이에 학사는 대답을 하지 아니하고 물었다.
"어디에 있는 아이기로 깊은 밤 여기에 있느냐?"
"나는 신라의 나승상(羅承相) 천업(千業)의 창두로 명령을 받고 여기에 와서 바둑돌을 줍다가 날이 저물어 돌아가지 못했나이다."
"너의 나이가 몇이냐?"
"여섯 살이옵니다."
이에 학사는 아이가 글을 잘하는 줄 알고 생각했다.
'나이가 겨우 여섯 살되는 아이로서 재능이 오히려 이와 같으니 하물며 신라 선비들의 재주를 어찌 능히 당해내리요?'
학사는 또 물었다.
"나라 안에 재사가 많이 있느냐?"
"재명(才名)이 특달(特達)한 자가 수백 명이요, 그리고 문사는 쌀을 수레에다 실을 정도로 그 수를 도저히 헤아릴 수 없나이다."
이에 학사는 생각해 보았다.
'문인과 재사가 일국에 가득하니 들어간들 문제가 되지 않을 것이니, 들어가지 말고 돌아가는 것만 같지 못하겠다.'
하고는, 드디어 중국으로 되돌아가서 황제에게 아뢰었다.
"신라의 문인 재사들의 학문이 높고 깊은 자 그 수를 이루 다 헤아릴 수 없었으며 또 신동과 같은 자가 수백 명이나 있어서 감히 대적할 수 없었나이다."
황제는 크게 노하고 까탈을 잡아 치기 위하여 달걀을 솜으로 여러

*돝──돼지를 일컫는 옛날.

번 싸고 싸서 석함에 넣고, 황초를 녹여 그 안을 채워 흔들리지 않도록 하고, 또 구리쇠를 녹여 석함의 틈에다 붓고 열어 보지 못하게 하고는 *옥새(玉璽) 찍힌 봉서(封書)와 함께 신라로 보내면서,

"너희 나라가 한쪽으로 기울어져 바다 구석에 있으면서 재주로써 대국(大國)을 업신여긴 까닭으로 석함을 보내니, 이 함 속의 물건을 알아 내어 시를 지어 바치면 죄를 용서하고 그렇게 하지 못하면 마땅히 살육(殺戮)의 화를 받으리라."

고 했다.

중국의 사신은 조서를 받들고 *계림(鷄林)에 도착했다. 국왕은 친히 나가 맞이하고 조서를 받아 읽어 보시고는, 즉시 나라 안의 유명한 선비들을 불러 명령을 내리기를,

"여러 신하 가운데서 능히 이 물건을 알아 가지고 시를 짓는 사람에 대하여 일품(一品)의 벼슬을 주고, 군(君)을 봉하여 녹을 후히 하여 그 공을 기리리라."

했으나 수많은 선비들 중 아무도 알아내지 못하고 온 조정이 들끓었다.

이때 그 아이는 서울로 굴러들어왔다. 거울을 고치는 장인이라 일컫고 나승상 집 앞에 이른즉, 나승상의 딸이 듣고 수은 벗겨진 거울을 유모를 주어 내보내고는 문틈으로 엿보았다. 그는 나승상 딸의 얼굴을 선뜻 보고 마음 속으로 예쁘다 생각하고는 다시 보고자 눈을 그 쪽으로 돌리면서 거울을 고치다가 그만 거울을 돌 위에 떨어뜨려 깨뜨리고 말았다. 유모는 크게 놀라고 발을 구르고 머리를 저으면서 꾸짖었다. 그는 울면서 애걸했다.

"거울은 이미 깨졌습니다. 책망한들 무슨 소용이 있겠소? 다시는 합치기 어려우니, 원하건대 이 몸으로써 노복이 되어 이 거울을 보상해 드리겠나이다."

이에 유모는 들어가서 승상에게 아뢰었다. 승상은 허락하고 불러

---

*옥새(玉璽)── 황제나 왕의 인장(印章).
*계림(鷄林)── 신라 탈해왕 때부터 한때 부르던 그 나라 이름.

들여 물어보았다.
 "너의 이름은 무엇이며 어디에 살고 있느냐?"
 "거울을 고치다 깨뜨렸으니 이제 저의 이름을 마땅히 파경노(破鏡奴)라 불러 주옵소서. 일찍이 부모를 잃고 또한 갈 만한 곳이 없나이다."
하고, 그는 대답했다.
 승상은 파경노로 하여금 말을 먹이게 했다. 그가 말을 타고 나가면 여러 말들이 열을 지어 뒤따랐으며 조금도 싸우는 일이 없었다.
 이러한 후로 여러 말들이 다 살찌고 하나같이 마른 말이 없었다.
 그는 아침에 말 떼를 이끌고 나가 사방 들에다 흩어 놓고는 숲속에 누워서 하루종일 시를 읊으니, 청의동자(靑衣童子) 수 명이 어디서 왔는지는 알 수 없으나 혹은 말에 풀을 먹이고 혹은 채찍으로 말을 몰기도 했다. 저녁이 되면 말들이 그의 앞에 구름같이 모여 머리를 숙이고 열지어 서니, 보는 사람들은 그 신이(神異)함을 칭찬하지 않는 이가 없었다.
 여기에 있어 승상의 부인은 이 소문을 듣고 승상에게 이야기했다.
 "경노(鏡奴)는 얼굴 모습이 기이하고 말을 다루기가 또한 기묘하매 실로 보통 아이가 아니오니 천한 일을 맡게 하지 마옵소서."
 이에 승상도 그렇게 여겼다.
 이전에 돌산에다 꽃나무를 많이 심었으나 거칠어지고 더러워져서 가꾸지 않았기 때문에 잡풀 속에 묻혀버렸는데, 승상은 경노로 하여금 그 꽃밭을 손질하는 소임을 맡게 했다.
 경노는 또 꽃밭 속에 누워 시만 읊을 뿐 아무런 손질도 아니하는데, 선녀가 밤에 내려와서 혹은 거름을 주어 가꾸고 혹은 풀을 뽑으니 선경(仙境)의 명화(名花)와 인간의 계화(桂花)는 그 전보다 배나 더 아름답고 무성하였다.
 경노가 꽃을 손질한 후로 구슬 같은 꽃이 난만하여 봉황새와 누런 학은 꽃 가지에 와서 집을 짓고 누런 벌, 흰 나비는 잎 사이를 왔다갔다 했다.

경노는 봉황의 우는 소리를 듣다가 슬픈 노래를 지었다. 때에 승상은 꽃이 번성하였다는 말을 듣고 마침내 동산에 들어와서 꽃을 완상하면서 경노를 보고 물었다.
"너의 나이 몇이냐?"
"예. 열한 살이옵니다."
"글자를 잘 아느냐?"
"알지 못합니다."
"내가 열한 살 때 오히려 글을 잘 했거니와 어찌하여 아무것도 모르느냐?"
"일찍이 부모를 잃었삽기에 글을 배우고자 했던들 어찌 배울 수 있겠나이까?"
"배우고자 한다면 내 마땅히 가르쳐주리라."
"감히 청할 수는 없사오나 정말로 원하던 바입니다."
승상이 웃음을 띠며 놀린다.
"저놈이, 저놈이……."
경노도 또한 웃으면서 물러가서는,
"우습도다, 글을 가르쳐 주겠다는 말이. 승상이 어찌 능히 나에게 글을 가르칠 수 있겠나. 정말로 우습도다."
하며, 혼자 중얼거렸다.
그 후 경노는 승상의 딸이 동산의 꽃을 완상하고자 하나 경노가 항상 지키고 있기 때문에 아직 꽃을 완상하지 못했다는 소문을 엿듣고 곧 승상에게 고했다.
"제가 여기에 온 지 거의 수 년이 되었사오니 한번 고향으로 돌아가서 친척을 찾아보고 오겠사오니, 며칠 동안의 여가를 주실 수 없겠나이까?"
이에 승상은 허락했다. 경노는 물러가서 다시 꽃 속으로 들어가 숨었다.
나소저는 경노가 여가를 얻고 고향으로 돌아갔다는 말을 듣고 동산에 들어가 꽃을 완상하였다.

이때 맑은 바람은 산들거리고 꽃향기는 온몸에 스며들고 붉은 꽃봉오리 푸른 잎사귀에는 벌과 나비들이 꿀물을 빨고 있었다. 나소저는 시 한 수를 지어 읊었다.

  花笑檻前聲不聽
  난간 아래 핀 아름다운 꽃
  웃어도 소리는 들리지 않는고야

꽃속에 숨어 있던 경노(鏡奴)는 곧 뒤를 이어 읊었다.

  鳥啼林下淚難看
  숲속에서 새는 울건만
  눈물은 볼 수가 없는고야

나소저는 깜짝 놀라 부끄러움을 머금고 집으로 돌아가 버렸다.
이 해에 여러 선비들은 표(表)를 올렸는데,
'석함 속의 물건을 능히 알아내지 못하였사오니 엎드려 죄를 청하옵니다.'
라고 했다.
 국왕이 크게 근심하고 있는데 시신(侍臣)이 *상계(上啓)했다.
 "현신(賢臣)은 구하고자 해도 쉽게 얻을 수 없사옵니다. 바라옵건대 대왕께서는 여러 신하 가운데서 가장 문학이 넉넉하고 벼슬이 높은 사람인 승상 나천엽(羅千葉)에게 전적으로 맡기면 어느 정도 알아낼 수 있는 힘이 있을 것이옵니다."
 이에 왕은 즉시 나승상을 불러 석함을 맡기면서 말했다.
 "과인(寡人)이 부덕(不德)으로 외람히 중기(重器)를 받았다가 불의에 *천조(天朝)가 가장 어려운 문제를 보냈으니 여러 신하 가운데서

───────────────
＊상계(上啓)──── 조정이나 웃사람에게 아뢰는 일.
＊천조(天朝)──── 천자의 조정을 제후의 나라에서 일컫는 말.

경(卿)의 글재주가 넉넉하니 능히 풀어 시를 지을 수 있으리라. 이럼으로써 맡기노니 연구해 가지고 시를 지어 올리기를 바라오. 만일 연구해 내지 못한다면 경의 가족은 관비(官婢)를 삼을 것이며, 경은 천조로 보내어 또한 연구해 내지 못한 죄를 당하도록 할 것이오."

나승상은 엎드려 명령을 듣고는 석함을 안고 집으로 돌아오니, 온 집안이 모두 놀라 통곡했다.

나승상은 몸을 책상에 기대어 근심하면서 눈물을 흘리고 음식을 먹지 아니하는데 이윽고 여러 날이 지났다.

경노는 일부러 알지 못하는 것같이 사람들에게 물어보았다.

"상전(上典) 일가는 어찌하여 슬퍼하고 있으며, 승상은 먹지를 아니하고 있나이까?"

"이러이러한 일이 있어 근심하고 있단다."

경노는 겉으로 근심하는 척하면서도 속으로는 기뻐했다. 먼저 나소저의 마음을 시험해 보기 위하여 꽃 가지를 꺾어들고 나소저가 있는 처소 밖으로 갔다.

이 때 나소저는 눈물을 흘리고 슬피 울다가 벽에 걸린 거울에 사람의 그림자가 어른거리는 것을 언뜻 보고, 창틈으로 내다보니 경노가 꽃 가지를 꺾어 안고서 문 밖에 홀로 서 있다. 나소저가 괴이하게 여겨 물어 보자 경노는 대답했다.

"낭자께서 이 꽃을 좋아하시기로 시들기 전에 꺾어 가지고 왔사오니, 받아 가지고 한번 완상해 보옵소서."

나소저는 크게 한숨 쉬면서 받지 아니했다. 경노는 위로하는 말로,

"거울 속에서 떨어진 그림자가 도리어 낭자로 하여금 근심을 없게 할 수 있을는지 누가 알수 있겠습니까? 아무 근심 마시고 어서 이 꽃이나 받으소서."

하고, 말했다.

나소저는 그 말을 듣고 문득 일어나, 얼굴을 가리며 꽃을 받아 가지고 부끄러운 듯이 들어갔다. 나소저는 곧 아버님 앞으로 가서 여쭈

었다.

"경노가 비록 어리지만 재주와 학문이 뛰어나고, 또한 신기롭고 호협한 기상이 있사오니, 제가 가만히 생각해 보건대 능히 함 속의 물건을 알아 내고 시를 지을 수 있을 것이옵니다."

"너는 어찌하여 함부로 그와 같은 말을 하느냐? 만약 경노가 능히 알아낼 수 있을진대 일국의 *명유(名儒)들이 어찌하여 알아내지 못하고 끝내는 나에게 맡기겠느냐."

"부엉이는 낮엔 보지 못하나 밤에는 잘 보고, 꾀꼬리는 밤엔 보지 못하지만, 낮에는 잘 보는데, 이것은 각각 소장(所長)이 달라서 그러한 것이옵니다. 어찌 뜻이 있어서 새가 새끼를 낳겠어요? 경노가 비록 작으나 큰 재주가 있는 줄을 어찌 알겠나이까?"

하고는, 이에 대하여 경노가 근심하지 말라는 말과 꽃밭에서 화답한 시구를 말하고 또 말했다.

"제가 능히 할 수 없는 것을 가지고 어찌하여 능히 그러한 말을 하였겠나이까? 소원이오니 한번 불러서 시험해 보옵소서."

나승상은 자못 그도 그러할 듯하므로, 곧 경노를 불러 깨우칠 수 있는 말로 일렀다.

"나라가 불행하여 대국이 견책을 보내왔는데, 왕께서는 근심만 하시기로 불행히 석함을 받아 가지고 왔거니와, 내가 거의 죄를 당하게 되어 망설인 지가 여러 날이 되었지만, 이제 너에게 줄 것이니 네가 만약 알아 가지고 시를 지으면 특별한 상과 벼슬을 받을 뿐만 아니라 나라의 근심도 없어질 것이다."

경노는 명령을 듣고 웃으면서 대답했다.

"일국의 문장가들이 다 못하는 것을 하물며 석자밖에 안되는 어린 아이가 배우지도 못하고 아는 것도 없는 제가 어찌 알아내겠나이까?"

이에 나승상은 다시 기쁜 마음이 없어졌다. 나소저는 여쭈었다.

"지난일을 보통으로 묻는데 대하여 누가 즐거이 응하겠어요. 살기

---

*명유(名儒)──이름난 유자(儒者). 훌륭한 학자.

를 좋아하고 죽기를 싫어하는 것은 사람의 상정(常情)이옵니다. 옛날 어떤 사람이 앉아서 형을 당하게 되었는데, 형리(刑吏)가 묻기를 네가 만일 시를 지으면 마땅히 용서해 주리라고 했더니 그 사람은 한자도 알지 못하였지만 명에 따라 능히 지었다고 하니, 하물며 경노는 문학이 넉넉하여 능히 시를 지을 수 있을 것이옵니다. 일부러 할 수 없다고 한 것이오니, 어찌 죽기 싫어하는 마음이 없어서 복종하지 아니하겠나이까?"
승상은 그 말도 그럴 듯하므로 경노를 불러 협박하였다.
"네가 이미 내 집에 종이 되어 나의 말을 듣지 않았으니, 그 죄는 마땅히 죽어야 하겠다."
하고는, 다른 종에게 명하여 죽이려고 했다. 경노는 일부러 두려운 듯이 승낙하고 석함을 가지고 중문 안에 들어 앉아 혼자 중얼거리는 것이었다.
"내가 품고 있는 것을 이루지는 못하고 별안간 생각 밖에의 일을 당하였으니, 시 짓기는 어렵지 아니하나 생각할수록 분함을 이길 수 없구나."
이때 승상부인이 이와 같은 말을 엿듣고, 들어가서 승상에게 말했다.
"경노의 말한 것이 이러하오니 반드시 이루지 못한 소원이 있을 것이옵니다."
승상은 유모에게 명하여 경노한테 가서 의논해 보라고 했다.
"너의 문예가 넉넉하면서 죽음에 이르기까지 거부하고 있으니, 아마 하고자 하는 일이 있는 것 같은데, 만일 하고자 하는 것이 있거든 나한테는 숨기지 말고 바른대로 말하면 내 마땅히 너를 위해 도모해 주겠다."
유모가 말하니 경노는 말없이 한참 있다가 말했다.
"승상이 나를 사위로 삼아 준다면 곧 시를 짓겠나이다."
유모는 들어가서 승상에게 아뢰었더니, 승상은 소리를 날카롭게 하고 말했다.

"어찌 창두(倉頭)로 사위를 삼을 수 있느냐? 너의 말이 어긋났겠지."
하고 또 유모에게,
"신선의 모습을 그린 *채화(彩畵)를 내보이면서 말하기를 네가 능히 시만 지으면 이와 같은 미인에게 장가를 보내주겠다."
고 하라 했다. 유모는 곧 가서 그대로 전하였다.
이 말을 들은 경노는,
"종이 위에 그린 떡은 하루종일 본들 어찌 배부를 수 있겠나이까? 반드시 먹은 연후에야 배가 부를 것이옵니다."
하고는 문제의 석함을 발로 차버리고 비스듬히 누워서 말했다.
"나를 비록 마디마디 벤다 하더라도 시를 짓지 못하겠나이다."
유모가 들어가서 그 말대로 아뢰니, 승상은 입을 꾹 다물고 말하지 않았다. 이에 딸 나소저가 눈물을 흘리면서 여쭈었다.
"우리 집의 성패가 도시 이번 일에 달려 있나이다. 옛날에 제영(提縈)이란 여자는 관비가 되어 들어가서 아버지의 죄를 속하였다 합니다. 아버님께서 딸을 사랑하시는 마음을 가지고 좇지 않는다면, 이 화는 면하기가 어려울 것이옵니다. 바라옵건대 이 몸으로 아버님의 화를 속하겠어요. 이제 들어주지 않으신다면 반드시 후회하시고, 건시하고자 해도 그때는 이미 미칠 수가 없을 것입니다. 고금 천하에 있어서 몸 밖에 다시 사랑하고 귀한 것이 있겠나이까?"
"너의 말이 기특하구나. 부모의 마음은 사랑하는 딸을 차마 빈천한 가문에 허락할 수 없고 또한 종신(終身)토록 원한이 있을까봐 두려워하는 마음으로 눈썹을 불사르는 눈앞의 화를 면하고자 함인데, 너의 말이 정말로 그렇다면 어찌 근심을 하겠느냐."
"부모가 자식을 사랑하는 마음이나 딸이 부모에게 효도를 하고자 하는 정성은 본래 한가지입니다. 오늘의 사태는 반드시 제가 몸을 더럽힌 연후에라야 도모할 수 있겠나이다."
"이제 너의 말을 들으니 정말로 효녀의 정성이다."

---

*채화(彩畵)―― 채색을 써서 그린 그림.

이에 승상과 부인은 혼사를 정하고 친척한테 통지를 했더니 친척들도 모두 좋다고 했다.

승상은 즉시 시비에게 명하여, 경노를 목욕시켜 때를 벗기고 비단옷으로 몸을 꾸며 주라 했다. 그리고 날을 받아 예를 이루어 주고는 사위로 삼았다.

이튿날 아침에 승상은 시비로 하여금 *난방(蘭房)에서 시를 짓는 모습을 엿보라 했다.

이에 경노는 자기 이름을 지어 치원(致遠)이라 하고, 자(字)는 고운(孤雲)이라 했다. 나씨는 치원의 옆에 앉아 빨리 시 짓기를 재촉했다. 치원은,

"시는 내일 사이에 지을 것이니 재촉하지 마오."
하고는 나씨로 하여금 종이를 벽 위에다 바르라 하고, 스스로 붓대를 잡아 발가락에 끼고 잤다.

나씨도 또한 근심하던 나머지 고단하여 잠이 들었다. 꿈속에 쌍룡이 하늘에서 내려와 석함 위에서 얽히어졌고, 또 무늬옷을 입은 동자 열 명이 석함을 받들고 서서 소리를 같이 하여 노래를 부르니, 석함이 열려지려는 듯하는데 오색 서기(瑞氣)가 쌍룡의 콧구멍으로부터 나와 함속을 환히 비치고 붉은 옷 입고 푸른 수건을 두른 사람들이 좌우로 늘어서서 혹은 지어 읊고 혹은 붓을 쥐고 글씨를 쓰는데, 승상이 사람을 불러 시를 재촉하는 소리를 듣고 나서 나씨가 놀라 깨니 곧 한 꿈이었다.

치원도 또한 깨어나서 시를 지어 가지고 벽에 붙여놓고 은종이에다 쓰니 용과 뱀이 놀라 움직이는 것과 같았으며, 그 시는 이러하다.

　　　團團石函裡　半白半黃金
　　　夜夜知時鳴　含情未吐音
　　둥글고 둥근 함 속의 물건은
　　반은 희고 반은 황금인데

---
*난방(蘭房)──깨끗하고 좋은 향기가 나는 방.

밤마다 때를 알아 울려고 하건만
뜻만 머금을 뿐 소리를 토하지 못하는도다

치원은 나씨를 시켜 승상 앞에 바치게 했다. 승상은 오히려 믿지 않다가 나씨의 꿈 이야기를 듣고서야 대궐로 들어가서 왕에게 바쳤다. 왕은 크게 놀라며 물었다.
"경은 어떻게 해서 이것을 알아 가지고 시를 지었느뇨?"
"신이 지은 바가 아니옵고, 신의 사위가 지은 것이올시다."
이에 왕은 사신을 보내어 중국 황제에게 바쳤다. 황제는 이 시를 보고 말했다.
"둥글고 둥근 함 속의 물건은 반은 희고 반은 황금이라고 한 시구는 맞거니와, 밤마다 때를 알아 울려고 하건마는 뜻을 머금고 소리를 내지 못한다고 한 것은 틀렸노라."
하고, 석함을 열고 달걀을 보니, 여러 날 따뜻한 솜 속에 싸여 병아리가 되어 있었다.
황제는 탄복하면서 말했다.
"이는 천하의 기재로다!"
하고, 학사를 불러 보이니 학사도 또한 칭찬하기를 마지 않더니 조금 있다가 황제에게 아뢰었다.
"상대편의 소매 속에 있는 물건도 오히려 알기가 어려웁거늘, 하물며 만리 *절역(絶域)에서 능히 이 물건을 규명하기를 이와 같이 자세히 알았으니, 옛날부터 중국에서는 이와같은 기재가 있었다는 말을 들어 보지 못하였나이다. 오직 두려워하는 바는 소국이 대국을 능멸할 단서가 될까 하오니 바라옵건대 시를 지은 사람을 불러들여서 밝혀 내기 어려운 일을 능히 풀어낸 이유를 물으심이 좋을까 하옵니다."
황제는 그 말을 옳게 여기고 곧 신라왕에게 시를 지은 선비를 보내도록 지시했다.

───────────────
＊절역(絶域)──── 멀리 떨어져 있는 지역이나 나라.

왕은 크게 두려워하고 승상을 불러 의논한다.

"천자가 우리나라를 침공하고자 하고 또 시 지은 선비를 부르니, 경의 서랑(婿郞)은 나이가 어려 만리 밖에 보내기가 난감하니, 경이 대신 가는 것이 어떠하오?"

"바라옵건대 분부를 받들겠나이다."

하고는, 집에 돌아와 울면서 집 사람들에게 말했다.

"중국 황제가 시를 지은 선비를 부르시니, 최랑(崔郞)은 어려서 보낼 수가 없고, 내가 장차 대신 가려니와, 살아서 돌아올 계교가 없으니 장차 어떻게 했으면 좋겠소?"

하니, 온 집안이 통곡하고 어찌할 바를 몰랐다. 나씨는 최랑을 보고 말했다.

"중국 황제가 시를 지은 선비를 부르는데 아버님이 대신 가시면 만리 장도(長途)에 돌아오시기가 어려울 뿐만 아니라, 반드시 큰 화가 있을 것이니 부녀간의 정의에 측은함을 참을 수 없나이다."

"승상은 대신 갈 수 없소. 내가 마땅히 가야지."

"이제 당신이 나를 버리고 만리 밖에 가시면 어찌 능히 다시 돌아올 수 있겠나이까?"

하면서, 나씨는 슬픈 듯이 눈물을 흘렸다.

"그대는 이태백(李太白)의 시를 들어 보지 못했는가? 하늘이 나를 낳았으니 반드시 나를 쓰리라 하였으니〔天生我才 必有用我〕, 이때 중국에 들어가면 특별한 대우를 받아 승상이 될 수 있을 터이요, 금의(錦衣)로 환향(還鄕)하는 영광을 그대에게 보일 것이니 또한 즐겁지 아니하겠소. 하물며 천하를 두루 돌아다니는 것은 진실로 대장부의 할 일이거늘 어찌 돌아오기 어려움이 있겠소? 그러니 나의 말을 의심하지 마오. 승상한테 가 자세히 아뢰시오."

나씨는 들어가서 승상에게 아뢰었다.

"최랑이 스스로 가겠다고 하면서 이같이 말합디다."

승상은 그 말을 듣고 말했다.

"어질도다 우리 최랑이여! 나이 어린 몸으로 문득 그러한 말을 하니 어질지 않고는 어찌 능히 그와 같겠느냐?"
하고, 승상은 대궐로 들어가서 아뢰었다.
"신의 사위 최랑이 스스로 가기를 청하옵니다. 신의 사위 나이가 어리지만 재주와 학문이 신보다도 십배나 더 낫습니다. 만약 대신 갔다가 황제가 다시 시를 지으라고 하여 감히 시를 지을 수가 없으면, 전일 우리 나라의 빛남이 도리어 헛된 것으로 돌아가고 말 것이오니 그러므로 최랑을 보내고자 하옵니다."
"경이 이미 사위를 대신 보내기로 결정하였다면 사위를 보내는 것이 좋겠소."
왕도 그렇게 여기고 허락했다.
이튿날 치원이 나아가 왕을 뵈오니, 왕이 물었다.
"너의 나이 몇이냐?"
"열두 살이옵니이다."
"나이 어린 아이가 중국에 들어가서 능히 감당해 내겠는가?"
"만약 나이가 많음으로써 큰 일을 감당할 수 있다면, 우리 나라에서는 나이 많은 사람이 능히 그 석함 속의 물건을 밝혀내지 못하고 어찌하여 저를 곤란하게 하셨나이까?"
왕은 깜짝 놀라면서 물었다.
"네가 중국에 들어간다면 어떠한 방법으로 중국 황제를 상대하겠느냐?"
"어른이 어린이를 대함에 있어서 어른의 도로써 어린이를 대접하지 아니하면, 곧 어린이는 어린이의 도로써 어른을 섬기지 않을 것이옵나이다. 이제 중국이 대국의 도로써 소국을 대접하지 아니하면, 어찌 소국의 도로써 대국을 섬기겠나이까? 그런데 이제 그렇지 아니하고, 도리어 치고자 석함에다 달걀을 넣어 우리 나라에 보내어 시를 지어 바치라 하고 또 시 지은 것을 질투하여 지은 선비를 부르고 있으니, 그 무슨 뜻으로 그렇게 하는지를 알지 못하겠나이다. 대국의 도를 반복하기를 이같이 하고, 소국으로 하여금 소국의 도로써 섬기게 하고자 하니, 이것은 나무에서 고기를 구하는 무리와 같기로 이것으로써 황제를 상대하고자 하옵니다."
왕은 그 말을 기특히 여기고 옥좌에서 손을 잡으면서 말했다.
"네가 중국에 들어간 후 너의 가족은 짐이 마땅히 맡아서 돌보며, 의복과 식음(食飮)을 주어 네가 돌아오기를 기다리겠거니와, 이제 떠남에 있어서 어떠한 물건을 원하느냐?"
"다른 것은 원치 않고 다만 오십척 되는 사모(紗帽)를 원하옵니다."
이에 왕은 즉시 만들어 주었다. 치원은 천은을 배사 하고 나와서 자칭 신라문장 최치원(新羅文章崔致遠)이라 했다.
치원은 중국으로 떠남에 있어서 먼저 패문(牌文)을 보내니 빛나는 명성이 원근에 전파되어, 중국의 모든 사람들은 재주가 뛰어남이 천하에 있어서 드문 일이고 고금에 있어서 들어보지 못한 일이라고 하며, 모두 보고자 했으나 오직 미치지 못할까 두려워했다.
바닷가에 이르러 온 집안 식구들이 잔치를 베풀어 치원을 전송했다. 나씨는 이별의 슬픔을 이기지 못하여 시 한 수를 지어 읊었다.

   白鳥雙雙飄雲煙 孤帆去去捷靑天
   別酒緩歌無好意 長年愁妾夜燈前
  백조 쌍쌍 짝을 지어
  구름 속에 나부끼고
  돛단배는 가다 가다 푸른 하늘 닿았어라
  이별 술에 노래 곱건만 기쁜 생각 전혀 없고
  오랜 세월 등불 앞에 이내 시름 쌓이리라.

치원이 화답했다.

   洞房夜夜莫苦愁 翠黛華容恐衰耗
   此去功名當自取 與君富貴喜君遊
  동방에 밤마다 시름 말고 괴로워마오
  화창한 고운 얼굴 쇠여질까 두려워라

이번 가면 빛난 공명 물론 응당 가져와서
　　그대 함께 부귀하며 즐거웁게 살아보리

　여러 사람과 작별을 하고 배를 타고 첨성도(瞻星島)란 섬 밑에 이르니 배가 돌며 가지 않았다. 치원이 사공에게 그 까닭을 물어 보니, 대답하기를,
　"용신(龍神)이 이 섬에 있다더니 아마 용의 장난으로 그러한가 하오니 한번 올라가 봅시다."
했다.
　이에 치원이 배에서 내려 섬으로 올라가니 섬 위에 한 소년 선비가 손을 마주잡고 단정히 앉아 있었다. 치원은 괴이하게 여겨 물었다.
　"너는 어떠한 사람이냐?"
하니, 일어나 공손히 절을 하고 꿇어 앉아 대답했다.
　"저는 용왕의 둘째 아들 이목(李牧)이올시다."
　"어찌하여 여기를 왔느냐?"
　"이제 들으니 선생이 천하문장으로서 여기를 지나신다 하기에 왕께서 한번 뵈옵고자 하시와 저를 시켜 맞이해 오시라고 하시기로 여기에 와서 기다리고 있나이다."
　"용왕은 수부(水府)에 있고 나는 *양계(陽界)에 있어, 물과 땅의 길이 달라 소·말이 미치지 못하는데, 가서 한번 뵈옵고자 한들 어찌 얻을 수 있겠나? 그리고 행색(行色) 또한 바쁘매 어찌 여가가 있어 수궁에 가서 놀겠는가?"
　치원이 갈 길이 바쁘다고 하면서 사양하니, 이목이 간청하였다.
　"제가 사는 곳은 인간계와는 달라서 공자(孔子)의 학문이 없는 까닭으로 어찌 할 도리가 없다가, 이제 다행히 선생을 만났으니 어찌 하늘의 도움이 아니겠나이까? 잠시 동안이니 선생은 잠깐만 눈을 감으소서."
　치원이 시키는대로 하니 이목은 치원을 업고 바위 밑으로 들어가는

───────────────────────
＊양계(陽界)──── 사람이 사는 세상.

듯 하더니 어느덧 용궁에 이르렀다. 이목이 들어가서 용왕에게 아뢰니, 크게 기뻐하며 나와 맞이하고는 마주앉아 주연을 베푸니, 소반에 차려 놓은 음식과 그릇은 다 인간의 것과는 전혀 달랐다.

용왕이 학문을 청하기에 치원은 시서(詩書) 수 편을 내어 보이니, 용왕이 기쁨을 이기지 못하고 인하여 용궁의 서책을 보이는데, 그 글자가 *전주(篆籒)와 같아서 알 수 없었다. 치원이 갈 길이 바빠 곧 떠나려 하니 용왕은 말했다.

"문장이 다행히 수부에 오시와 주무시지도 아니하고 총총히 돌아가시려고 하니, 나의 마음에 매우 서운한 바가 있소이다. 나의 둘째 아들 이목은 재주와 기운이 월등하므로, 만일 데리고 가신다면 비록 위급한 일이 있더라도 능히 당해낼 것이오."

치원이 허락하고 작별을 하고는 이목과 함께 돌아오니, 사공이 배를 바위 밑에 대어 놓고 울고 있다가, 치원이 돌아옴을 보고 말했다.

"어디 갔다 오십니까?"

"용왕이 지성으로 청하는고로 잠시 갔다가 왔네."

"어제 명공(明公)께서 제사 지낼 때에 미친 바람이 별안간 일어나고 물결이 용솟음치며 대낮이 캄캄해지기로, 제사를 지내도 용신이 내려오지 않아 그런가 하고 울었거니와, 어찌하여 용왕을 청해 오지 않았습니까?"

"용왕이 어찌하여 내려오지 않았는가 하면 내가 수궁에 들어갔을 그때일 것이니 의심하지 말게."

"저 사람은 누구십니까?"

"저 사람은 수부의 현인(賢人)일세."

"어찌하여 여기에 왔나이까?"

"장차 같이 중국으로 가고자 왔네. 그리고 어제 광풍이 일어나고 어두워진 것은 이 사람이 여기에 오느라고 그랬네."

드디어 돛을 달고 떠나니, 오색의 구름 기운이 항상 돛대 위를 감돌았으며 맑은 바람이 서서히 불어오고 물결이 일어나지 않았다.

─────────────────
*전주(篆籒)──── 한문 서체의 하나로 중국 주(周)나라 선왕 때 주(籒)가 만들었음.

가다가 중이도(中耳島)란 섬에 이르니, 오래 가물고 비가 오지 않아 만물이 다 죽게 되었다. 섬 사람들은 문장(文章)이 왔다는 말을 듣고 다투어 달려 나와 맞이하고 절을 하며 간절히 빌었다.

"이 섬이 불행하여 한재가 매우 심하여 거의 죽게 되었다가 다행히 대현(大賢)을 만났사오니, 명공의 덕으로 죽어가는 목숨을 구해 주시기를 바라옵니다."

"비가 오고 아니 오는 것은 하늘이 아시는 일인데 낸들 어찌하겠소?"

"대현께서 정성을 다하여 기도하면 하늘이 반드시 감응할 것이오니, 바라건대 명공께서는 글을 지어 비가 오도록 빌어주시와 이 섬의 죽어가는 백성을 구해주옵소서."

이에 치원은 이목을 돌아보면서 말했다.

"그대가 비를 오게 해서 이 섬의 죽어가는 사람의 목숨을 구할 수 있겠는가?"

하니, 이목은 그렇게 하기로 하고 산 속으로 들어갔다. 잠시 후 검은 구름이 하늘에 가득하고 천지가 캄캄해지더니 비가 오는데 물을 쏟는 것과 같아서 잠깐 사이에 물이 넓은 들에 넘치니 섬 사람들은 크게 좋아했다.

이목은 산 속으로부터 나와 치원의 옆에 가서 앉아 있는데, 다시 구름이 모이고 우레소리가 나면서 폭우가 물을 쏟듯 하더니 조금 있다 푸른 옷을 입은 늙은 중이 붉은 칼을 가지고 내려왔다. 이목은 그 죄를 알고 재빨리 뱀으로 화하여 치원이 앉아 있는 그 밑으로 들어가 숨었다. 중은 내려오자 치원 앞에 꿇어앉아 고했다.

"내가 천제(天帝)의 명령을 받고 이목을 베고자 왔나이다."

"무슨 죄로 죽이려고 하는가?"

"이 섬에 사는 사람들은 인륜을 알지 못하여 부모에게 불효하고, 형제를 알지 못하고, 곡식과 물건을 낭비하고 음식 찌꺼기를 길에 버리고, 특히 약한 사람을 업신여겨 압박하는 허다한 악습이 많으므로 천제께서 미워하사 주리고 추운 벌을 주고 있는데, 이제 이목이 천명이 있지 아니한데도 불구하고 자기 마음대로 비를 오게 했으므로 베라고 했나이다."

"내 눈으로 본 비참한 현상을 차마 볼 수 없어서 이목으로 하여금 비를 주게 했으므로 죄는 마땅히 나에게 있고 이목에게 있지 아니하니 벌을 주고자 하거든 나를 벌주오."

"천제께서 저에게 명령하실 때 치원이 천상에 있을 때, 불행하게도 적은 죄를 지은 까닭으로 잠시 인간에 귀양 보냈거니와, 네가 가면 치원이 반드시 이목을 구하려고 할 것이라고 하셨는데 이같이 간절히 만류하시면서 구하시니, 이제 명공의 간절하신 말씀을 듣고는 벨 수가 없나이다."

하고, 곧 하늘로 올라가 버렸다.

이에 이목은 다시 사람으로 화하여 치원에게 사례하며 말했다.

"만일 선생이 아니었더면 어찌 목숨을 보전할 수 있었겠습니까? 그런데 선생은 무슨 죄를 짓고 인간에 귀양 왔습니까?"

"내가 월궁(月宮)에 계수나무 꽃이 피지 아니하였는데도 피었다고 천제께 아뢰었기 때문에 귀양 왔네. 그런데 나는 아직 용의 모습을 보지 못하였으니 자네가 나에게 한번 보여줌이 어떤가?"

"보여 드리기는 어렵지 아니하나, 다만 선생이 놀라실까 두렵습니다."

"내 하늘의 신승(神僧)의 위엄을 보고도 두려워하지 않았거든 하물며 너를 보고 두려워하겠느냐?"

"그렇다면 무슨 어려움이 있겠나이까."

하고, 즉시 산 속으로 들어가 화하여 황룡(黃龍)이 되어 치원을 부르니, 치원이 보고 넋을 잃고 땅에 엎드렸다가 이윽한 후 다시 깨어나서 이목보고 말했다.

"너의 얼굴과 몸의 형상을 보매 같이 갈 수 없으니 돌아가기를 바란다."

"제가 아버님의 명령을 받들고 선생님을 모시고 가려고 했는데 중국에 이르지도 아니하고 무슨 일로 돌아가라 하시나이까?"

"중국이 멀지 아니하고 거의 가까이 왔고, 또한 위험한 일도 없으니 사양 말고 돌아가길 바라오."

"선생님이 보내고자 하므로 감히 명령을 거역하지 않겠습니다만, 선생님은 다만 용의 형상만 보시고 용의 조화를 보지 못하셨는데, 한번 보시겠나이까?"

치원이 허락하니 이목은 작별을 고하며, 즉시 큰 청룡이 되어 뛰면서 크게 외치고 소리로 천지를 움직이면서 갔다.

이윽고 치원이 절강(浙江)에 이르자 주막 집의 한 노파가 술을 가지고 와서 대접하고 인하여 간장 적신 솜을 주며 말했다.

"이 물건이 비록 보잘것없으나 반드시 쓸 곳이 있으니 잘 간수하여 가지고 가십시오."

치원은 삼가 받아 가지고 갔다.

능원(陵原) 땅에 이르니 길 옆에 한 노옹이 팔장을 끼고 앉았다가 물었다.

"선비는 어디로 가시오?"

"중국으로 갑니다."

그 노옹은 슬픈 표정을 하고 말했다.

"그대가 중국에 들어가면 반드시 큰 화가 있을 것이니 부디 조심하오. 만일 조심하지 아니하면 반드시 살아서 돌아가기가 어려울 것이오."

치원은 절을 하고 그 까닭을 물었다.

"그대가 닷새를 가면 큰 물이 앞에 있고, 그 물가에 젊은 여인이 오른 손에 쟁반을 들고 왼손엔 구슬을 들고 앉아 있을 것이니, 그대가 나아가 공손히 절하고 그 여인에게 물어보면 반드시 자세하게 가르쳐 줄 것이오."

닷새를 가니 과연 그 말과 같았다. 치원이 공손히 절하니 그 여인은 물었다.

"뭘 하는 사람이시오?"

"신라 사람 최치원이올시다."

"장차 무슨 일로 어디를 가시오?"

치원이 또한 그 이유를 아뢰며 중국으로 간다고 하니 그 여인은 경고하며 말했다.

"중국은 대국이라 소국과는 다를 것이요. 천자가 그대 온단 말을 듣고 다시 아홉 문을 지어 놓고 맞이해 들일 것이니, 그대는 그 문으로 들어가면서 조심하고 마음을 놓지 마시오. 큰 화가 닥쳐올 것입니다."

하더니, 인하여 차고 있던 주머니 속에서 *부작(符作)을 내어 주며 경고하고 말했다.

"첫째 문에서는 푸른 글씨가 씌어진 것을 던지고, 둘째 문에서는 이 붉은 글씨 씌어진 것을 던지고, 셋째 문에서는 흰 글씨 쓴 것을 던지고, 넷째 문에에서는 이 누런 글씨를 던지면 화를 면할 수 있을 것이오."

라고 했다. 치원이 눈을 들어 살펴보니, 그 여인은 홀연 간 곳이 없고 볼 수 없었다.

치원이 배에서 내려 걸어가는데 도처에서 구경꾼들이 몰려와 치원의 사람됨과 얼굴 모양을 보며 구슬과 같고 거동이 우아하므로 모두 천상랑(天上郎)이라고 했다.

낙양(洛陽)에 이르니 한 학사가 치원에게 물었다.

"해와 달은 하늘에 걸려 있는데, 하늘은 어디에 걸려 있는가?"〔日月縣於天而天何縣之耶〕

라는 질문에 치원이 답했다.

"산과 물은 땅에 실려 있는데 땅은 어디에 실려 있는가?"〔山水載於地而地何載耶〕

이에 그 학사는 능히 문답을 하지 못했다.

황제는 최치원이 온다는 말을 듣고 속이고자 셋째 문 안에다 땅을 두어 자나 파고, 무수한 악공(樂工)들을 그 안에 숨겨 두고 치원이 들어오거든 풍악을 요란케 하여 정신을 차리지 못하게 하고 다시 함

---

*부작(符作)──부적(符籍)의 옛말.

정 위에다 엷은 판장을 덮어 그 위에 흙을 깔아 두고, 밟으면 빠져 죽게 해놓고, 넷째 문 안에는 비단 휘장을 둘러치고, 그 안에 사나운 코끼리를 넣어 두고 치원을 물어 죽이게 해놓고 나서 들어오라고 했다.

최치원이 의관을 가다듬고 첫째 문을 들어가는데 사모의 뿔이 문에 걸려 들어갈 수가 없었다. 이에 치원은 탄식하며 말했다.

"비록 소국의 문으로도 사모의 뿔이 닿지 않거늘 하물며 대국의 문이 어찌 이같이 낮고 작은가?"

하며, 서서 들어가지 않았다.

황제가 듣고 매우 부끄러이 여기고 즉시 문을 헐게 하고는 다시 불렀다.

치원이 다시 문으로 들어가는데 땅 속에서 요란한 소리가 나므로 푸른 부작을 던지니, 그 소리가 고요해졌다.

둘째 문에 이르니 또한 풍악 소리가 나므로 붉은 부작을 던지고, 셋째 문에 이르러서도 또다시 소리가 나므로 흰 부작을 던지고, 넷째 문에 이르니 코끼리가 휘장 속에 숨어 있기에 누런 부작을 던지니, 그 부작이 화하여 누런 뱀이 되어 코끼리의 입을 감으니 코끼리가 입을 열지 못했다.

이렇게 해서 무사히 들어가니 황제는 치원이 아무런 화를 입지 않고 문을 지나 들어왔다는 말을 듣고 크게 놀라며,

"과연 정말로 천신(天神)이로다."

했다.

다섯째 문에 이르니 학사들이 좌우로 줄지어 서서 다투어 서로 물었다. 치원은 대답하지 아니하고 시로써 응대하니, 학사들이 칭찬하지 않는 이 없었다. 잠깐 사이에 지은 시가 몇 수가 되는지 그 수를 헤아릴 수 없었다.

어전(御前)에 이르니, 황제가 용상에서 내려오며 맞이하여 상좌에 앉히고는 물었다.

"경이 석함 속의 물건을 알아내어 시를 지었는가?"

"그러하옵니다."

"경은 어떻게 해서 알았는가?"

"신은 듣건대 현철(賢哲)한 사람은 비록 천상에 있는 물건도 오히려 능히 알 수 있다고 하는데, 신이 비천하고 불미하나 어찌 석함 속의 물건을 알지 못하겠나이까?"

"경이 삼문을 들어올 때에 풍악 소리를 못 들었는가?"

"듣지 못했나이다."

이에 삼문 안에서 풍악을 연주시킨 사람들을 불러 물어보니 모두 말하기를,

"저희들이 풍악을 연주하려고 하였사오나 희고 붉은 옷을 입은 자가 수천 명이 와서, 쇠뭉치를 가지고 치면서 풍악을 울리지 못하게 하며, 큰 손님이 오시니 떠들지 말라 하는 고로 능히 풍악을 울리지 못했나이다."

라고 하는 것이었다.

황제가 크게 놀라서 사람을 시켜 가 보게 했더니 함정 속에 큰 뱀이 우글우글했다. 황제는 기특히 여기고서,

"치원은 보통 사람이 아니니 경솔히 대접할 수 없도다."

라고 했다.

황제는 학사들로 하여금 항상 따라 다니면서 대접하게 하니, 따라 다니는 무리들은 군자(君子)와 같이 대접해 주었다.

하루는 황제가 치원과 더불어 이야기하는데, 그 동정이 선풍(仙風)과 같아서 황제가 능히 미칠 수가 없었다. 학사들이 밥상을 가져 왔는데 가만히 밥 위에다 벼 네 알을 놓았고, 밥 속에는 또한 독약을 넣어 놓았으며 기름으로 국을 끓여 놓았다. 치원은 밥상을 물리치며 *초장(哨長)을 문지방에 놓으니, 황제가 그 까닭을 물었다.

"밥 위에 네 알의 벼가 있는 것은 저의 이름을 묻기 위한 것이니, 제가 초장을 문에다 놓은 것은 천하 문인 최치원이란 뜻이올시다. 〔我醋置門者以文章崔致遠之義也〕"

하니, 황제는 매우 기특히 여겼다.

─────────────
*초장(哨長)── 한 초(哨: 백 명이 1초임)의 우두머리.

치원은 또 말했다.

"비록 소국에서도 간장으로는 국을 끓이고 기름은 등불로 씁니다. 이제 그릇 속을 보니 기름으로 국을 끓였으니, 알지 못하거니와 대국에서는 간장으로 등불을 씁니까?"

이에 황제가 다시 가져 오라 명하니 곧 갖다가 드렸다. 그래도 치원은 젓가락만 휘저을 뿐 먹지 않고 말했다.

"우리나라에서는 소인이라도 그 죄를 밝혀서 스스로 죄를 받도록 하고 죄 없는 사람을 가만히 죽이지는 아니합니다."

"무슨 말인가?"

"이제 지붕의 새 소리를 들으니, 밥 속에 독약이 있어 먹으면 죽는다고 합니다."

황제는 독약을 넣은 줄은 알지 못하고 웃으며 말했다.

"경은 어찌하여 허망한 말을 그처럼 하는가?"

이에 치원이 젓가락으로 밥을 헤쳐 보니 과연 독약이 들어 있고, 밥그릇의 색이 누렇게 변해 있었다. 황제는 밥상을 물리치고 사과하면서,

"천재로다. 사람으로서는 속일 수가 없구나. 경은 이제 밥을 바꾸어 오라 할 것이니 들라."

고 했다.

이러한 후로 황제는 치원을 더욱 후하게 대접했다. 그 해 가을, 계수나무가 누렇게 익은 과거(科擧)의 계절을 당하여 태학궁(太學宮)에서 과거를 베풀었는데 선비들의 수가 무려 팔만 오천여 명이나 되었다. 여러 선비들이 치원과 더불어 장원을 다툴새, 마침내 치원이 장원했다. 황제는 수많은 상금을 치원에게 하사했다.

황제가 친히 시험해 보는 날, 쌍룡(雙龍)이 하늘에서 내려와 시(詩)를 취해 가지고 하늘로 올라갔다. 황제는 치원에게,

"경의 지은 것을 하늘이 가져갔기로 그 잘 지은 여부를 알지 못하겠다."

하므로, 치원이 다시 써서 보이니 황제는 칭찬하면서 말했다.

"아름답도다 치원이시여! 천하에 어찌 이와 같은 시가 있으리요?
아마 이로 인하여 하늘이 가져갔을 것이로다."
하면서 장원을 시키고, 같이 급제한 사람과 함께 이레 동안 거리에서 놀게 하니, 그 영화로움이 극에 달했다. 황제는 마침내 문신후(文信侯)를 봉했다.

수년이 지나 황소(黃巢)라 하는 자가 정병 삼만을 거느리고 변방 여러 고을을 침공하니, 여러 고을이 함락되고 일년내 토벌을 해도 능히 쳐부수지 못했다.

이에 황제는 치원으로 대장을 삼고 가서 치게 했다. 치원이 황소한테 가서 싸우지 아니하고 *격서(檄書)를 써서 보냈더니, 황소가 천하 문장 최치원이 온다는 말을 듣고 감히 싸우지 아니하고 스스로 항복하였다.

치원은 적의 괴수 수십 명을 사로잡아 올렸다. 황제는 매우 기뻐하여 식읍(食邑)을 증봉(增封)하고 또 황금 삼만일(三萬鎰)을 하사하니, 임금님의 은혜와 사랑은 치원에게 비할 사람이 없었다.

이로 말미암아 대신들이 보고 질투하는 나머지 황제에게 아뢰었다.
"치원은 소국의 사람으로 재주를 믿고 대신들의 말을 업신여기며 말하기를, 중국은 비록 대국이나 소국만 같지 못하다고 한다니, 비록 황제의 수레가 들어와도 공손히 이를 받들지 아니하므로 불측한 일이 있을까 두렵사오니, 먼 곳으로 귀양 보내지 않으면 안되겠나이다."

이에 황제도 그 말을 옳게 여기고 곧 남쪽 바다의 외로운 섬으로 귀양 보냈다.

치원이 귀양 온 후로부터 섬 안에 사람이 없으므로, 그 노파가 준 간장 적신 솜으로 이슬을 받아 씹으니, 먹지 아니하여도 스스로 배가 불렀다.

한 달이 지난 후 치원의 생사를 알아 보고자 사자를 보냈다. 치원은 미리 알고 가는 소리로 대답했다. 사자가 보고하기를,

---

*격서(檄書)──격문을 지은 글.

"대답하는 소리가 작고 가늘어 목숨이 조석에 있나이다."
고 했다.

대신들은 즉시 치원을 찾아가서,

"네가 소국 비천한 사람으로, 중국에 들어와서 만단으로 임금을 속여 다행히 벼슬을 얻어 세력을 믿고 남을 업신여기다가, 이제 그 재앙을 받아 굶어 죽게 되었구나."
하며, 조롱했다.

이때 *안남국(安南國) 사람들이 공물(貢物)을 가지고 중국으로 들어가다가, 마침 치원이 귀양살이하고 있는 섬에 이르러 문득 보니, 섬 위에 한 선비가 중들과 같이 앉아 글을 읽고 선녀 수천 명이 좌우로 늘어서서 혹은 술잔을 올리고 혹은 노래를 부르고 있었다.

마침내 배를 멈추고 한참 보다가 올라가 선비에게 시를 지어 달라고 청했더니, 즉시 시를 지어 주었다.

사자들이 중국으로 들어가서 황제에게 바쳤더니 황제가 물었다.

"어떠한 사람의 소작으로 이와 같이 청아(淸雅)한고?"

"신들이 남해의 섬을 지나오는데, 섬 위에 한 선비가 있어 중과 더불어 같이 앉아 글을 읽는데 선녀 수천 명이 좌우로 모시고 있기에 신이 시를 지어 달라고 청했더니, 그 선비가 지어 준 것이옵니다.
라고 아뢰었다.

황제는 군신을 불러 시를 보이면서 말했다.

"이 시는 필시 치원의 소작이 분명하오. 먹기를 끊은 지 석달에 어찌 살아 있을 이치가 있겠는가? 아마 치원의 혼령이 지었을 것이다."
하며, 괴이히 여기고 사람을 보내어 치원을 불러 오게 했다.

치원은 백마 한 필을 봉우리 위에 매어 놓고 청의동자(靑衣童子)와 같이 다루고 있다가 큰 소리로 응답하기를,

"너는 어떠한 사람이기로 매양 현자의 이름을 함부로 부르느냐? 내 무슨 죄가 있어 나를 이 절도(絶島)에 귀양 보내고 이같이 와서

───────────
*안남국(安南國)── 지금의 월남국(越南國).

못살게 구느냐?"
고 했다.
　사자가 돌아가서 보고하니, 황제는 크게 놀라며 말했다.
　"하늘이 낳은 사람을 죽일 수 없노라."
하고는, 조서를 보내어 치원을 불렀다.
　"중국의 신하들이 직분을 다스리지 아니하고, 재주를 시기하고 투기하여 임금님을 속여 참소하고 황제도 그것을 믿으니, 어찌 군자가 머무를 수 있는 나라이냐? 가서 황제에게 아뢰라. 나는 마땅히 고국으로 돌아가겠노라."
하고, 치원은 마침내 용(龍)자를 쓰니, 화하여 청룡이 되어 옆으로 누워 다리를 만들었다.
　치원이 낙양에 이르니, 황제가 묻기를,
　"경이 절도에 있은 지 석달 동안 한번도 꿈 속에 보이지 않았음은 어째서 그러한가? 온 천하가 왕의 신하가 아님이 없다고 하였으니, 말한다면 비록 신라의 사람이요, 신라의 땅에 태어났다 할지라도 또한 나의 땅이요, 너의 임금 또한 나의 신하이다. 네가 나의 사신을 업신여김은 무슨 까닭인고?"
했다.
　치원은 마침내 글자 한 자를 공중에다 쓰고 그 위에 뛰어올라 걸터앉아 황제를 보고 말했다.
　"그러면 여기도 또한 폐하의 땅이옵니까?"
　이에 황제는 크게 두려워하고, 엎어지고 자빠지며 용상에서 내려 머리를 조아리고 죄를 사하므로 치원은 말했다.
　"소인을 참소하는 말을 참말로 듣고 신으로 하여금 죽을 땅에 두게 하였으니, 어질지 못한 임금은 사람의 어짊을 알지 못한다고 하더니 이를 두고 한 말이로다."
하고는, 소매 속에서 사(獅)자를 내어 땅에 던지니 화하여 푸른 사자가 되었다.
　치원은 사자를 타고 구름 사이로 들어가서 고국으로 돌아오는데,

신라 땅에 이르니 여러 사람들이 시냇가에 모여 있기에 치원은 그 까닭을 물어 보았다.

"국왕이 출유(出遊)하셨나이다."

하고 사람들이 대답했다. 치원이 가서 보니 수렵하는 사람들이었다. 치원을 아는 한 사람이,

"내 그대를 위하여 이 수레를 팔겠다."

고 했다.

치원은 마침내 *사마(駟馬)를 타고 갔다. 서울 동대문 밖에 이르니, 마침 국왕이 출유하다가 치원이 사마를 타고 지나가는 것을 보고, 사람을 시켜 잡아오라고 하였던바 바로 치원이었다. 국왕은 꾸짖어 말하기를,

"그대가 국왕 앞에서 말을 타고 지나간 죄는 마땅히 죽어야 하겠으나, 나라에 공이 많은 사람이므로 용서해 주거니와, 이후로는 이와 같은 짓을 하지 말아라."

고 했다.

치원이 집으로 돌아와서 보니 나승상은 이미 죽고 없었다.

그는 마침내 나씨를 데리고 가야산(伽倻山)으로 들어가 신선이 되었다고 한다.

---

*사마(駟馬)──말 네 필이 끄는 수레.

작 품 해 설

■ 홍길동전(洪吉童傳)

　이 작품은 조선 선조(宣祖)말에 허균(許筠)이 쓴 사회소설(社會小說)이요, 도술소설(道術小說)이다. 하도 유명한 작품인지라 작중 인물인 홍길동(洪吉童)을 역사상의 인물로 오인(誤認)할 정도이다.
　이 작품은 작자가 선조조(宣祖朝) 말에 서얼(庶孼)들이 서얼방한(庶孼防限: 서출, 자손의 출세길을 막음)을 철폐하여 달라고 연명(連名)으로 상소하였다가 실패하고, 쿠데타를 음모(陰謀)하다가 사전에 발각되어 처형된 서양갑(徐羊甲), 심우영(沈友英) 등을 모델로 하여 그들의 꿈을 표현한 것이다.
　작가의 의도한 적서차대(嫡庶差待: 서자에 대한 가내차별(家內差別))는 주인공 홍길동의 아버지 홍판서(洪判書)의 유언으로 철폐되었고, 서얼방한은 서자 출신인 홍길동이 절대로 할 수 없는 병조판서(兵曹判書) 벼슬을 한 것으로 말미암아 철폐되었다고 볼 수 있다.
　이와 같은 주제를 부각(浮刻)하자면 인간의 능력으로는 실현할 수 없으므로, 작자 허균(許筠)은 주인공에게 초인간적(超人間的)인 능력을 발휘할 수 있는 도술을 부여하였다. 그래서 주인공 홍길동은 도술행각(道術行脚)의 대상으로서 지방관리(地方官吏)들의 옳지 못한 재물(財物)을 탈취하고, 도적(盜賊)을 토벌하고 있거니와, 주제와 모순되는 도술행각(道術行脚)도 있다.
　작가가 주인공의 도술을 표현하는 데 주력(注力)한 탓인지 처음에 의도(意圖)했던 주제가 잘 형상화(形象化)되지 못한 흠이 있으나, 봉건적(封建的)인 이조사회(李朝社會)에서 작자가 처음으로 사회문제(社會問題)를 대담하게 들고 나왔다는 점, 현실(現實)에서는 실현될 수 없는 서얼들의 꿈을 표현했다는 점, 우리 나라 최초의 흥미있는 도술문학(道術文學)이라는 점 등 여러가지 문제성(問題性)을 지니고 있는 소설이다.

　그리고 같은 아버지의 혈통(血統)을 받고 출생한 자녀들을 적서(嫡庶)의 구분에 따라 차별대우(差別待遇)한다는 모순성을 폭로하고, 서얼들의 인권(人權)을 찾으려고 한 인도주의(人道主義) 문학이다.
〈동국대교수　김기동〉

■ 양반전(兩班傳)
　이 《양반전(兩班傳)》은 이조(李朝) 후기의 실학파(實學派)의 거성인 연암(燕巖) 박지원(朴趾源)의 작품이다. 이 작품은 그의 초기작인 「마장전(馬駔傳)」·「예덕선생전(穢德先生傳)」·「광문자전(廣文者傳)」·「민옹전(閔翁傳)」·「허생전(許生傳)」·「김신선전(金神仙傳)」·「우상전(虞裳傳)」·「역학대도전(易學大盜傳)」·「봉산학자전(鳳山學者傳)」 등과 함께 구전(九傳)을 이루고 있다.

　그 줄거리를 보면, 강원도 정선에 살고 있는 한 양반이 관곡 천석을 먹고 관찰사의 사무감사에 걸려서 영어(囹圄)의 생활을 면치 못하게 되자, 그 동리에 사는 부자에게 양반권을 팔아 먹은 사건을 묘사한 것이다. 작자는 이것으로써 당시의 양반 계층이 가진 죄상을 적나라하게 폭로시켰다.

　양반전(兩班傳)은 실로 연암(燕巖)의 구전(九傳) 중의 대표작으로서 이기작(二期作)인 호질(虎叱)·허생전(許生傳)과 함께 연암소설(燕巖小說) 가운데 대표작이다. 이제 이 작품 중에 나타난 실학사상(實學思

想)을 살펴보면 다음과 같다.

　1. 봉건계급(封建階級)의 타파

　① 양반의 배격, ② 사(士)의 올바른 개념(槪念), ③ 농·공·상의 계급적 해방

　2. 이조(李朝) 봉건경제(封建經濟)의 와해

　① 관리의 아첨과 잔포(殘暴), ② 서리배(胥吏輩)의 농간, ③ 토호(土豪)의 발호, ④ 호부(豪富)의 겸병, ⑤ 사환미(社還米)의 악이용

　3. 북학사상(北學思想)의 태동

　① 우호(虞號)의 기용(記用), ② 위학자(僞學者) 행위의 폭로, ③ 문교정책(文敎政策)의 졸렬, ④ 과시제도(科試制度)의 폐해

　4. 방언(方言)·민속(民俗)의 애용

　형태적으로는 중국 왕쇠(王襃)의 동약(僮約)을 본받았으며, 사상적으로는 황정견(黃庭堅)의 소파계노문(詔跛奚奴文)을 참고했으나, 한국적이며, 자주적인 실학사상(實學思想)의 선양이라는 면에서 높은 가치를 지녔다.

　연암은 비록 당시의 여당인 노론 가정에 태어났으나 그 전통적인 사상을 버리고 새로운 혁신을 부르짖었던 것이다. 이 작품은 애초에 《연암외집(燕巖外集)》·《방경각외전(放㯖閣外傳)》 중에 실려 있는 한문본을 한글로 옮긴 것이다.

〈연세대교수　이가원〉

■ 호질(虎叱)

　이 《호질(虎叱)》 역시 연암 박지원의 작품이다. 애초에 《열하일기

(熱河日記)》《관내정사(關內程史)》중에 실려 있는 한문본을 국역한 것이며, 이는 그의 일기작(一期作)인 《양반전(兩班傳)》과 함께 연암의 소설 중에서 가장 득의작이다.

연암은 이 《호질(虎叱)》에 남주인공 북곽선생과 여주인공 동리자를 등장시켜서 당시 사회 병폐상을 여지없이 폭로했다. 그 하나는 유학 대가로, 또 하나는 정절부인으로 가장하여 사회를 속이고 풍기를 문란시켰다. 그러한 정상을 알게 된 호랑이는 북곽선생을 준엄하게 꾸짖었다. 작자는 호랑이를 인격화하는 데 성공하였다. 이 북곽선생은 당시에 북벌정책을 가장하였던 우암 송시열을 은연중 지적한 것이라고 한다. 이제 그 중에 나타난 사상을 살펴보면 다음과 같다.

1. 억강(抑强)·부약적(扶弱的) 정신의 환기
2. 아유위학(阿諛僞學)의 배격
3. 의무무세(醫巫誣世)의 경고
4. 오행상생론(五行相生論)의 부정
5. 음사적(淫邪的) 생활의 폭로
6. 북학사상(北學思想)의 고취
7. 당쟁(黨爭)의 잔포성(殘暴性) 규탄

그리고 이 작품은 한문 원전으로서도 천하에 보기 드문 지기(至奇)의 문장이다. 사람이 호랑이를 꾸짖는 것이 아니라 호랑이가 사람을 꾸짖는 것이다. 하여튼 중국에도 호랑이 이야기가 적지 않지마는, 특히 호랑이가 많았던 우리 나라인지라, 호랑이 이야기가 가장 많기도 하려니와 또 기이하기 짝이 없다. 그러므로 중국의 대문호 노신은 우리나라 인사를 만나면 먼저 호랑이 이야기를 물었다고 한다.

연암의 기록에는 이 작품을 왕전현(王田縣) 심유붕(沈由朋)의 벽상에 걸린 것을 옮겨왔다고 하나 실은 자작이다. 그 내용이 국내의 수많은 위학자들의 노염을 폭발시킬까 우려하여 잠깐 일명(逸名)씨의 작으로 의탁한 것뿐이다.

〈연세대교수 이가원〉

■ 허생전(許生傳)

이 《허생전(許生傳)》 역시 연암 박지원의 이기작(二期作)으로 앞에서 소개한 《호질(虎叱)》의 자매편이다. 또한 《열하일기(熱河日記)》·《진덕재야화(進德齋夜話)》에 실려 있는 한문본을 국역한 것이다.

허생은 비록 실존적인 인물인지 또는 가상적인 인물인지 알 수 없지만, 서울 묵적골에 살고 있던 한 불우한 서생임에도 불구하고, 당시 속유들의 위학(僞學)과는 달리 경세치용(經世致用)의 학(學)을 연구하였다.

그리하여 장안 재벌로 이름 높은 변씨의 돈을 빌려 당시 위학자들이 천시하던 장사치 노릇을 하며 돈을 벌어서 바다 가운데 있는 한 무인도를 발견하고 그곳에 떠돌이 도적들을 몰아넣어 이상적인 국가를 건설했다. 곧 《수호지(水滸志)》의 양산박과 《홍길동(洪吉童)》의 율도국(䢽島國) 등 천고의 기인·기사를 재연출한 것이다.

그리고 당시의 유명무실한 북벌책을 여지없이 풍자하는 동시에 이완(李浣)에게 세 가지의 당면한 대책을 제시했으니, 이는 실로 북벌의 정반대인 북학의 이론이다. 이제 이 작품에 나타난 사상을 살펴보기로 하겠다.

1. 상업경제(商業經濟) 사상의 고취
  ① 상공업적 직업전환의 제안, ② 제안에서 실천으로, ③ 그의 이론
  2. 이상국의 건설
  ① 공도(空島) 발견, ② 선부후교(先富後敎), ③ 군도진재(群盜震材), ④ 별조문학(別造文學), ⑤ 창제의관(創製衣冠), ⑥ 활빈행각(活貧行脚)
  3. 북벌파(北伐派)의 배격
  ① 심명(沈溟)의 개한(慨恨), ② 훈척(勳戚) 등의 타매(唾罵)
  4. 북학사상의 최고조
  ① 북벌 사상의 청산, ② 사대부 관념 타파, ③ 용첩(用諜), ④ 입학(入學)·유환(遊宦)·통상(通商), ⑤ 체발호복(薙髮胡服)
  연암소설을 통틀어서도 허생전은 질적으로나 양적으로 대표작의 위치를 점유하고도 남음이 있는 작품이다.

〈연세대교수 이가원〉

■전우치전(田禹治傳)

전우치는 이조 시대에 실존하였던 인물로 담양(潭陽) 사람이었다. 낙중(洛中)에서 선비로 행세하다가 나중에는 송도에 숨어 버렸다는 설이 있을 뿐이다.

《전우치전(田禹治傳)》은 그의 생애를 소재로 하여 쓴 소설인데, 작자는 미상이다.

이 작품이 실존(實在)하였던 전우치를 주인공으로 하여 쓴 소설이라 하나, 그 도술행각(道術行脚)을 그린 내용이 대단히 비현실적이며

초인적이고 황당무계한 점이 없지 않다. 그러나 작자는 당시의 병폐한 정치와 당쟁을 풍자하고, 그것을 독자에게 효과적으로 영합시키기 위해서는 그러한 흥미 본위의 표현을 취할 필요가 있었을 것이다.

이 소설의 주인공인 전우치가 의협심을 발휘하여 지방정치의 부패성을 시정하고, 백성의 곤궁한 생활을 구제하고자 자기의 도술을 이용한다는 점, 다분히 사회혁명사상을 고취하려고 기도한 점 등에서 그 내용상 홍길동전과 매우 흡사한 데가 있다. 그리하여 홍길동전과 전우치전의 작자는 같은 인물인 허균이 아닌가 하는 견해도 없지 않다.

그 내용에 있어서 연대와 인물의 등장에 약간 통일성을 잃고 있는 경향이 있음을 미리 알아둘 것이나, 전우치의 그 신묘한 도술과 통쾌무비한 거사는 읽는 사람으로 하여금 무릎을 치고 쾌재를 부르게 하며, 그 밑바닥에 흐르는 작자의 의도를 읽고는 머리를 끄덕거리게 해준다.

《홍길동전(洪吉童傳)》과 더불어 한국 고대소설 중에서 도술을 소재로 삼은 작품 중의 대표작이라고 불러 마땅하다.

〈서울대교수 장덕순〉

■ 박문수전(朴文秀傳)

이 작품의 작자와 씌어진 연대는 미상이다. 다만 그 연대가 이조 영조(英祖)시대라는 것이 작품에도 명시되어 있으며, 문헌상으로도 고찰될 뿐이다.

실존 인물이었던 암행어사 박문수의 행장기(行狀記)에서 소재를 취하여 소설화한 것으로 다분히 개인 전기와도 같은 작품이다.
　그러므로 그 내용이 황당무계하다거나 기괴한 데가 없고, 상당히 현실묘사에 입각한 경향을 띠고 있다. 연애담이라든가 괴담 등을 적당히 얼버무려 억지로 꾸민 데가 보이지 않으며, 어사의 행장기와 당시의 인심, 민속, 궁정에서의 이야기 등이 사실적으로 담담히 그려져 있다.
　그 내용 묘사에서 이와 같이 고대소설의 형식에 사로잡히지 않았을 뿐만 아니라, 체제면에서도 전기적인 형식을 취하지 않고 있는 점 등 상당히 이질적인 요소를 보여 주고 있어 흥미롭다. 박문수가 구천동에서 유씨 부자와 천씨 부자간의 갈등을 다스리는 대목 같은 데서는 상당히 극적인 요소를 보여 주지만 그렇다고 해서 황당무계하다거나 하지 않고, 우수한 드라마로서 흥미롭게 읽혀지고 있는 것이다. 또한 유씨네와 천씨네와의 반목(反目) 등의 대목은 차라리 당시 서민생활의 인정묘사로서 구수하게 느껴진다.
　이와 같은 내용은 민정 및 사법관청(司法官廳)의 법례와 관계를 가지고 있다 하겠는데, 이런 따위의 소설을 공안소설(公案小說)이라고 한다. 이런 따위에 속하는 소설로서는 이 작품 외에 《옥랑자전(玉娘子傳)》 등을 들 수 있다.

〈서울대교수　장덕순〉

■최고운전(崔孤雲傳)

　이 작품은 신라의 한문학자인 고운 최치원을 모델로 한 역사소설의 성격을 띠고 있으나, 그 역사성을 무시하고 쓴 일종의 허구소설이다.

주인공 최고운의 기괴한 출생담도 흥미가 있거니와, 최고운이 중국에 들어가서 자기를 죽이려는 음모를 분쇄하고 중국의 문인들을 통쾌하게 굴복시키고, 불의를 감행하는 황제를 도술로써 사죄케 하는 것이 더욱 흥미롭다. 작자는 친당분자(親唐分子)로서의 역사상 인물인 최치원을 철저한 반당분자(反唐分子)로 그려놓았다.

 최고운은 전개되는 사건마다 시재와 도술로써 대국인 중국에 우리 겨레의 우월성을 과시하였다. 유사 이래 중국인에게 억압당해 온 우리 겨레의 민족적인 원한을 시원스레 풀어주고 있다. 강대국에게 지배되어 온 약소국의 설움을 풀어 본 고전소설은 이 《최고운전(崔孤雲傳)》밖에 없다.

 최고운의 시재와 도술 앞에서는 대국으로서의 중국의 권위가 여지없이 땅에 떨어지고 만다. 중국 황제가 최고운 앞에 무릎을 꿇고 사죄하는 대목에 이르러서는 누구나 민족적인 통쾌감을 금치 못하리라.

 우리 나라의 고전작가들이 대부분 사대주의적 입장에서 소설을 쓴 데 반하여, 드물게도 이 작품은 작자의 민족적 주체성이 잘 나타나 있다.

 이러한 점에서 이 작품은 소설적인 흥미도 풍부할 뿐더러, 우리 민족이 중국 민족에 대해 설분을 해보았다는 데에 보다 큰 가치가 있다고 하겠다.

〈동국대교수 김기동〉

필독정선 **한국고전문학** 5

初版 發行	●1994年	5月	25日
再版 發行	●1995年	5月	1日
3版 發行	●1998年	9月	30日
4版 發行	●1999年	6月	10日
5版 發行	●2002年	2月	25日

著　者●許　　　筠 外
監　修●張　德　順
發行者●金　東　求
發行處●明　文　堂
　　　서울특별시 종로구 안국동 17~8
　　　대체　010041-31-001194
　　　전화　(영) 733-3039, 734-4798
　　　　　　(편) 733-4748
　　　FAX 734-9209
　　　Homepage www.myungmundang.net
　　　E-mail　　om@myungmundang.net
　　　등록　1977. 11. 19. 제1~148호

●낙장 및 파본은 교환해 드립니다.
●불허복제·판권 본사 소유.

값 5,500원
ISBN 89-7270-178-5 04810
ISBN 89-7270-007-X (전12권)

우리를 지혜롭게 만드는 明文堂의 東洋古典

老子와 道家思想 　　　金學主 著	東洋名言集 　　　金星元 監修
孔子의 生涯와 思想 　　　金學主 著	新完譯 近思錄 　　　朱熹 撰 成元慶 譯
梁啓超 　　　毛以亨 著 宋恒龍 譯	孟子傳 　　　安吉煥 編著
中國人이 쓴 文學槪論 　　　王夢鷗 著 李章佑 譯	孔子傳 　　　金荃園 著
異敎徒에서 基督敎徒로 　　　林語堂 著 金學主 譯	宋名臣言行錄 　　　鄭鉉祐 編著
中國文學史 　　　車相轅 外 著	中國歷代后宮秘話(전3권) 成元慶 編著
中國詩學 　　　劉若愚 著 李章佑 譯	儒林外史(전3권) 　　　吳敬梓 著 陳起煥 譯
中國의 文學理論 　　　劉若愚 著 李章佑 譯	진시황제 　　　金荃園 編著
中國現代詩硏究 　　　허세욱 著	新完譯 史記列傳(전3권) 李相玉 譯著
論語新講議 　　　金星元 譯著	漢武帝 　　　吉川幸次郞 著 金然雨 譯
原文對譯 史記列傳精解 　　　司馬遷 著 成元慶 編譯	後三國志(전5권) 　　　李元燮 譯
白樂天詩硏究 　　　金在乘 著	楚漢誌(전5권) 　　　金相國 譯
楚辭 　　　屈原 著 이민수 譯	中國人의 유머와 지혜 　　　金荃園 編著
史記講讀 　　　司馬遷 著 진기환 譯	老莊의 哲學思想 　　　金星元 編著
新譯 老子 　　　金學主 譯解	동양인의 哲學的 思考와 그 삶의 세계 宋恒龍 著
道(전5권) 　　　라즈니쉬 著 정성호 譯	戰國策 　　　金荃園 編著

지혜의 寶庫, 中國古典 文學思想!!

明文堂 　　　서울시 종로구 안국동 17-8
TEL : 733-3039 · 733-4748 FAX : 734-9209

明文東洋思想文學新書

中國을 알자

한없이 궁금한 이웃나라 中國
그들의 실체를
사상과 문학속에서 가늠해본다

● 中國을 알자 ― 思想·文學

1 4천년의 인간드라마
고사성어를 통하여 중국 4천년 역사 전반을 소개 鄭鉉祐 編著

2 신화에서 유머까지
역사의 풍설을 견디내며 살아온 중국인들의 지혜 鄭鉉祐 編著

3 40년 만에 가본 中國
중국 여행의 모든 것을 소개. 화폐·교통편·시설 등 허영관 著

4 人間學의 진수
끈기가 강하며 어떠한 역경도 헤쳐나가는 중국인들의 처세의 지혜를 소개 金星元 編著

5 역사를 창조한 사상가들
중국 사상체계의 변천과정 집중설명 金星元 編著

6 中國을 배우자
중국인들의 사상, 역사와 민속, 인물, 시사문제 등 집중 연구. 특히 오늘날의 중국인들의 性문제를 소개 宮崎市定 著/정성호 譯

7 시대를 앞서간 문인들
중국문학사에 큰 업적을 남긴 문인들의 사상을 살펴봄으로써 중국의 뿌리를 파악한다. 金荃園 編著

8 인생의 길잡이
중국 고전에 나타난 명언과 명귀를 가려 뽑아 그들의 삶의 양태를 구명한다. 金星元 編著

9 대륙을 누빈 武將들
4천년 중국역사속에 역사에 큰 획을 그었던 14명의 무장들의 지략과 처세를 소개 鄭鉉祐 編著

10 창업·수성의 명참모들
난세에 그 이름을 드높인 명참모들의 활약상을 소개한다. 金荃園 編著

각권 300면 내외 / 값 3,000원 내외
733-3039　734-4798

明文堂